KB117716

난
설
헌

일러두기

1. 이 글은 소설로, 오로지 소설로 읽혀야 한다. 실명으로 등장하는 인물의 성격과 행동 등의 묘사로 그 인물을 평가해서는 안 된다. 일부 등장인물의 경우 소설적 개연성을 위해 재구성한 허구임을 밝혀둔다.

2. 당시 시대상과 제도, 허난설헌의 삶을 묘사하기 위해 『중종실록』, 『허난설헌의 문학』(김명희, 집문당, 1987), 『허난설헌연구』(허미자, 성신여대출판부, 1984), 『노장사상』(박이문, 문학과지성사, 1983), 『노자철학의 연구』(김항배, 사상사, 1991), 『무릉도원』(김효모, 논형, 2005) 및 기타 관련 문헌들을 참고했다.

3. 허난설헌의 시는 『허난설헌의 문학』, 『허난설헌연구』를 판본으로 참고해 실었음을 밝혀둔다.

난설헌

최문희
장편소설

다산
책방

이따금 붓을 쥐고 초생달 그리다 보면

붉은 빗방울 눈썹에 스치는가 싶네

「염지봉선화가」 중에서

차례

녹의 홍상

청사초롱을 흔드는 야윈 빗줄기, 손곡 스승이라면 취우(翠雨)라고 했을 것이다. 흔히 쓰는 말은 아니다. 하나 여린 구름장에서 흩뿌려지는 가는 빗줄기에 색깔을 입힌다면 푸를 취, 비 우라는 말로 표현할밖에. 비도 제각기 모양새와 성정과 성깔이 있다고 했다. 땅에 스밀 정도의 연한 가랑비로 머리카락에 내려앉는 촉촉한 미우, 콧등을 살포시 적시는 세우나 소우, 여름 소나기는 하우, 굵은 장맛비는 대우나 폭우라고, 손곡 이달은 말하곤 했다.

초희가 아직은 좁은 식견으로, 아직은 덜 영근 정서로 모든 사물에 의미를 덧칠하며 나름대로 풀이하게 된 것은, 있는 그대로의 세상을 받아들이려는 손곡의 자연관에서 사물을 보는 눈을 전수받아서인지도 모른다.

청사초롱은 비 맞은 여인처럼 함초롬하다. 아침나절만 해도 사각거림이 보기 좋았는데, 빳빳하던 풀기에 물기가 스며들자 금방 수그러졌다. 모양이 흐트러진 청사초롱의 사윈 모양새가 어머니의 모습에 겹쳐진다. 깊은 숨소리로, 저고리 앞섶에 완강하게 보듬어 안은 옹색한 사연들을 내비치지 않으려는 어머니의 안존함…… 안으로만 안으로만 잦아드는 어머니의 모습이 풀기 가신 청사초롱처럼 처연하다.

오늘, 초희의 함이 들어오는 날이다. 초희의 연약한 몸피가 휘청, 생각 속으로 빠져든다. 부산함이 휘도는 안채의 일이 초희에게는 다른 세상의 일처럼 아득하게 느껴진다. 물기 머금은 청사초롱 때문일까. 아니다. 혼수 함에 거는 기대감도, 두피를 잡아당기는 듯한 긴장감에서 비롯된 허룽거림도 아니다. 마음속을 헤집는 작은 불씨 하나, 어느새 능소화 꽃잎처럼 확 벌어지는 불꽃의 조짐에 초희는 소스라친다. 무겁게 드리운 겹겹의 구름장 너머로 성긴 빗줄기가 젖은 가객처럼 와 서성인다.

한 오라기의 미심쩍음이나 한 치의 틈새, 여분의 어떤 기미도 허용될 수 없다. 온전한 마음으로, 온전한 혼으로 자신의 전부를 정혼한 김성립에게 쏟아야 하거늘, 이 미미한 조바심의 징후는 무엇일까. 훅, 입바람을 불어 명치에 매달린 불씨를 끈다. 불 지펴진 가슴속이 부지직 타들어간다. 더 이상 볼썽사납게 불티를 날리지는 않을 것이다. 그게 아녀자가 걸어야 하는 생의 덕목이며, 울타리에 길들여진 열다섯 살 초희가 감내해야 할 마음가짐인 것을…… 방으로 들어온 초희는 서안 앞에 앉는다. 열린 미닫이 틈새로 안채 용마루의 살짝 쳐들린 차양이 오늘따라 검측하다.

*

구월 초아흐레, 겨우 유시를 지났을 뿐인데 퍼붓는 빗줄기에 묵직한 어둠골이 들어서서 어슬렁거린다. 어제 저물녘부터 지짐거리기 시작한 빗줄기가 갑자기 쐐쐐 퍼붓기 시작했다. 밤새 퍼붓고도 모자라 한나절 내내 질척거린다. 그간 벌건 땡볕이 지글지글 땅을 태웠고, 새까맣게 그을린 농군들이 퍽퍽 갈라진 마른 땅에 한숨만 부려놓았던 걸 생각하면 반겨야 할 단비다. 그러나 초당 허엽의 집안에서는 어느 누구도 비를 반길 수 없는 심정이다. 모두들 땡감 씹은 얼굴로 텁텁한 입을 다문 채 접혀진 미간을 풀지 못한다.

사랑채와 안채 대청마루에 대초를 밝혔고, 큰대문과 중대문

할 것 없이 청사초롱이 불을 물었지만 하늘과 땅 사이에 가득한 그을음을 몰아내지는 못했다. 안방마님 김씨는 장롱 속에 넣어둔 대초를 있는 대로 꺼내어 불을 더 밝힌다. 대청마루가 대낮인 듯 환하고, 촛불의 일렁거림이 잔치 분위기를 한껏 아우른다. 그랬음에도 안방마님 김씨의 속은 깻묵처럼 탄다. 이를 어쩌나, 이 무슨 하늘의 심술인가, 한탄하며 안절부절못하고 있는 그 시각, 별채에 앉아 있는 초희의 마음도 편하지 않다. 함이 뭐길래, 비가 오면 어떠하며 쾌청한들 그것이 무슨 대수던가, 단지 부모님의 애타하는 모습이 안타깝고 송구할 뿐이다. 굳이 목에 걸리는 것이 있다면 궂은 날씨를 두고 터무니없이 꿰어 맞추려는 사람들의 주술적인 태도다. 함 오는 날인데 비가 지짐대다니, 사람들은 서로의 눈치를 살피며 쉬쉬했다. 아침나절 청사초롱 달던 칠성이가 발목을 접질려 옴짝달싹 못 하던 일하며, 어제 저물녘 물들여 간짓대에 걸어둔 명주 너울이 느닷없이 날아온 돌멩이에 휘감기며 땅바닥에 패대기쳐진 일까지…… 하나 초희는 크게 염려할 것은 아니지 싶었다. 아니, 아무것도 아니라는 쪽으로 생각의 길을 터놓았다. 아주 작은 좁쌀 알갱이 같은 한 줌의 불안은 먹물이 물에 풀어지듯 금방 희미해졌다.

옷을 갈아입고 안채로 올라가야 할 시각이다. 함 받는 날, 당사자인 규수가 나가 어릿거릴 상황은 아니지만 그래도 대소가(大小家) 어른들을 모신 자리다. 오늘 입을 옷은 어젯밤에 미리 보자기에 싸두었다. 지난해 추석빔으로 마련한 미색 항라겹저고리에 오미자 물을 살짝 흩뿌린 듯한 옅은 분홍빛 항라치마, 초희가 가장 아끼는 옷이다. 단지 어머니의 손정성만 담긴 옷이 아니라, 어머니의 깊고 그윽한 정이 올올이 박힌 옷이기에 간수하는 데도 각별히 조심스럽다. 삼층장에 층층이 겹쳐진 옷가지들 중 맨 위에 올려놓아 한지를 덮고 모시 보자기로 싸두지 않으면 골이 흐트러지는 질감이다. 종이로 만든 지함들이 있긴 하지만 거기에는 속옷들만 담아두었고, 겉옷들은 삼층장에 넣어야 한다. 한지를 겹겹이 바른 장롱 속은 습기가 배지 않는다.

옷을 갈아입기 전, 머리단장이 우선이다. 초희는 장미목으로 만든 나무경대를 끌어당긴다. 접이식으로 된 경대 아래칸에는 촘촘한 참빗과 성근 얼레빗이 있고, 위칸에는 오라버니 허봉이 중국에서 사가지고 온 상아 얼레빗과 쇠뿔로 만들어진 참빗, 박달나무나 소나무로 만든 얼레빗 여러 개가 기름 먹은 한지에 싸여 있다. 불사신이 산다는 곤륜산(崑崙山) 옥으로 만들어진 직녀의 빗이 있다기에 오라버니에게 주문했으나 그런 빗은 구하지 못했노라 했다. 오늘 초희는 한 번도 쓰지 않고 아껴두었던 상아 얼레빗으로 머릿결을 다듬는다. 두피 속까지 간질이는 상아의 차디찬 느낌이 시원하다. 비스듬히 기운 거울 속에 초희의 돌올한 윤곽이 떠오른다. 속쌍꺼풀 진 눈매에 조금은 솟은 듯한 콧날, 살포시 다물린 입술선이 정갈하다 못해 함부로 할 수 없는 고졸함이 느껴진다. 말하거나 웃지 않으면 말간 육색이 자칫 시리도록 차가워 보인다.

댕기 물린 머리를 풀어 다시 참빗으로 고른다. 왼쪽 어깨 위로 늘어뜨린 긴 머리다발을 간추린 후 천천히 땋아내린다. 숱이 많은 머리다발은 검다 못해 옻칠이라도 한 것 같다. 자줏빛 오간지 댕기를 머리끝에 단단하게 물린다.

"오간지는 두 가닥으로 꼬아서 짠 명주라……" 말끝을 여미던 어머니. "한 올 한 올 꼬아서 여물게 짠 것이라 잘 풀리지 않을 게야" 하고 어머니는 덧붙이는 말에 힘을 주며 지그시 바라보았었다. 무슨 말인지 알 것 같았다. 나지막이 고개를 주억거리며 초희는 어머니의 두 손을 마주 잡았었다.

하지만 오간지에 비유하는 부부의 영원성에 대해 초희의 생각은 조금 달랐다. 두 가닥의 명주 올을 배배 꼬아서 그 두 가닥을 다시 합쳐 짠 명주라 해도, 물에 빨고 다림질하고 세월이 흐르면 삭고 나달거리게 마련인 것을. 부부란 한 지붕 한 이불 덮고 살면서, 어느 한쪽이 먼저 흙에 묻히기 전까지는 그 마음,

그 가슴, 그 영혼이 불멸이어야 하는가. 불멸을 상징하는 물건
이 이승에 있기나 한 걸까.

초희는 떠오르는 상념을 밀어내며 일어나 옷을 갈아입는다.
하얀 속적삼 위로 드러난 초희의 희고 긴 목덜미, 겉저고리를
껴입으려고 들린 겨드랑이 속살이 희다 못해 사기처럼 빛이
난다. 어머니 김씨는 그런 초희를 보며 매번 중얼거리곤 했다.

"여자의 속살이 너무 희고 차면 외로움을 타고나는데……."

*

열두 폭 십장생 병풍이 둘러쳐진 대청마루 한가운데 화문석
이 깔리고 열 말들이 떡시루가 놓였다. 청홍의 겹으로 된 비단
보가 봉치 위에 덮이고, 화문석 한가운데 예탁이 놓였다. 마침
내 큰대문이 활짝 열리고 "함 사시오, 함 사시오" 함진아비들
의 드높은 목청에 기왓장이 들썩거린다. 굵은 빗줄기는 멎고
희읍스름한 안개비로 잦아들었다. 대청마루에 밝힌 대초들이
불꽃을 너울대며 긴 여울처럼 녹아내린다. 초희는 조그맣게
숨을 토해냈다.

초당 허엽이 큰기침을 날리며 안마당으로 들어섰고, 연이어
의관을 갖춘 세 아들과 두 사위가 마루로 오른다. 오늘 저녁 초

희의 아버지 초당 허엽은 연옥색 명주 두루마기에 흰 명주 바지, 옥색 대님을 맵시 있게 묶었다. 대사성 벼슬자리에 있으면서도 사치나 낭비를 멀리하는 허엽으로서는 대단한 호사를 한 셈이다.

열두 칸 대청마루가 그들먹하다. 큰아들 성과 이조좌랑인 둘째 아들 봉, 막내인 균이 나란히 섰고 그 양옆으로 밀양군수 큰사위 박순원과 사헌부장령인 작은사위 우성전이 허엽을 호위하듯 둘러섰다. 그런데도 허엽의 얼굴이 밝지만은 않다. 한 일자로 굳어진 미간에 주름골이 곤두섰다. 어제까지만 해도 그처럼 청명하던 가을날이 하필 금지옥엽 막내딸 함 오는 날, 먹구름이 끼고 천둥 번개까지 쳐대니 허엽은 초조한 모습이 역력하다. 사랑채에서 담소를 즐기던 손님들, 이달과 그의 자별한 벗인 최순치도 덩달아 엄숙해졌다.

대문 문턱을 사이에 두고 실랑이가 만만찮다. 함진아비들이 한 발자국 뗄 때마다 마름인 갑술 아비가 엽전 꾸러미를 던진다. 겨우 큰대문 문턱을 넘어섰을 뿐인데 엽전 꾸러미가 서너 다발이나 던져졌다. 큰대문에서 중대문에 이르는 마지막 문턱에 온 힘을 실은 듯, 함진아비들의 목청에는 신명이 올랐다. 초희의 둘째 오라버니 허봉이 나섰다.

"힘 빼지들 마시고 그만 드시지요."

어머니 김씨가 마련해둔 엽전 꾸러미를 있는 대로 내던져보지만, 함진아비들의 거드름이 만만치 않다. 결국 옆에 서 있던 이달이 편들며 나섰다.

"오르시지요. 술상이 저 혼자 쓸쓸해하는데요."

손곡의 손에 이끌린 함진아비가 중대문을 넘어서 안채 축담으로 성큼 오른다. 대청마루에는 대소가 안팎 사람들이 진을 친 가운데 신랑 쪽 상객 김정과 초당 허엽이 마주 보고 앉았다. 안방마님 김씨가 손수 수놓은 사군자 홍색 비단보가 팥시루 위에 덮여 있고, 그 위에 함이 놓였다. 함을 싼 홍색 겹보자기 네 개의 자락은 서로 교차하면서 상투 모양이 되도록 엇갈려 틀어줘어져 있다. 네 개의 자락은 원앙의 머리와 날개와 꼬리 모양으로 얌전하게 다듬어졌다. 허엽이 함을 봉한 띠를 풀고 함보를 벗긴 다음 혼서지(婚書紙)를 꺼낸다. 숨죽여 바라보는 대소가 식솔들의 진중한 모양새에서 질박함과 겸손을 삶의 우선순위로 꼽는 초당 허엽의 가풍이 그대로 전해진다.

귀한 딸을 키워 보내주어 고맙다는 신랑의 부친 김첨의 초서체 달필을 읽으며 허엽이 고개를 주억거린다. 혼서지의 의미는 각별하다. 오로지 귀밑머리 푼 본처만이 시아버지의 혼서지를 받을 수 있었고, 이 혼서지는 죽을 때 관 속에 넣어 가기도 했다. 이어서 신랑의 사주와 생시를 쓴 간지와 납폐(納幣)

를 열어본다. 허엽의 손끝이 미세하게 떨린다. 임금님 앞에서도 긴장하는 품새 없이 당당한 허엽이었다. 그의 간단없는 손떨림은 막내딸 초희에게 거는 축복이면서도, 못내 염려스러운 기우의 한 자락이었을 것이다. 허엽은 마른기침을 삼키며 사방탁자만 한 혼수 함의 뚜껑을 연다. 청홍의 치맛감, 황금 쌍가락지 한 쌍, 혼수 목록을 기록한 간지가 비단실에 곱게 묶여 있다. 복잡한 절차는 아니지만 딸의 혼수 함을 다루는 허엽의 정중한 손길에는 무게감이 실렸고, 손짓 한 번 눈길 한 번에도 소홀함이 없다.

이제 사당에 고한 다음 신부의 어머니가 함 속에 손을 넣어 동심결로 매듭진 채단을 꺼내는 순서다. 푸른 비단에는 홍색 명주실로, 홍색 비단에는 남색 명주실로 동심결을 묶었다. 청홍의 명주실은 신랑과 신부의 마음을 하나로 묶는다는 음양의 조화로움을 되새기는 절차다. 함의 사방귀퉁이에 놓인 오방주머니가 예쁘다. 분홍색 주머니에는 목화씨를 넣어 왼쪽 귀퉁이에, 팥을 넣은 붉은색 주머니는 왼편 아래쪽에, 며느리의 고운 심성을 바라는 노랑 주머니에는 노란 콩을 넣어 함의 한가운데 놓았다. 부부의 백년해로를 기원하는 파란색 주머니에는 찹쌀을 넣었고 연두 주머니에는 절개를 은유하는 향나무 가지가 들어 있다.

신부의 어머니 김씨가 함 속에 손을 넣었다. 예단 중에서 한 가지를 짚어내는 것은, 대소가 아녀자들만의 풍속이다. 사람들은 숨죽인 채 안방마님의 손으로 눈길을 모은다. 자잘한 웅성거림 속에 김씨의 손에 딸려 나온 것은 붉은 수실 묶음을 한 청색 치맛감이다. 김씨의 손이 잘게 떨린다. 그렇게 마음 졸이며 홍색 비단을 짚어내려 했건만, 하필이면 청색 치맛감이라니…… 대청마루에 서 있던 식솔들 입에서 길고 짧은 숨소리가 터져 나온다. 이것으로 오늘 저녁의 혼수 함 절차는 마무리된 셈이다.

차일 친 마당에 음식상이 나오고, 잔치는 금세 어우러진다. 웅성거리는 틈새에 살그머니 차양 아래를 걸어오는 초희를 아무도 눈치 못 챘다. 그 탯거리가 너무나 조용하다고, 전실 소생 큰언니는 "인기척을 내고 다녀라. 초희는 숨도 안 쉬나 봐" 하며 시빗거리로 삼곤 했다. 숨소리가 밖으로 안 새면 안으로 쉬는 숨결이 얼마나 가쁜지 언니는 알까. 무엇이 부족해서 우리 어머니는 후실로 들어와야 했는지, 초희는 먹물로 얼룩진 가슴을 쓸어내리곤 했다.

술에 겨운 함진아비들의 휘청대는 손에 엽전 꾸러미를 안겨 대문 밖으로 내보낸 시각이 자시가 넘었다. 사랑채 대소 어른들도 자리를 뜬 다음, 안채 마루에는 여인들만 모여 앉았다.

함의 내용물들이 생각보다 약소하다고, 입이 걸기로 소문난 고모가 한마디 씹어 뱉는다.

"이걸 누가 기세등등한 안동 김씨 맏며느리 상답이라 하겠어? 녹의홍상만 해도 요즘 명나라에서 갓 들어온 비단이 한창인데, 비취다 자만옥이다 하고많은 패물은 어디다 두고 금가락지, 옥비녀가 웬 말이야. 이걸 보내자고 그렇게 날짜를 앞당기고 까탈을 부렸다니. 안목이 이다지 약소한데, 아이고 우리 초희가 걱정이구먼."

안방마님 김씨가 입을 막았다.

"고모님, 그만하세요. 어느 집에서나 청홍 치마 두 감이 아닌지요. 열 가지를 넘기지 못한다는 나라법이 지엄한데 이만하면 조촐하고 알뜰하구먼요."

이런저런 뒷말들에 입이 곤해진 여자들도 모두 자리에 들었고, 불 밝혔던 청사초롱에 짙은 그늘이 앙금처럼 내려앉았다. 밤의 한허리가 휘이휘이 넘어가고 있다.

초희는 어머니 방에 불이 꺼진 후에야 거처인 별채로 내려왔다. 온종일 긴장하고 있었던 탓인지 종아리가 뻐근하다. 내가 이러한데, 몇 달을 두고 노심초사하시던 어머니는 편안하게 주무시기나 할지, 초희는 다시 안채의 어머니 방을 돌아다보고, 아직도 창호지에 감빛 불을 물고 있는 사랑채도 휘돌아본다. 하늘은 아직도 먹빛이다. 중대문에 매달린 청사초롱에서 불어내는 아릿한 불빛만이 휘영청 너른 집 안에 불티마냥 희미하다.

초희는 먹을 갈고 붓을 꺼내 든다. 금방 말라버린 붓에 먹물을 찍으려다가 초희는 경탁 서랍에서 책자를 꺼낸다. 시를 써 내려가려고 한지 여러 겹을 쟁여 노끈으로 묶어 만든 것이다. 시가 눈에 들어온다. 이도사님에게 핀잔 비슷한 화평을 들었던 「감우(感遇)」다.

밋밋하게 자라난 창가의 난초 (盈盈窓下蘭)

줄기와 잎새가 어찌 그리도 향그러웠건만 (枝葉何芬芳)

가을바람 한바탕 흔들고 가니 (西風一披拂)

가을 찬 서리에 서글프게도 떨어지네 (零落悲秋霜)

빼어난 맵시 시들긴 해도 (秀色縱凋悴)

맑은 향기 끝끝내 가시진 않으리라 (淸香終不艷)

너를 보고 내 마음이 몹시 언짢아 (感物傷我心)

눈물이 흐르며 소맬 적시네 (涕淚沾衣袂)

난설헌(蘭雪軒)

"고결한 난을 자신에게 비유한 기법은 가상하나……."

이달은 잠시 말을 끊은 다음 지그시 초희를 쳐다보았다.

"난설헌이라…… 참으로 대단한 자기애를 지녔구먼. 자고로 남자나 여자나 자아가 강하면 외로운 법, 이런 자아도취적인 정서는 칭송할 만한 것이 못 되는 법이네. 아직은 어린 나이인데 아름다운 난초의 초췌해지는 추이를 그린 것은 지나친 조숙함이 아닌가 싶으이."

초희는 고개를 흔들었다.

"아닙니다. 난초에 비유한 대상은 어머니입니다. 시들어가는 꽃의 덧없음을 바라보면서 속울음을 삼키는 어머니의 애틋한 모습을 그려보았어요."

이달은 눈이 부신 듯 잠시 초희를 바라보다가 담배 한 대를 느긋하게 피워 물었다. 그런 이달의 행동에 신경을 모으고 있던 허봉이 한마디를 곁들였다.

"난초와 자신이 서로 교감하고 있음을 절묘하게 나타낸 시라는 생각이 드는군."

그도 '난설헌'이라는 초희의 자호를 접하기는 처음이었다. 이름 없이 살아가는 여인들 앞에서 누이동생을 난설헌, 하고 부를 기회는 없을 테지만, 작품의 말미에 당호로 난설헌이라 지칭함도 좋을 것이다. 침묵을 아우르던 이달이 술잔을 내밀었고, 허봉이 빈 술잔을 채웠다. 초희는 펼쳐둔 한지를 돌돌 말아 소매 속에 밀어넣고 사랑방을 나섰다.

이제 그렇게 사랑방에 불려 나가 시를 겨루는 일 같은 건 없을 것이다. 시집이라는 절대의 공간으로 옮겨 앉으면, 생이 마감되는 그날까지 숨죽여 살아야 한다는 지엄한 법도가 있다. 벌건 번개칼이 창호지를 긋고 지나간다. 다시 빗방울이 들이치기 시작했다.

잠귀 밝은 함실댁이 잠에서 깼다. 초희가 잠 못 이루는 것을 알고 아예 이불을 걷고 일어나 밤 한 뒷박을 끼고 앉았다. 문앞에 쪼그리고 앉아 밤껍질 벗기고 있던 함실댁이 갑자기 앗, 비명을 삼킨다. 무딘 칼에 손가락이 베인 모양인지, 얼른 주먹을 꽉 쥐고는 자리를 뜰 구실을 만든다.

"아가씨, 잠깐 기다리세요. 수정과 한 보시기 들고 올 터이니."

붓을 내려놓았으나 아무것도 손에 잡히지 않는다. 서안 아래 소중하게 보관하고 있는 『태평광기(太平廣記)』를 꺼내 들었다. 초희에게 선계에 대한 상상력을 심어준 책이다. 그러나 오늘 밤에는 그렇게 재미있는 이야기책도 눈에 들어오지 않는다. 무언지 모르게 불안하고 스산한 느낌이다. 미닫이를 조금 연다. 밤공기가 서늘하다. 안채와 사랑채에서 희미하게나마 불빛이 흘러나오고, 아직 돌아가지 않은 손님들이 집 안 구석구석에 있었지만 빈집처럼 호젓하다. 온종일 법석대던 차일막도 걷어졌고, 네댓 장을 잇대었던 멍석이며 교자상, 남은 음식들을 긁어모았던 대소쿠리도 말끔하게 치워졌다. 매사에 깔끔한 어머니 김씨의 소리 없는 지시가 집안의 내력으로 길들여졌음이 여실했다.

오늘따라 함실댁의 느적대는 발걸음이 초희는 미심쩍다. 또 덕실이와 입씨름이라도 붙었는가. 열린 미닫이 틈새로 설핏 검은 그림자가 스친 듯했다. 하늘엔 여전히 먹장구름이 진을 쳤고, 안채 용마루를 에워싼 어둠골이 너무 두텁다.

밤눈 어두운 함실댁을 위해 초희는 미닫이 틈새를 조금 더 벌린다. 중대문 양쪽으로 수문장처럼 지키고 서 있는 백일홍 나무의 암팡진 맨가지에 걸려 넘어질 때마다 함실댁이 치맛자락에 묻히고 들어오던 백일홍 훈향. 이제는 꽃 없는 이파리뿐이다. 바람 한 점 흐르지 않는 축시의 한허리가 넘어가고 있다. 초희는 서안에 턱을 괸다. 다른 여자들도 혼례식을 앞둔 밤이 이다지 길고 불안할까, 모래밭에 발이 빠져 허우적거리듯 마음도 몸도 무언가에 붙잡혀 개운하지 않다. 사랑채에 머무는 손님들 때문일까, 초희는 고개를 흔든다. 그런 건 아니다. 작은 사랑에는 오라버니의 글벗인 이도사님과 그분의 둘도 없는 벗이라던 최순치가 머물고 있다. 오늘 길을 떠나지 못했다. 느지막이 일어서려는 그들을 오라버니가 만류했다. 지척인데 천리만리 아득한 거리감으로 느껴진다.

녹슨 문지도리 소리가 들리고 함실댁이 가위눌린 몰골로 헐레벌떡 방으로 뛰어든다. 허연 게거품까지 깨물린 입술은 벌벌거리고 수정과는커녕 빈손을 허우적대며 무슨 말인가를 병벙거렸지만 소리가 되어 나오지 않는다.

"유모, 진정하세요."

보료를 밀어내고 일어난 초희가 함실댁의 야윈 어깨를 다독인다. 겨우 갈피를 잡은 듯한 함실댁이 말까지 더듬거리며 게워낸다.

"수정과를 떠 오려고 광에 갔는데 조청단지 아가리가 헤벌어져 있는 게 보이더라고. 누가 단것을 퍼먹고 그대로 둔 거야. 글쎄 팔뚝만 한 쥐가 빠져 있지 않아요. 누구의 소행인지 내일 물고를 내야지."

조청은 함실댁이 관리하고 있었다. 지난 가을 찹쌀 두어 가마니로 식혜를 만들어 그 삭인 단물을 반나절 내내 졸여 만든 조청 항아리에 쥐가 빠졌다는 것이다. 무명천으로 봉하고 옹기 뚜껑을 덮어두었는데, 쥐새끼가 어찌 뚜껑을 열고 빠졌는지 모르겠다고, 함실댁은 입에 거품까지 물었다. 경사스러운 날에 쓰일 조청이었다. 단것은 일 년 농사나 마찬가지였다. 찹쌀 몇 가마니가 아까운 것이 아니라, 거기에 쏟아부은 수고가 이만저만이 아니었다. 저녁 어스름이 거미발처럼 기어내리고, 양 날개를 잔뜩 쳐든 기와지붕의 깊은 차양 밑은 금세 거뭇한 어둠살을 피워올린다.

낮에는 그런 일도 있었다. 발갛게 익은 연시가 마당으로 획 날아들었다. 까치밥으로 둔 감이었다. 그런데 그게 하필 마당을 가로질러 중대문으로 걸어나가던 초당 허엽의 발부리로 떨어졌다. 버선발이 연시로 질척댔다. 어찌 된 영문인가 싶어 주위를 살피니, 감 따는 긴 간짓대가 가지에 걸려 자발스럽게 꿈지락거리고 있었다. 이 절기만 되면 키를 세운 늙은 감나무는 동네 아이들의 군것질거리로 늘 시달림을 받았다.

이런 고얀 것들이, 허엽의 목울대가 잘게 쿨렁거렸다. 획 돌아선 허엽이 뒤란의 감나무를 향해 발걸음을 돌렸다. 그때 안방마님 김씨가 발을 구르며 달려나왔다.

"대감마님, 고정하세요. 담 밖으로 가지 뻗은 연시 단속은 못 하는 법이에요."

길게 찢어진 허엽의 눈 갈기가 구겨졌다. 호랑이 상이라고 했다. 두툼한 코 부리에 봉의 눈을 하고 있어 얼굴만으로도 당당한 기상이 느껴진다. 초당 허엽은 임금 곁에서 정사의 잘잘못을 간하는 대사간으로 오래 있었다. 만만찮은 위치였지만 충정 어린 직언과 반듯한 자세로 그 어려운 자리를 지켰다. 지금은 대사성이라는 성균관의 으뜸 자리를 지키고 있어 그의 둘레로는 동인의 젊은 선비들이 구름처럼 모여들었고, 전실 소생 아들 성과 두 딸, 재취 소생의 봉과 초희, 그리고 막내인 균까지 그 다복함이 두 손아귀에서 넘쳐흘렀다. 그런데 이게 무슨 불길한 징조인가. 모두들 입 밖에 내지 않고 쉬쉬했지만, 대사를 앞둔 집안의 공기는 무겁게 처져 있었다.

*

오늘 초희는 자꾸만 구겨지는 마음이 다림질되지 않는다. 덜 마른 빨래를 손다림질하는 어머니 김씨 곁에서 초희가 익힌 것이 있다면 삶의 구김새도 숯불 다림질이 아닌 맨손으로 곱게 매만질 수 있다는 손다림질의 지혜였다. 사람이 사람을 다스리고 부릴 때도 손다림질의 온기로 다독이라는, 말이 아닌 행동으로 보여준 가르침이라고 초희는 알아들었다.

집 안은 어느 때보다도 고요하다. 부산함이 지나간 뒤라 정적의 느낌이 각별한 건지도 모른다. 초희는 아침부터 잔치 기분에 녹아들지 못하고 겉돌며 서걱거리는 자기 안의 목소리가 못내 불편하다. 모시 올에 치자물이 스미듯 세상사 모든 일, 모든 사람들과 녹아들지 않고 저 홀로 겉돌면 편안한 세상을 살기 어렵다던 이달의 잠언이 새삼 귓가에 서성인다. 그래서 이렇게 오한 든 몸처럼 떨리는 모양인가. 함 받은 날 처녀의 설렘하고는 다른 떨림이다. 이 간단없는 술렁거림은 어쩌면 결혼하고는 무관한 물안개 같은 것, 굳이 발라내고 싶지 않은 심상의 무늬라고 초희는 지그시 가슴을 누른다. 중대문 양쪽 시렁에 매달린 청사초롱의 흐릿한 불빛이 흔들린다. 바람이 이는가, 갑자기 두터운 구름장을 그으며 마른번개가 벼린 칼처럼 내달린다. 멎었는가 하면 다시 지짐거리는 빗줄기에 뇌성과 번개까지 으르렁거린다. 누군가가 급하게 통시로 뛰어가는 게 보인다. 별채에서 부리는 덕실이는 저녁 내내 보이지 않는다. 달거리로 몸앓이를 한다며 낮부터 몸을 사렸다. 그렇다고는 해도, 안녕히 주무시라는 저녁 인사 할 기운도 없단 말인가.

초희는 횃대에 걸린 장옷을 어깨에 걸치고는 마당으로 내려섰다. 밤바람이 서늘하다. 비를 피해 문지방 아래 두었던 가죽 당혜를 신고 댓돌로 내려선다. 안채로 들어가는 중대문을 넘어서다 말고 초희는 헉 하고 숨을 들이마신다. 안채 기와지붕 위에서 무언가 꿈실거린다. 칠흑 같은 어둠을 배면으로 어둠의 뭉치 같은 것이 펄럭거린다. 무녀의 쾌잣자락인가, 아니

성황당에 걸린 색동 쪼가리 같기도 하다. 눈을 비비고 다시 올려다본다. 어찌 감히 지붕 위에 올라갈 생각을 했더란 말인가. 정수리를 잡아채듯 머리카락이 곤두선다. 도둑인 걸까, 갑자기 형언할 수 없는 공포감이 초희를 사로잡는다. 중대문 한짝을 살그머니 밀었다. 짓눌린 쇳소리에 초희는 대문 문턱에 한 발을 디딘 채 얼어붙었다. 여전히 만장처럼 펄럭거리는 지붕 위의 그림자. 쏟아지는 빗줄기에 물먹은 자락들이 뒤엉키면서 털퍼덕 털퍼덕 허공을 후려친다.

초희는 중대문 문설주에 바짝 붙어 섰다. 설마…… 그럴 리야 없지, 작게 중얼거리는 초희의 얼굴이 백지장 같다. 번개칼이 허공을 긋고 지나간다. 아, 짧은 비명이 초희의 입술을 비집고 나와 알알이 터진다. 저건 청홍의 비단자락이 아닌가. 초희는 캄캄한 도랑 속으로 미끄러져 들어간다. 어찌 이럴 수가…… 깊숙한 어둠이 눈앞을 덮치고 몽롱한 의식의 끈이 툭 끊어지는 소리를 낸다.

그 시각, 잠을 이루지 못해 뒤척거리던 최순치는 무언가에 찔린 듯 불시에 몸을 일으켰다. 시린 느낌이 이맛전을 긋고 지나간다. 곁에 누워 있는 허봉이 깰세라 살그머니 일어나 장지문을 열고 나섰다. 어둠이 눈앞을 덮쳤다. 습기에 버무려진 한

기가 등골에 엉긴다. 안채를 향해 등을 돌리고 앉은 사랑채 마당은 적막하다. 텅 빈 집 같은 괴괴함마저 감돌았다. 이따금씩 번갯날이 빗물에 버무려져 질척인다.

오늘 낮에는 흰 무지개까지 기와마루에 걸려 있었다. 그 상서롭지 못한 일련의 현상들이 최순치의 가슴을 무겁게 짓누른다. 오늘 그냥 길을 떠날 걸 그랬다는 후회가 최순치의 가슴에 빗금을 그어댄다. 초희 아가씨의 혼례를 두 눈 뜨고 바라볼 수 있을지…… 손곡이 주저앉는 바람에 발목을 잡히기는 했어도 역시 잘못했다는 생각을 지울 수 없다. 여태껏 마음속에 담아 온, 이승에서는 이루어질 수 없는 그 사람이 다른 남자와 혼서를 주고받는 날…… 손곡은 지켜보라고 했다.

"피하지 말게. 그것이 자네가 이겨내야 할, 생의 고비이지 않겠는가, 연모하는 이의 혼례를 찬 가슴으로 보듬는 게 자네와 내게 허락된 처지가 아니겠나."

그 한마디가 최순치의 머리를 주억거리게 만들었다. 그래서 마음을 초연히 다스리며 머물렀다.

별채에서 불빛이 새어 나온다. 잠을 못 이루는 것인가…… 이제 다시는 볼 수 없을지도 모를 사람이다. 설사 면발치에서 볼 수 있다고 해도 마주 앉아 시를 읊조릴 기회는 영영 없을 것이다. 마지막으로 한 번만…… 최순치는 중대문을 향해 자신도 모르게 발걸음을 떼어놓는다. 한 번만 그 얼굴을 보고 싶다는 절박한 바람이 이제껏 참고 다져 눌렀던 한계를 허물었다. 짧은 거리지만 대각선상에 위치한 두 공간이, 두 사람 사이에 수만 개의 문턱처럼 가로놓였다.

그때 안채 용마루 위에 홀연히 떠오른 어둠의 기둥을 최순치는 보았다. 아직 새벽은 멀고, 인시를 지난 데다 비가 지짐대는 하늘은 옻칠보다 검다. 그러나 둥실한 어둠의 장승이, 칠흑 같은 어둠의 둥치가 요지부동 지붕 위에 분명히 서 있다. 순간 인기척이라도 느낀 건지, 아래를 굽어보던 그것의 날쌘 움직임이 눈에 들어온다. 비는 갑자기 기세를 더했다. 울부짖는 뇌성을 싸잡아 안은 듯 불시에 키를 높인 그것이 무언가를 들고 흔들어댄다. 너무 어두워 식별이 안 된다. 짐승의 덩치처럼 괴기스럽기까지 하다. 하나 사람이 분명하다. 도대체 이 야밤에 지붕 위에 올라가 무슨 짓거리인가, 최순치는 별당 일각문 문턱을 성큼 넘어선다.

허봉도 잠에서 깼다. 곁에 있어야 할 최순치의 자리가 비어 있다. 이달과 최순치와 함께 축시가 다 되도록 술추렴을 했으니 잠자리에 든 건 조금 전이다. 깊은 잠이 들지 않은 상태였다. 허봉은 일어나 밖으로 나섰다. 댓돌로 내려서는데, 무언가 눈앞을 긋고 지나가는 푸른 비수를 보았다. 눈꺼풀에 묻어 있던 잠기운이 단박에 달아났다.

별당 일각문 문턱에 서 있는 최순치의 모습을 보고는 또 한 번 놀랐다. 저자가 쯧쯧, 혀를 차며 별당으로 들어섰다. 허봉을 돌아보는 최순치가 어둠 속에서 어딘가를 가리킨다. 순간 허봉은 아앗, 비명을 사리물었다. 번쩍 날아든 번개가 지붕 위의 풍경을 환하게 들어올린다. 우뚝 서 있는 어둠의 덩치, 붉고 푸른 너울 같은 것의 펄럭거림, 허봉은 두어 발짝 뒷걸음치며 다시 올려다보았다. 지붕 위에 떠벌이고 서 있는 건 사람이 분명하다.

"네 이노옴! 거기 웬 놈이더냐? 냉큼 내려오지 못하겠느냐."

벌컥 소리를 질렀지만 금세 목소리는 목구멍 안에서 잦아든다. 이 흉측한 몰골을 식구들에게 보여서는 안 된다. 속히 저놈을 지붕에서 붙잡아 내려야 한다는 생각만 조급할 뿐 허봉은 발만 둥둥 구른다.

갈기갈기 찢어진 비단자락을 휘두르던 지붕 위의 검은 덩치가 작은 웅성거림에 잠깐 정지한 상태로 아래를 굽어본다. 발을 헛디뎠는지 기왓장 한 장이 굴러떨어진다. 다시금 먼 산마루를 달려온 번개 자락이 지붕 위를 훑치고, 장승의 모습은 사라졌다. 그제야 봉과 최순치, 겨우 정신을 차린 초희 세 사람이 안마당 가운데로 걸어나왔다. 세 사람은 서로를 알아보고도 말을 잊은 채 어두운 지붕 위만 쳐다본다.

"제가 올라가 보겠소. 어디 사다리가 있는지 알려주시지요."

최순치가 나섰다. 잠시 사방을 휘둘러보던 그가 정주간 뒤에서 사다리를 들고 나오더니 타고 올라간다. 허봉이 사다리 한쪽을 붙잡았고, 초희가 다른 한쪽을 붙잡았다. 이 한밤중에 그들을 불러낸 요사스러운 것의 정체를 밝히기 위해 모두 입을 다물고 어둠 속을 응시한다. 근간에 들어 상서롭지 못한 일들의 연속으로 안팎식구들 너 나 할 것 없이 모두 긴장하고 있었다. 감히 여기가 어디라고, 대사성 허엽의 집 용마루에 올라갈 생각을 한단 말인가.

잠시 후 최순치가 사다리를 타고 다시 내려왔다. 그의 두 손에 들린 비단 쪼가리를 알아챈 초희는 까무룩 정신을 놓을 뻔했다. 허봉이 상투머리를 흐트러뜨린 채 뒤란으로 달려간다. 이놈을 당장 잡아서 능지처참을 하리라, 목 쉰 소리가 터져 나온다.

예리한 칼로 난도질한 녹의홍상…… 발기발기 찢어진 비단 자락이 무참하게 짓이겨졌다. 삭신이 떨리는 몸뚱이가 불에 그슬린 명주 실밥처럼 오그라드는 느낌에 초희는 그늘 뒤로 몸을 가렸다. 이건 저주가 아닌가, 어떻게 이런 일이…… 독 묻은 화살이 초희의 심장 한가운데를 쑤시고 든다. 번들거리는

기와지붕의 어둠을 맞바라보며 '내가 무얼 잘못했기에……'
하고 같은 말만 되뇌는 자신이 무력하게 느껴진다. 할 수 있는
일이 아무것도 없다. 세상에 태어나서 처음으로 분노라는 걸
손으로 만져본 것 같다. 검고 미끄덩거리고 흉측한 것, 밉고 징
그럽고 상한 냄새를 풍기는 더러운 얼룩, 그것이 가슴을 무두
질해댄다. 후드득, 어깨를 털어낸다. 중대문 문설주를 꽉 붙들
며 허물어질 것 같은 몸피를 겨우 지탱한다. 최순치는 엇비스
듬히 돌아서 있는 초희의 가녀린 모습이 애처롭기만 하다.

온 집 안에 불이 밝혀지고, 막 대문을 들어서던 초당 허엽의
눈길이 화등잔처럼 벌어져 순치의 얼굴을 향해 수침처럼 박혔
다. 도둑을 못 잡은 것이 자신의 잘못이라도 되는 듯 최순치는
몸을 조아린다.

허엽은 마당에서 수런거리는 소리에 눈을 떠 휘청휘청 걸어
나왔다. 성긴 빗방울이 어둠을 적시며 다시 부슬거리기 시작
했다. 식구들이 웅성거렸다. 대청마루에 서 있는 안방마님 김
씨의 둥긋한 모습하며, 고쟁이 바람으로 뒤란에서 뛰어나오는
아들 허봉을 발견하고선 질끈 이를 사리물었다. 앵두나무 아
래서 맨발인 채로 서성이고 있는 최순치가 눈에 들어오자 본
능적으로 미간이 곤두세워졌다.

"저자가 왜 안마당에서 서성이더냐."

허봉이 난감한 얼굴을 했다. 최순치를 뜨악하게 여기는 부친의 행동이 면구스러웠다. 허봉이 찢겨진 비단자락을 내밀었다.

"최공이 지붕 위에 올라가 이걸 들고 내려왔습니다."

최순치를 싸고도는 아들의 말에 허엽은 울화가 치밀었다.

"여기서 얼씬거리지 않는 것이 좋을 게야."

마른가래를 끌어올리며 나직이 뱉어낸 쇳소리가 밤의 한허리를 토막 낸다. 허봉이 부친을 부축해 내실로 올라갔다. 아랫목에 정좌한 다음 자초지종을 이야기했고 김씨가 덧붙였다.

"원한 품은 자들의 허튼수작이 아니겠는지요?"

"원한이라니, 그 무슨 당치 않은 말이오?"

차마 눈뜨고 볼 수 없을 지경으로 찢어지고 발라낸 녹의홍상을 김씨가 치마 아래로 감싸 안았다. 깊은 탄식이 절로 입 밖으로 새어 나왔다.

"누구의 짓이란 말인가. 누가 깊고 깊은 내실로 숨어들어 새색시의 녹의홍상을 훔쳐낼 수 있단 말인가."

노기 어린 허엽이 두 주먹으로 가슴을 치다가 문득 최순치의 이름을 거명했다.

"저놈, 최순치의 짓이 분명하렷다."

분을 삭이지 못해 입에 거품을 물고 버글거렸지만, 그 목소리가 문지방을 넘지는 않았다. 이 기막힌 불상사를 드러내 소란 피워서 득 될 것이 없다.

"아버님, 고정하시지요. 최순치의 짓이라 함은 천부당만부당하십니다. 순치는 밤새 윗방에서 곤히 잠을 잤고, 소피 보러 나간 일밖에 없습니다."

억울한 심정이 깃든 허봉의 목소리가 밖에 서 있던 최순치의 등을 후려친다. 엿듣자고 들은 게 아니다. 방에 들어가 의관을 갖추어 입고 나왔을 때부터 초당 허엽의 가래침 끓는 노한 목소리가 내내 귓가를 파고들었다. 김씨는 사색이 되었고, 윗목에 서 있는 초희도 몸을 떤다. 오동나무 함은 초저녁 그대로 뚜껑이 닫힌 채 내실 윗목에 놓여 있다.

"방을 비운 적이 있는가, 누가 이 안채 깊숙한 내실까지 들어왔는가 말이오!"

불똥은 안방마님 김씨에게 떨어졌다. 허엽은 부인을 추궁하기 시작한다.

"혹여, 통시라도 다녀오시었소?"

김씨가 옷고름으로 눈물을 훔치며 고개를 흔든다.

"한 발짝도 이 방에서 나간 적이 없는데, 이게 무슨 괴변인지 모르겠습니다."

김씨의 소리 없는 울먹임이 묵직히 도사린 침묵을 흔들었다.

"함을 어떻게 간수하신 거요, 정말 함에 든 녹의홍상인지 살펴보았소? 이렇게 허술해서야 내 어찌 집안 대소사를 부인한 테 일임할 수 있단 말이오."

김씨의 옷고름 쥔 손이 얼굴 여기저기를 훔친다. 눈만 감으면 세상이 떠내려가도 모르게 잠이 깊은 편이다. 방 안 깊숙이 가시 돋친 침묵이 어리고 시간이 정지해버린 듯 적막감까지 감돈다. 누가 잘못해서 일어난 일이 아니건만, 누군가를 닦달하지 않으면 견딜 수 없는 상황이 벌어지고 있었다.

허엽은 윗목에 세워둔 긴 담뱃대를 들어, 아들 허봉과 부인 김씨가 아우르는 공기를 갈랐다. 심기가 끓어오른다. 처음 당하는 일이다. 견고하게 울타리 쳐졌다고 믿어 의심치 않았던 집안에 불길하고도 섬뜩한 불상사가 일어나다니, 그것도 눈에 넣어도 아프지 않은 딸 초희의 혼례를 며칠 앞두고…… 사랑채에 묵고 있는 식객들이 심기를 긁어댄다. 최순치의 짓이라고 여긴 건 아니다. 그런데도 허엽의 머릿속에서는 최순치가 밀려들고 있었다. 무슨 빌미가 있어서가 아니다. 그냥 본능적으로 최순치의 준수하면서도 칼날처럼 번뜩이는 눈빛, 일자로 다물린 입과 부러질 듯 격한 논조가 목에 걸린 가시처럼 따끔거린다. 무엇보다도 초희에게 언뜻 건네지던 그자의 지긋한 눈빛을 보는 순간 아차 싶었다. 정체 모를 경계심이 가슴속에 불을 질렀다.

가슴에 깃든 숫대

하곡 허봉은 초희와 막내동생 균의 스승으로 손곡 이달을 천거했다. 이달을 처음 만나던 날, 초희는 작은사랑에서 동생 균과 함께 두목지의 시를 읽고 있었다. 밖에서 술렁거림이 있더니, 손님이 오셨다는 갑술의 목소리가 들렸다. 일어나서 나가려는데 오라버니가 "그냥 앉아 있어도 된다. 이도사님이시다"라고 했다. 여느 사대부집이라면 어림없는 일이었다. 하나 허봉은 달랐다. 높은 담 안에서 귀도, 눈도, 입도 다물고 살아가는 여인들에게 나름대로의 안쓰러움이 있었다. 인간의 본성을 억제하는 제도, 그 법도라는 것에 대해서도 순리를 거스르는 일이라며 고개를 흔들었다. 허봉은 누이동생의 짓눌린 영혼을 자유롭게 해주고 싶었다.

허봉과 이달은 단순한 시우(詩友)가 아니라 인간적으로 깊숙이 맺어진 사이였다. 세상을 바라보는 식견이나 안목이 남다른 그들에게 시라는 소통의 맥이 흐르고 있어 더 깊고 넉넉한 이해가 가능했을 것이다. 남녀칠세부동석이라는 법도가 세상을 겹겹으로 둘러치고 있던 시절, 감히 규중의 누이 초희의 스승으로 이달을 천거한 것은 파격이 아닐 수 없었다.

이달은 일 년에 서너 번을 길게는 열흘 정도, 짧게는 사나흘씩 사랑채에 묵고 가곤 했다. 이달이 사랑방으로 올라왔다.

"내가 이제까지 초희의 시를 수십 편 읽었지만, 내 가슴이 쿵 내려앉을 정도로 감동한 시는 아무래도 「백옥루 상량문」에 비할 수 없지. 그 시를 읽던 날, 나는 밤새 한숨도 잠을 이루지 못했네. 여기에 온 것이, 하곡 미안하이, 자네보다 초희를 만난다는 기쁨이 더 컸다면 자네 화낼 터인가?"

초희는 쑥스러운 마음에 잠자코 옷고름만 매만졌다.

"그 상량문에는 아직 어리지만 초희의 인생관이랄까, 자연관이 확연하게 드러나 있었네. 지금도 생생하게 기억나는군. 초입부는 건너뛰고 생각나는 대로 내가 한번 읊어보리다."

엎드려 바라건대 이 대들보를 올린 뒤에 계수나무꽃은 시들지 말고 요초는 사시사철 꽃다워지이다. 해가 퍼져 빛을 잃어도 난새를 어거하여 더욱 즐거움을 누리고, 육지와 바다가 빛을 변해도 회오리 바람의 수레를 타고 오히려 길이 살며 은창이 노을에 눌릴 만큼 자욱하며, 아래로 구만리의 미미한 세계에 의지하여 굽어보게 하시며, 구슬문이 바다에 다다르면 웃으며 삼천 년 동안 맑고 맑은 뽕나무 밭을 웃으며 바라보게 하시며 손으로 삼소(三霄)해와 별을 돌리고 몸으로 구천의 바람과 이슬 속에 노니소서.

"여덟 살 어린 나이에 이런 생각을, 이런 시어를 어떻게 뽑아올렸는지 세상 사람들은 짐작이나 하겠는가. 하늘이 내린 시인이라 믿어 의심치 않네."

이달은 고즈넉이 앉아 있는 초희를 바라보며 말끝을 이었다.

"그렇다고 신동이라는 말에 너무 과민하게 반응하지 않는 게 좋아."

초희의 고개가 살랑살랑 흔들렸다.

"신동이라는 말은 부담스럽고 싫어요."

모두들 소리 내어 웃었다.

바람이 몰고 오는 구름, 해가 기울면 물드는 선홍빛 노을, 밤이면 사물의 윤곽이 어둠 속에 가려지는 신묘한 자연의 조화를 초희는 두근거리는 가슴으로 바라보고 느끼며 시어로 끼적거리곤 했다. 사계절에 따라 몸에 걸치는 옷이 다르듯 산과 들에 피어나는 색의 물결도 달랐다. 오라버니 허봉이 중국이라는 거한 나라를 다녀오면서 보고 듣고 겪었던 이야기를 해줄 때마다 여덟 살 초희의 머릿속에서는 상상의 세계가 펼쳐졌다. 사랑방에 쌓인 그 많은 책들도 낮이면 초희의 차지가 되곤 했다. 『천자문』이나 『명심보감』, 『대학』은 이미 여섯 살 안짝으로 모두 머릿속에 심어져 있었다.

*

지지난 해, 이달이 처음 최순치를 대동하고 온 날, 그 비범하고 수려한 용모에 모두들 입을 다물지 못했다. 최순치가 소실 출생이라는 사실을 알고는, 안방마님 김씨가 많이 아쉬워했다.

여느 날과 달리, 초당 허엽은 그날 일찍 퇴궐했다. 사랑방에 아들 허봉과 가깝게 지내는 이도사가 와 있다는 말에, 큰사랑으로 들기 전에 작은사랑으로 먼저 올랐다. 초당이 자리를 잡고 정좌하자 이달 곁에 준수하게 생긴 한 선비가 불쑥 절을 올렸다.

"매곡이라 하셨던가? 매화골이라는 말인데, 본이 어디시든가?"

최순치가 다시 한번 머리를 조아렸다.

"전주 최가(崔哥)이옵니다. 가친께서는 고성군수로 지내십니다. 거듭 말씀드립니다만, 부디 대감께서는 말씀 낮추어주십시오. 그래야 저희가 편합니다."

이달이 끼어들었다.

"천천히 아시겠지만 고죽 최경창 아래에서 공부한 재사올시다."

"고죽이라면, 이도사와 함께 문창 반열에 오른 풍류시인을 말함이오?"

이달이 최순치에게 대답하라는 눈짓을 해보였다.

"그러합니다. 이도사님 덕분으로 그런 분들과 교분을 갖게 되었습니다만, 한사코 가르침을 내리시지는 않았습니다. 일개 풍류를 읊는 내가 어찌 스승이 될 수 있겠느냐 하시면서 사양하셨지요."

"언젠가 어떤 기녀가 고죽의 사랑시를 읊는 걸 들었는데, 사연이 절절하더이다."

잠시 침묵을 어르던 최순치가 한마디를 덧붙였다.

"재미있는 일화가 있지요. 고죽께서 부평사로 임하실 때 그곳 홍랑이라는 기녀와의 사랑 이야기가 유명했는데, 아마도 기녀들이 그걸 읊조리는 모양입니다. 제가 기억나는 대로 한 수 읊어보겠습니다."

불은 물을 뿌리면 끌 수 있지만

사랑은 불붙으면 끄기 어렵다

얼음은 녹지만 잃어버린 사랑은

그보다 더 차가워서

사람 마음속에 동상만 남긴다

건드릴수록 아프고 시리다

허엽은 최순치를 한참 바라보았다. 일자로 굳게 다물어진 입, 차갑고 과묵해 보이던 겉모양 속에 열화와 같은 뜨거움이 내재해 있는가, 그날 이후로는 최순치가 사랑에 들락거리는 것이 달갑지만은 않았다. 온유한 외모에 겹겹이 감추어진 야생의 기미가 왠지 모르게 불안했다.

*

초희는 벌렁거리는 가슴을 지그시 누른다. 웅덩이에 물이 고이듯 가슴 갈피마다 흥건히 적셔오는 이 막막한 슬픔, 미어지는 그리움의 더께를 어쩌란 말인가. 이대로는 안 될 말이다. 몸이 마음을 따라야 하고 마음이 몸을 따라주어야 하거늘, 제각각의 문양으로 어긋나고 있다. 맺어질 수 없는 인연이기에 어긋날 수밖에…….

어제 아침부터였다. 오래전에 읽었던 책의 첫머리 부분을 다시 뒤적거리듯, 기억을 되새김질해본다. 어제 새벽, 후원으로 내려가기 전에 언뜻 마루에 희끄무레한 게 놓여 있는 걸 보았다. 희붐하게 형체를 드러내기 시작하는 묽은 회백색 속에서 그것은 투명한 흰색으로 빛났다. 화관이었다. 한지로 여민 사각의 봉지를 버성기며 내비친 붉은 꽃다발은 조금 도발적이기도 했다. 흠칫했지만 망설임 없이 그것을 주워 장지문 안으로 살짝 밀어넣었다. 아무도 본 사람은 없었다. 숨이 막힐 만큼 가슴이 두근거렸다. 사람들이 깨기 전에 이슬밭 밟기가 급했다. 꼭 다물린 초희의 입술에 물그림자 같은 미소가 잔잔하게 스몄다. 스스로 생각해도 민망하고 부끄러워 얼굴이 달아올랐다. 가슴에 품은 꽃의 여린 감촉에 문득 손끝이 떨렸다. 쫓기듯 방 안으로 들어갔다. 방문을 닫고 경탁 앞에 앉았다.

한지 두 가닥을 배배 말아 새끼처럼 엮었고, 그 사이에 자잘한 부용꽃을 꽂아 양 끝을 이은 화관. 섬세하고 꼼꼼한 솜씨였다. 만지작거리는 사이 가슴 자릿함의 강도가 거센 물이랑처럼 굽이쳤다. 이 무슨 고약한 상상인가, 고개를 흔들어보았지만 후당거리는 심장의 박동은 쉬이 여며지지 않았다. 눈앞의 사물들이 일시에 지워지고, 온 천지가 부용꽃으로 가득 차오르는 느낌…… 그 흐드러진 꽃길 어딘가에서 손을 흔드는 사람, 그 사람 말고 아무것도 눈에 들어오지 않았다. 아버지도, 어머니도, 오라버니도, 혼례를 올릴 신랑 김성립도 초희의 머릿속에서 작게 잦아들 뿐이었다.

초희는 더운 숨길을 입 안으로 밀어넣고 입술을 꼭 다물었다. 지금 자신의 가슴에 간단없이 물이랑을 퍼올리고 있는 사람, 그 이름만 떠올려도 가슴이 빠개지듯 저려들었다. 화관을 머리에 쓰고 거울을 본다. 저 선연한 모습은 누구인가. 김성립과 정혼한 여인이 분명하거늘, 어쩌자고 마음에 물이랑을 잠재우지 못하는가. 아니라고 뿌리칠수록, 안 된다고 억제할수록 입술에 깨물리는 그리움을 어쩌란 말인가. 그런 부스러기들을 쟁인 가슴으로 시집가는 건 불온한 생각이다. 몸과 마음이 하나라면 몸의 정절만 중요한 것은 아닐 것이다. 이 모든 허접한 심상에 어린 그림자들을 씻어내야 한다. 장롱 속에 옷을 개켜 넣듯, 피로 쓴 편지를 접고 접어서 옷섶에 여미듯, 초희는 지난 시간들을 가슴 밑자락에 깊숙이 파묻었다.

그 순간 가슴을 잡아당기는 듯한 기척이 들려왔다. 대나무

잎 스치는 소리인가, 초희는 미닫이를 조금 열고 그 틈새에 눈을 박은 채 밖을 살폈다. 온 집 안이 정적 속에 가라앉았다. 물살을 흔들던 어떤 기미도 보이지 않았다. '긴장하고 있는 탓이야, 이 깊고 후미진 후원 별당을 누가 엿볼 사람이 있다고……' 탄탄하게 둘러쳐진 돌담이 높은 것은 아니지만 담 밖은 가파른 야산이다. 담 바로 안쪽은 대나무가 빽빽하게 어우러졌고 연못 가두리에는 자연석이 쌓여 있어 월담의 가능성은 거의 없다. 야트막한 동산에는 높이 가지를 뻗거나 땅바닥에 나부죽 엎드린 소나무들이 어우러졌고, 연못에는 연잎이 가득하다.

그 연잎에 맺힌 이슬이나 빗방울을 초희는 즐겨 바라보곤 했다. 연잎은 물기를 머금지 않는다. 연잎에 돋은 자잘한 솜털이 대롱이같이 매달린 물방울을 털어내버린다. 별난 성정이라는 생각을 했다. 어쩌면 아버지나 오라버니, 초희 자신도 그런 연잎의 스며들지 않는 도도함과 비슷한, 강한 성정이 있지 싶었다. 어머니의 후덕함이나 넉넉한 마음 쓰임새가 아니었다면, 집 안으로 날아드는 오만 가지 입질을 막아낼 방도는 없었을지도 모른다고 초희는 생각했다.

화관을 받아든 것이 이번이 처음은 아니었다. 지난해, 첫눈이 소복하게 쌓이던 동짓날이었다. 두터운 눈밭을 초희는 밟아보고 싶었다. 맨발로 마당에 내려섰다. 긴 치맛자락이 맨발을 감춰주었다. 아무도 거닐지 않은 새하얀 눈밭은 순수 그 자체였다. 발바닥에 닿는, 말할 수 없이 차갑고 부드러운 감촉이 살갗을 뚫고 생생하게 몸을 타고 흘러들었다. 바람이 소나무 가지를 흔들었다. 후원을 한 바퀴 돌고 마루로 오르던 순간 인기척이 느껴졌다. 후딱 뒤돌아보자 얕은 담 밖으로 그 사람의 얼굴이 설핏 보였다. 초희는 숨이 멎는 것 같아 얼른 고개를 숙였다. 잠시 동안, 담 안에서도 담 밖에서도 함박눈만 쌓일 뿐 사람의 소리는 들리지 않았다. 문득 눈발 사이로 붉은 동백다발이 갸웃거렸다. 돌담 너머로 긴 팔만 건너왔다. 동백꽃으로 엮은 화관이었다.

"이걸, 이 엄동설한에……."

얼어붙은 입술이 말을 삼킨 채 달싹였다. 조심스럽게 디밀어주던 그 수줍은 듯 가려진 모습, 눈송이에 덮인 입술, 깊고 검은 눈이 초희의 가슴에 오롯이 새겨지는 순간이었다. 초희는 소맷부리 속에 넣어다니던 명주 수건을 담 너머로 건네주었다. 담을 사이로 두 사람의 손이 잡힐 듯 오갔지만, "고맙소" 하는 묵직한 소리와 함께 그의 손이 초희의 시야 밖으로 사라졌다.

"잠깐……."

초희는 저도 모르게 붙잡는 소리를 내며 발뒤꿈치를 들고 담에 매달렸다. 그때였다. 기침 소리와 함께 별채 중대문 열리는 소리가 들리고 작은 오라버니가 들어섰다.

"오라버니, 이 신새벽에 어인 일인지요?"

초희는 소스라쳐 저도 모르게 새된 목소리가 나왔다. 손에 들고 있는 동백 화관은 얼른 뒤로 감추었다. 잘못을 들킨 어린 애처럼 초희의 두 뺨이 발그레 물들었다.

허봉의 입가에 웃음기가 설핏 떠올랐다가 금세 스러졌다. 무언가를 얼른 등 뒤로 감추는 초희가 여느 때의 누이동생과는 달랐다. 이를 어쩌나, 한 가닥 기우가 허봉의 가슴을 북 그었다. 새벽잠이 얕은 허봉의 눈이 떠진 것은 곁에서 자고 있던 최순치의 기척 때문이었다. 등짐 속에서 무언가를 꺼낸 최순치가 숨죽인 모습으로 방을 나갔다. 미더운 사람이지만 신새벽 움직임이 심상치 않아 따라나섰다. 아니나 다를까, 안채 뒤란을 지나 후원 별당 담 밖에 선 최순치의 손에 붉은 동백꽃이 한 다발 들려 있었다. '저런……' 무의식중에 고개를 흔들면서도 허봉의 가슴에는 쩡, 얼음장 깨지는 소리가 났다. '안타까운 일이로다. 안 될 말이지……' 허봉은 나직이 한숨을 몰아쉬었다. 무슨 뜻이 있든 없든, 이 북풍한설에 동백꽃 한 무더기를 들고 달려온 저 젊은 피의 사연을 어쩔 것인가. 그래서는 안 될 일이었다. 하지만 달리 무슨 행동을 보이지 않는 이상 어설픈

속내를 엿보일 수 없었다. 지각이 있는 사람이니 더 이상 머뭇거리지는 아니할 터였다. 그런데 화관을 받아든 누이동생 초희의 얼굴에 서기(瑞氣) 어린 빛이 났다. 아뿔싸, 순간 허봉은 더 이상 방관할 수 없다는 생각에 성큼 잔기침 소리를 내며 후원 별당으로 들어선 것이다.

"감기 들라. 눈이 장관이기는 해도 피부로 느끼기보다, 눈으로 바라보는 게 더 우아하지 않겠느냐."

눈을 맞아 흠뻑 젖은 초희는 온 얼굴에 웃음기를 머금었다. 그런 상황에서 오라버니의 날카로운 시선을 피할 엄두를 못 냈다. 꾸미지 않은 그대로의 모습을 보여줄 수밖에 없었다.

"유모는 어디 갔더냐?"

조심하라는 엄한 경고가 느껴지는 어투였다. 그렇게 말하곤 허봉 역시 두 팔을 쫙 벌리고, 하늘을 향해 얼굴을 들었다.

"오라버니, 들판에 서 있는 솟대를 보셨는지요. 지금 오라버니 모습이 꼭 솟대 같다는 생각이 드네요. 하늘을 향해 비상하려는 솟대 말이에요."

뒤에 감추고 있는 동백꽃의 출처를 얼버무리려고 초희는 얼른 화제를 돌린다. 사실 허허벌판 바람 속에 외롭게 서 있는 솟대라면, 모든 걸 갖추었고 모든 걸 거느리며 살고 있는 오라버니가 아니라 최순치에게 더 어울리는 말이었다. 누이의 그 비유가 자신을 두고 하는 말이 아님을 눈치 못 챌 봉이 아니었다.

"솟대라…… 긴 장대 위에 앉아 있는 나무새를 말함이라. 솟대는 그렇지. 천상의 세계를 향해 비상하려는 나무새, 지상과 하늘을 연결하는 기둥이겠지. 농사 짓는 농부들, 산에 사는 사람들, 고기 잡는 어부들의 사연 들까지 하늘로 실어가는 전령의 새라는 말이 있어. 실은 나무로 깎은 오리에 지나지 않지만 말이다."

치마폭에 감추고 있는 것이 자꾸만 초희의 동작을 부자연스럽게 했다. 오라버니 앞에서 한 겹 마음의 각질이 두터워지는 걸 느꼈다. 빨리 이 상황에서 벗어나고 싶었다.

허봉의 크고 서늘한 눈이 허공의 한 점으로 멀리 가 꽂혔다. 그리고 말을 이었다.

"오리는 물에서도 살고, 뭍에서도 살지. 그래서 비와 천둥의 상징으로 오리를 세웠을 것이야. 쌀농사를 많이 짓고 있는 남쪽에서는 솟대신앙이 만연하고 있지 않던가."

초희가 덧붙였다.

"그렇기도 하고요, 수호신인 오리의 상징성은 농사에만 끝나지 않았지요. 마을의 화재막이로, 더러는 홍수막이로, 마을을 지켜주는 구실까지 함축하고 있다지 않아요. 하지만 무엇보다도 오라버니, 오리는 철새이고 그래서 이승과 저승을, 인간과 신의 세계를 넘나드는 신의 새라고 믿는 순박한 토민들의 신앙이 아닐까 싶어요."

허봉은 내일모레면 시집갈 초희에 대한 한 자락 연민과 염려가 울컥 밀려왔다. 비범한 재능이 그대로 사장되는 것에 대한 안타까움은 숨길 수가 없다.

"바람이 차구나."

허봉이 말머리를 돌리며 안으로 들어가라고 재촉했다. 초희는 움직일 수가 없었다. 맨발이었다. 긴 치마가 맨발을 감추고 있었지만 마루로 올라서면 눈 묻은 맨발이 드러날 것이었다. 오라버니를 더 걱정시킬 수는 없는 노릇이라 초희는 막대기마냥 굳은 채 서 있다. 그제야 허봉은 초희의 상황을 눈치챘는지 뒤돌아서 성큼 걸어나갔다. 중대문을 나서며 허봉은 돌아본다. 누이의 손에 들려 있는 붉은 동백 화관이 눈에 들어온다. 가슴 속으로 한 점 먹구름이 깃든다. 재주 있고 쓸모 있는 사람이지만, 누이동생하고는 안 될 말이었다.

마지막인 것을

차양 끝에 매달린 풍경 소리가 오늘따라 무겁다. 두 손을 깍지 낀 초희가 어긋나서 맞물린 열 손가락을 새삼 들여다본다. 열 손가락의 맞물림 같은 것이 결혼인가, 너무 조여잡은 손가락들이 어느새 저려든다. 사람과 사람의 만남이 반드시 행복한 것인지, 확신이 서지 않는다. 서로의 체온을 묻히고, 서로의 지문을 가슴에 감으면서 서로의 숨결 소리를 듣는 것, 그것이 결혼이라는 만남일까. 초희는 고개를 흔들었다. 시댁 사람들과 어우러져 잘 해낼지, 그것에 대한 불안도 가슴 밑바닥에 안개처럼 고여온다. 바람이 일어 처마 끝에 달린 붕어가 몸부림친다. 구름 저편에 산이, 산 너머 저편에 마을이, 그 마을을 지나 강이나 들…… 바람이 처마 끝 풍경을 때리고 지나간다.

먹을 간다. 코끝에 스미는 은은한 묵향, 아녀자가 가까이 할 물건이 아니라 하기에 더더욱 애틋한 지필묵이다.

붉은 난간에 돋는 해 옥구를 올리니 (初日紅欄上玉鉤)

천만송이 정향이 봄 시름 자아내네 (丁香千結織春愁)

새 단장의 밝은 얼굴 오히려 거울을 보며 (新粧滿面猶看鏡)

깬 꿈이 맘에 걸려 다락에서 내리길 꺼리네 (殘夢關心懶下樓)

그 누가 새장에 앵무새를 키우는고 (誰鎖彫籠護鸚鵡)

비단 휘장 드리우고 시르렁 공후를 타네 (自垂羅幕倚箜篌)

곱사하게 갓 피는 분 지는 것이 안쓰럽다고 (嫣紅落粉堪惆悵)

하얀 달 다잡아 성급히 눈물 닦지를 마소 (莫把銀盆洗急流)

"내가 조롱에 갇힌 앵무새와 다를 게 무엇인가 싶어."

"꿈보다 해몽이라고, 조롱에 갇힌 앵무새는 그래도 안전하지 않아요."

초희가 정혼한 이후부터 함실댁은 높임말을 쓰기 시작했다. 그러지 말라고 당부했지만 그 고집이 쉬이 꺾이지는 않는다. 함실댁 말처럼 안전할 수 있을까. 시댁 어른들이 삶의 가치를 어디에 두고 사는 분들인지 문득문득 두려움이 앞선다. 베개 속으로 스며드는 한 줄기 시린 불안감은 초희가 살아온 열다섯 해를 건뜻 건너뛰어 방 안 윗목에 오도카니 몸 사리고 앉아 있다. 세상이 그리 만만한 것이 아니라고, 산이 산을 겹겹이 껴안고 있듯이 강물이 그 흐름의 방향을 지세의 높낮이에 맡겨두듯이, 그렇게 사는 것이 지혜로움이라고 이도사님은 몇 마디 덕담에 버무려 이야기했었다.

초희는 어머니가 거처하는 안채로 건너갔다. 안방은 조촐하다. 어머니 김씨는 보료 위에 비스듬히 앉아 나붓이 윗목에 자리 잡는 초희를 지그시 바라본다. 김씨 손에 들려 있는 모시 밥상보는 지난여름 모녀가 마주 앉아 손바느질한 것이다.

"밥상보는 뭐 하시려고 꺼내셨어요?"

김씨의 두드러진 관골에 결 고운 주름살이 모아진다. 모시 조각보는 안방마님 손에서 개켜지다가 다시 손다림질로 펴지고는 했다. 귀한 물건 다루듯 만지작거리는 손길에 애틋함이 어려 있다.

"네가 첫 솜씨로 꿰맨 모시 조각 밥상보…… 이건 두고 가거라."

어머니의 목소리가 감겨 잦아든다. 이삼 년 전부터 여름이면 어머니와 마주 앉아 모시 조각보를 만들었다. 어머니가 반짇고리를 끌어당겨 앉아 있으면 초희는 기별하지 않아도 살포시 다가가 모시 조각들을 가지런히 펴놓고 앉았다. 삼복중에

모녀가 앉아 말 한마디 나누지 않아도 손발이 척척 맞아떨어
졌다.

　모시 조각보는 손질이 많이 간다. 한 조각의 시접이 다른 조
각의 윗면을 덮었고, 그 덮이는 조각의 시접은 다른 조각의 두
배가 되도록 마름질해야 한다. 중앙의 작은 조각은 대각선 모
양일 경우 시접을 접으면 남는 자투리가 생긴다. 모시 올이 치
이지 않게 반듯하게 조각내는 일이 첫걸음이다. 초희는 꿰매
는 일보다 마름질을 더 잘했다. 지난해 여름에는 모시 밥상 조
각보 두 개, 여름 수저통 한 개와 보료 덮개까지 만들었다. 보
료 덮개는 함실댁이 마무리했지만, 감침질은 초희의 길고 섬
세한 손이 더 잘했다. 풀 먹인 모시의 씨줄과 날줄이 반듯하게
올이 곧아야 했고, 보관할 때는 손빨래로 풀기를 빼야 이듬해
여름에 풀 먹여 다림질하면 새것처럼 상큼했다. 더운 여름날,
모시 조각으로 만든 베개 홑청이나 모시 조각으로 만든 발은
보기에도 시원하고 깔끔했다.

　초희가 손박음질로 만든 조각보는 아버지 허엽의 밥상머리
에 앉히고는 했다. 김씨는 당신 손수 만든 모시 조각보는 접어
두고, 초희가 만든 여벌의 모시 조각보를 한여름 내내 찬방에
두루 내돌렸다. 명주 발 드리운 대청마루에 반짇고리를 가운
데 두고 마주 앉아 농담이 각기 다른 모시 조각들을 어르던 날

들의 기억에 새삼 초희의 가슴이 저릿해진다.

단오가 수정과 다반을 방바닥에 내려놓았다. 무언가 중요한 이야기를 할 때 어머니는 다과를 마련해놓고 정갈한 분위기를 고른다. 어머니가 경탁을 조금 밀어내고 초희에게 마시라는 손짓을 했다.

"올해 곶감이 달구나. 수정과 국물이 맛깔스러워. 넌 곶감은 안 먹지, 국물만 마셔보렴."

모처럼 모녀가 마주 앉은 자리여서 그런지 어머니의 목소리는 여느 때보다 나직하고 은근하다.

"공자님 말씀에, 여자는 사람들 앞에 구부리는 것이니, 삼종의 도가 있을 뿐이라고 하셨다. 집에서는 부모를 따르고, 시집 가면 남편을, 지아비 죽으면 자식을 좇아 잠시잠깐이라도 스스로 이루는 바가 없어야 한다고 했느니, 아예 서책 보기를 버러지 보듯 하는 게 좋을 게야……"

초희의 검고 깊은 눈망울에 그렁하니 눈물이 차올랐다. 오라비들의 책갈피를 기웃거리며 글을 즐겨 읽고 쓰는 초희를 지켜본 어머니 김씨의 가슴은 아리고 쓰렸다. 대놓고 글을 읽히게 할 수는 없는 노릇이다. 애초에 사랑채에서 글을 읽히고 시를 짓게 했던 것을 극구 말리지 못한 게 두고두고 후회가 되었다.

암탉이 울면 집안이 망하고, 여자의 목소리가 담을 넘어가면 안 된다는 남존여비의 금기와 제재가 여자들의 입에 재갈을 물렸다. 여자가 글을 밝히면 팔자가 드세다는 속설 또한 여자들의 지적인 갈망에 족쇄를 채웠다.

초희는 아무 말 없이, 별로 즐겨 하지도 않는 수정과 한 보시기를 단숨에 비운다. 본디 소식하는 초희에게 무얼 많이 먹이지 못해 애달아하는 어머니의 정성을, 수정과 한 보시기라도 마셔 기쁘게 해드리고 싶었다.

"대감마님 드십니다."

갑술의 말이 채 떨어지기도 전에 허엽이 방으로 들어섰다. 아랫목 보료 위에 정좌한 허엽은 다소곳이 앉아 있는 모녀를 번갈아 보며 미소가 입가에 어린다.

"모녀가 다정해 보이는구려. 무슨 이야기를 나누고 있었는지, 나도 한번 들어보자꾸나."

김씨가 초희에게 차를 내오라는 눈짓을 한다. 나가려는 딸을 허엽이 만류한다.

"그냥 앉아 있어라. 이제 이틀 남았구나. 널 보내고, 너희 어머니 많이 적적해할 것 같아 걱정이구나."

윗목에 서 있던 초희가 묵직하게 가라앉으려는 분위기를 재빠르게 다잡는다.

"두 분 잠시 계십시오. 제가 세상에서 제일 단 차를 내오겠습니다."

허엽의 입이 함박만큼 벌어진다.

"세상에서 제일 단 차라, 그거 기대가 크구나."

초희가 장지문 밖으로 나가자 허엽은 장죽을 내려놓고 부인 김씨를 그윽이 바라본다. 긴 목 뒤로 낭창하게 꽂은 칠보비녀가 너무나 당당했다. 균을 본 이후로 안방 출입은 자주 못 했다. 설사 들른다 해도 잠시잠깐일 뿐 잠자리는 사랑방에 펴게 했다. 스무 살 연하의 부인 김씨가 아직은 밉게 보이는 모습은 아니지만, 둘째 아들 봉이 장가 든 후부터 안방의 방사가 다 큰 자식 보기에 면구스러워 스스로 자제하고 있을 뿐이다.

언젠가부터 김씨는 허엽이 아랫목 보료 위에 앉으면 비스듬히 남쪽 장지문을 향해서 앉는다. 허엽의 눈가에 설핏 웃음기가 스쳐 지나간다. 김씨의 장점은 넘치지도 덜하지도 않다는 점이었다. 그런 부인의 사려 깊음이 때로는 부담이 되기도 했다. 몇 년 전에 기생 매월이의 머리를 얹어주고 살림 차려준 사실을 모를 리 없다. 그런데도 부인은 한 마디도 입 밖에 내어 말하지 않았다.

"부인이 많이 야위었구려. 보약이라도 한 제……."

허엽이 말끝을 여미기도 전에 김씨는 살포시 미소를 머금은 채 아니라고 도리질을 한다. 양쪽 입귀가 반달마냥 올라갔다. 그렇게 웃는 얼굴이 앳되고 순해 보여 허엽은 우리 집 반달이 라고 신혼 초에는 농담도 했다.

장지문 앞에서 초희의 인기척이 들린다.

"차 들입니다."

장지문이 열리고 다반을 든 초희가 방으로 들어선다. 아버 지와 어머니 앞에 김이 모락모락 나는 대추차 차반을 내려놓 는다.

"대추차더냐? 그러지 않아도 내 따끈한 대추차 생각이 났는 데, 우리 초희가 애비 생각을 꿰뚫어보았구나."

허엽에게 초희는 세상에 없는 딸이다. 위로 전실에서 난 두 딸이 있다고 하나 무덤덤했다. 나이 젊었을 적에 본 자식이라 키우는 재미도 몰랐던가. 인물이나 글을 읽는 재능도 특출하 게 눈에 띄지 않았다. 아무리 아니한다 해도 자연 비교되게 마 련이어서, 한자리에 세 딸을 앉혀놓고 보면 초희가 단연 눈에 띄었고 군계일학이라는 말로도 부족했다. 그런 딸을 시집보내 는 심사가 마냥 편안할 수만은 없었다. 안동 김씨 명문대가와 혼약을 맺긴 했어도, 아직 벼슬 한자리 못하고 기방이나 들락 거린다는 사위에 대한 미흡함이, 총명하고 착하기만 한 딸 초 희가 과연 그 완고한 시집살이를 어떻게 감내할 것인지에 대한 염려가 마음을 종잡을 수 없게 했다. 게다가 혼사를 앞두고 세상이 어지러운 것도 근심스러운 일이었다.

허엽의 한숨 자락에 방 안은 무겁게 가라앉는다.

"도처에 도적떼들이 날뛰고, 괴질이 나돌질 않나, 논바닥에 불이 나서 나락 한 포기 건지질 못했다니, 이를 어찌할꼬."

이태 전부터 세상을 태울 듯 뜨거운 여름이 계속됐다. 석 달 동안 비 한 방울 오지 않아 땅과 나락이 타들어갔고, 온 산하가 목이 말라 헉헉댔다. 어머니 김씨도 흉년과 질병이 창궐하는 그 불길함이 혹여 딸의 혼인에 무슨 액으로 작용할지 몰라 전전긍긍한 마음은 매한가지였다. 초희의 마음도 수런거렸다. 모두들 어렵고 힘들게 살고 있는데, 혼사 준비로 육포를 뜨고 생선을 말리고 갈비를 저미는 등 음식 냄새를 담 밖으로 피워나르는 상황이 불편했다. 바리바리 쌓아둔 음식들을 모조리 풀어 굶주린 자들에게 나누어 주고 싶은 마음이었다.

허엽은 부인 김씨가 곳간 문을 열었다는 이야기를 사위 우성전한테서 들었다. 오곡밥을 간간하게 지어 아주까리잎으로 싼 주먹밥을 한두 덩이씩 나누어 주었다고 했다. 허엽은 그런 부인의 활달한 처사가 내심 대견했다. 안살림은 물론 자칫 각진 자신의 대인관계에서 비롯된 서걱거림도 부인이 잘 다독거려주고 있었다. 같은 동인들에 대해서는 말할 것도 없고 반대

편에 있는 서인, 심의겸 집 혼사에도 중국비단과 갈비짝을 들여보냈다는 말을 듣기도 했다.

낮게 깔린 분위기가 가다듬어지자 초희는 일어섰다.

"저는 그만 물러가겠습니다."

가슴이 자잘하게 떨렸다. 이제 사흘 밤만 지나면 시집으로 가게 되고, 그러면 이런 단란한 자리도 기약할 수가 없으리라.

*

생각은 스치고 지나가버리는 바람살이 아니다. 빗물이 고이듯 생각이 고이면 궁리가 생기고 사물을 바라보는 시선에 각이 허물리며 둥글고 휘어지고 곁가지가 생기게 마련이다. 초희는 불길한 생각들을 뿌리친다. 모든 것을 좋게, 편안하게, 올곧게 풀어내는 습관이 필요하다. 열다섯 해를 살았던 익숙한 곳에서 생소하고 어려운 공간으로 가기 위한 마음의 준비를 마감해야 한다.

신행 날은 갑자기 앞당겨졌다. 신부 집에서 이듬해 삼월 중 길일을 택해 보냈지만, 안동 김씨 신랑 댁에서는 혼인 날짜를 앞당긴 이유를 간곡하게 전해왔다. 시아버지 김첨의 생일이 다가오는 시월 스무하루, 새 며느리가 차리는 생일상을 받고 싶은 심정은 충분히 이해한다고 해도, 미리 귀띔이라도 해주었으면 이렇게 서둘지 않아도 되었을 것이다.

신랑 댁에서는 삼일신행으로 하자고 통고해왔다. 신부의 집에서 이러쿵저러쿵 말할 입장이 아니었다. 보통 사대부 집안에서 하는 고유한 혼사 풍속에 얽매이지 않는 신랑 댁의 파격이 신부의 부모들에게는 염려와 우려를 가져왔지만, 당사자인 초희에게는 오히려 융통성이 있는 것으로 여겨지기도 했다.

초희는 치자물 먹인 옥양목 겹저고리를 입었다. 새벽 나들이에 나설 때는 비단 옷을 입지 않았다. 치렁대는 비단 치맛자락이 이슬밭에 젖으면 얼룩지고, 그러면 다시 풀을 먹여야 했다. 짙은 색으로 물들인 무명옷은 느낌이 질박하고 짜임이 튼실해 옷 속의 살갗이 안존하고 따스해서 즐겨 입었다.

밤새 입었던 저고리는 벗어 횃대에 뒤집어 걸고 땀기를 말렸다. 그래야 동정을 두세 번 갈아대어 보름 넘게 입을 수 있었다. 그러고는 건넌방 횃대에 걸어둔 엷은 분홍색 무명 치마를 꺼내 입었다. 비단 치마저고리가 아닌 무명이나 옥양목 치마저고리는 여간해서 몸태가 나지 않는데도, 가녀린 허리가 휘어질 듯 낭창했다.

초희는 손에 힘을 실어 소리나지 않게 장지문을 연다. 안채와는 떨어져 있는 별채지만, 문짝이 밀리는 미세한 소리는 이

엄정한 새벽의 고요를 휘저을지도 모른다. 식구들의 새벽 단잠을 깨워서는 안 된다. 단오가 곁에 있었다면 그 오동통한 입술로 나불거렸을 것이다.

"아이, 아가씨. 모두들 한밤중인데, 누가 듣는다고 그렇게 조신스러운지요. 화들짝 열어도 장지문 같은 건 아프다고 안 해요."

어둠이 머뭇거리는 시각, 안채 청기와 차양에 검푸른 어둠 그늘이 서렸고, 집을 에워싼 높은 담 곳곳에 휘움한 어둠살이 고운 먼지때처럼 묻어 있다. 기름을 먹인 듯 반들거리는 육간 대청마루, 안방마님 김씨의 집안 가꾸기는 유별하다. 구석구석 쓸고 닦은 집기들과 문짝들과 한 섬들이 뒤주, 그 위에 가지런하게 놓인 백자들은 방금 씻어낸 듯 반짝인다. ㄱ자로 반듯하게 들어앉은 남향받이 안채 건너편, 마당을 가로질러 멀찌감치 사랑채가 등을 보인 모양새로 앉았고, 그 두 채의 기와마루 틈새로 자그마한 행랑채와 곳간에 덧대어 지어진 아담한 찬방은 찬모나 계집종들이 거처하는 딴채였다. 안채 뒤로 돌아가면 텃밭과 후원을 사이에 두고 초희가 거처하는 별채가 다소곳이 파묻혔다.

별채는 안채로 이어지는 빈지문 말고는 사방이 높은 담으로 에워싸여 있다. 나란히 붙은 방 두 개에 쪽마루와 이어진 큰 마루의 가두리는 연꽃 문양의 나무 간살이 날렵하다. 마루 바닥재는 결 벼린 소나무다. 초희의 여덟 번째 생일을 맞이해 아버지 허엽이 별채를 깔끔하게 개비한 것이었다. 전실 딸들이 거처했을 때는 큰 방 한 개에 소나무 옹이가 그대로 박힌 골마루여서 우중충했다. 공사가 한창일 때 잠시 나들이 온 큰딸이 이죽거리며 말했었다.

"눈에 넣어도 아프지 않을 막내딸인데, 아낌없이 해주시겠지요. 방이 꼭 분통 같네요. 한지를 한 겹도 아니고 두 겹으로, 샛바람 한 자락도 안 새어들겠네요."

부러움과 시새움이 깃든 목소리였다. 초당 허엽은 허허 웃어넘겼고, 안방마님 김씨는 자못 송구한 듯 어깨를 웅숭거렸다.

초희는 조금 슬펐다. 강원도 임영 골짜기에 살던 조부모로서는 아버지의 벼슬자리에 거는 기대감이 컸을지도 모른다. 세상이 원하는 바가 그런 것이기에 가문의 영광을 위해 어머니의 오롯한 심성은 복종으로 일관했을 것이다. 그런 어머니를 이해하기까지 오랜 시간이 걸렸다. 배다른 언니들과 어머니 사이에 오가는 말 한 마디나 얼굴 표정 한 자락도 예사롭게 지나갈 수 없었다. 팽팽하게 당겨진, 풀 먹인 모시 올 같은 신경줄을 늘이고, 줄이면서 나름대로 다스려온 세월이었다.

발돋움하고 안채를 기웃거리던 초희는 가만히 가슴을 쓸어내린다. 안방의 덧창은 아직도 꼭 여며진 채 고요하다. 일각문의 문지도리가 헐거워 손만 대어도 쇳소리를 질러댔다. 초희의 새벽 걸음은 당연히 중대문이 아니다. 후원으로 나갈 수 있는 틈새 길이 있다는 것을 부모님들은 모른다. 이 틈새 길이야말로 초희에게는 숨구멍이었다. '숨구멍'이라고 초희는 자그맣게 옹알거리고는 그 말이 주는 은밀함에 살며시 웃는다. 이 높고 소슬한 담장으로부터 작은 탈출이 가능하다는 게 신통하고 재미있다. 가슴을 짓누르던 불안은 저고리 앞섶에 감춰버린다. 드러내지 못하는 것이기에 더 은밀하고 아름다운 건지도 모른다. 아무도 모르시는 걸 공연한 걱정거리를 마련할 까닭이 없지, 입술 밖으로 비어져 나온 오밀조밀한 말들을 초희는 소리 없이 삼킨다.

군불만 지피는 아궁이를 돌아 굴뚝 있는 곳에 다다르면 별채를 둘러싼, 사람의 키보다 낮은 기와 돌담이 앞을 가로막는다. 백일홍 두 그루가 돌담에 바투 가지를 늘이고 서 있다. 긴치마 말기를 살포시 걷어올리고 초희는 백일홍 밑둥에 발을 올려놓는다. 담을 넘기에 맞춤한 높이다. 훌쩍 담을 넘는다. 신명나는 일이다. 아무리 큰대문 안에서 벌어지는 일이라 해도 별당 규수가 월장하는 모양을 누가 보았다면 입을 다물지 못

할 것이다. 소문은 버들 깃털처럼 동네방네 날아다닐 것이고 기어이 부모님들 귀에까지 실려가서 걱정거리를 만들지도 모른다.

새벽, 이 시각만큼은 혼자만의 시간이다. 이 공간과 시간을 누구에게도 방해받고 싶지 않았다. 마치 바닥 모를 깊은 우물처럼, 지심 깊숙이 파내려갈수록 맑고 청정한 샘물이 솟아오르듯 지금 초희는 온몸으로 그 시리고 투명한 느낌에 흠뻑 젖어보고 싶다. 아니, 샘물 그 자체이고 싶다.

텃밭으로 이어지는 뒷마당엔 키 작은 소나무들 사이로 듬성듬성 주저앉은 철쭉과 모란꽃, 외가에서 실어온 조릿대 다발이 무성하게 키를 세웠다. 조릿대 군락의 가두리는 연못까지 잘 손질된 잔디로 이어진다. 잔디의 잡초는 으레 초희의 몫이다. 손보지 않고 내버려두면 잡초의 그 왕성한 생명력은 금방 질긴 뼈대로 잔디를 덮치고 만다. 그러면 맨발로 잔디를 밟을 때 발바닥을 여지없이 찌르고 만다.

계절에 따라 발바닥에 와 닿는 잔디의 느낌은 다르다. 이슬 머금은 여름 잔디의 감촉은 관능적이다. 풀잎에 맺힌 이슬이 맨살을 적시고, 젖은 살갗이 설핏 잦아드는 느낌은 참으로 청정하다. 그래서 밟으면서도 무언가 송구해지는 심정에 자꾸만 오금이 저려든다. 발디딤조차 조심스럽다. 파릇파릇 싹을 틱

우는 한식에서부터 시름시름 낙엽 들기 시작하는 중추절까지, 잔디에 스민 이슬의 감촉은 상큼하고 부드럽다. 상강이 지나고 낙엽 질 무렵의 잔디는 잔가시 많은 생선처럼 발바닥을 따끔거리게 한다.

초희는 한쪽 발 버선부터 벗는다. 벗은 맨발을 이슬 머금은 잔디에 살포시 놓았다. 한쪽 버선도 마저 벗었다. 벗은 버선과 긴 분홍 치맛자락을 붙잡은 채 이슬밭을 딛고 선 맨발, 발바닥에 와 닿는 차디찬 물기가 종아리를 타고 올라 전신으로 번진다. 살갗에 닿는 싱그러움은 초희가 세상과 조우하는 감각이다. 어머니의 정갈하고 기품 있는 손의 느낌, 임영 외할머니의 까칠하면서도 정겨움이 와닿는 투박한 손바닥, 유모 함실댁의 온유하고도 살가운 감촉, 그리고…… 그리고 또 무언가 있었는데…… 부용꽃 화관을 들이밀던, 살짝 스치듯 말듯 지나간 그 차갑고도 뜨거웠던 살의 기억이 초희를 송두리째 흔든다. 차기도 하고, 뜨겁기도 한 그 전혀 상반되는 느낌의 감촉은 초희의 오감에 일시에 불을 댕긴다.

갑작스러운 문지도리 소리에 초희는 얼른 거머쥔 치맛자락을 놓는다. 유모 함실댁의 희고 너부죽한 얼굴이 담을 넘어 기웃거린다.

"내일모레 시집갈 아가씨가. 원, 남우세스러워, 천부당만부

당해요. 맨발은 속살이나 마찬가지랍니다. 세상에 한 분 말고
는 누구에게도 보여서는 안 된다는 걸 명심해요."

가을의 비늘

구월 열하루, 북한산은 붉은 띠를 두른 듯 단풍이 한창이다. 붉은색은 열정이면서도 아픔이며 피의 색이 아니던가. 올해는 유독 아침저녁 날씨가 차가웠던 탓인지 비둘기 핏빛색의 단풍이 자지러질 듯 곱다. 선지피를 흩뿌린 듯 선연한 색조가 산허리를 휘감았다. 미시가 지나자 차츰 선연하게 물들었던 선홍빛이 충충하게 사위어든다. 해가 구름 속으로 자맥질을 치는 탓이겠거니, 초희는 조금 열어둔 장지문으로 무연히 하늘을 바라본다. 붉은 휘장을 두른 듯 발갛다. 순식간에 어스레한 안개 속으로 사위는 그 찰나적인 광휘가 동공을 찌르는 듯하다. 누군가에게 떠밀린 것처럼 초희는 비틀거린다. 어떤 간절한 사무침이 초희 자신도 느끼지 못하는 사이 강하게 몸을 흔들어 헛발질을 한 모양이다. 산마루에 걸린, 자줏빛으로 변한 노을은 숨길 잦히는 생명의 마지막 발열처럼 활활 타오른다. 저건 노을을 삼키는 산마루의 광휘인가, 아니 가을의 비늘이다. 가을의 비늘…… 초희는 나직이 뱉어내며 곱씹어본다.

비늘이 어찌 생선에만 있을까. 산등성이 골마다 풀이 자라고 나무가 키를 세우며, 절기에 따라 피어나는 숱한 식물들이 흙살을 덮어 토양을 가꾸어주는 것도 한 겹의 비늘인 것을. 한 사람을 엉구고 있는 심지나 외양도 비늘이라고 할 수 있을 것이다. 그렇다면 여자에게 남편의 존재도 비늘이 될 수 있을까. 남편이 햇빛 찬란한 양지밭이라면 비늘은 더없이 아름답게 빛나겠지…… 서로에게 눈길을 맞추면서 보살피고 배려하는 부부라면 선홍빛의 일상으로 거듭날 것이며 어깃장으로 서로를 할퀴는 사이라면 나날의 색깔은 검자줏빛의 칙칙한 굴레를 벗어나지 못하리라는 상상이 초희의 가슴에 돌덩이처럼 얹힌다.

비 묻은 구름이 하늘을 덮었다. 비를 맞고 초례청으로 올라가는 신부는 한평생 눈물을 흘린다는데…… 스쳐가는 말일 테지만 초희는 불안하다. 대청마루를 서성이는 어머니의 치맛자락 소리에도 비를 염려하는 불안의 기미가 여실하다.

신부의 치장은 거창하다. 초희는 신새벽에 군불을 지펴 데운 뜨거운 물에 목욕을 하고, 어머니가 방물장수한테서 사둔 중국제 지분으로 엷게 얼굴을 다듬는다. 맑은 살갗이 복숭아 빛으로 발그레 피어난다.

초희의 큰머리 단장은 작은언니 우실이 자진해서 나섰다. 성정이 꼼꼼하고 눈썰미 있는 우실이 신부 큰머리는 내가 올려주겠다며, 참빗을 들고 초희 방으로 내려왔다. 우실이 결 따라 빗어내린 머리는 또야머리를 틀어 커다란 낭자에 용잠을 물렸다. 가르마 진 두피 색깔이 희다 못해 청옥빛이다. 비녀 꽂은 머리 위에는 칠보관을 얹는다. 초희 앞에 세워둔 면경에, 갸름하고 흰 초희의 얼굴 뒤로 동그스름하고 하얀 얼굴에 유독 턱과 입이 도톰한 우실의 귀여운 얼굴이 겹쳐졌다. 어머니 김씨는 배다른 언니 우실의 자상한 우애가 대견스럽고 고마웠다.

또야머리에 용잠을 물린 초희의 모습을 이리저리 바라보는 우실의 입술에 웃음기가 떠오른다.

"두상도 닮는 모양이지. 언니의 큰머리도 내가 올렸는데, 두상이나 머릿결 느낌이 어찌 이리 같은지 모르겠어."

초희는 언니의 손을 가만히 잡으며 돌아앉았다. 우실이 미소를 물며 살짝 흘긴다. 배다른 동생이지만 우실은 사사건건 맞부딪치는 언니보다 초희에게 마음이 더 기울었다. 마주 손을 잡은 채 초희의 숙인 옆얼굴을 바라보던 우실이 문득 흠칫 놀란다. 초희의 귀가 뜻밖에 너무 작고 올려붙어 있다. 쪽을 찌기 전까지는 낭창한 댕기머리여서 보지 못하였을까, 상큼하게 올린 쪽머리 아래 드러난 귀는 눈썹 위까지 올라갔고, 그런 귀를 어른들이 말하기를 칼귀라 하지 않았던가.

"왜요? 어디가 잘못됐어요?"

우실은 얼른 다른 말을 꺼낸다.

"잠을 못 잔 거야? 얼굴이 까칠해 보이는구나."

초희의 고개가 천천히 끄덕여진다.

같은 또래들보다 몇 배나 생각이 트였고 조숙하다고 해도 시집가는 새색시의 마음이 불안하고 두려운 건 당연한 일일 터다. 초희가 초초해하는 심정을 우실은 십분 이해했다. 안동 김씨 집안은 첫손가락에 꼽히는 명문가다. 그러나 시댁의 높은 지체나 문벌보다 결혼의 당사자인 신랑 김성립에 대한 이런저런 헛소문에는 신경을 안 쓰려야 안 쓸 수가 없다. 게다가 초희의 시어머니 될 송씨가 워낙에 앙칼져 종년들 벌주기로 간장독에 구겨 박는다는 소문까지 들었다. 우실은 공연한 입질이겠거니 애써 밀쳐냈다.

"무슨 소문을 들었는지 모르지만, 너만 조심하고 또 조신하면 되지 않겠니."

초희의 고개가 가로 흔들렸다.

"소문에 겁먹은 건 아니에요. 서책이나 읽고 글줄이나 나불거리는 며느리는 싫다고, 대청마루에서 회자를 하셨대요. 사주단자 받은 이후에, 신랑 생일이라 갈비와 인삼을 알뜰하게 꾸려 갑술이 편에 보냈는데 음식 보따리를 받아드시다가 갑자기 마당에 서 있는 갑술에게 소리치더래요. 지필묵이나 서책일랑 절대로 들고 올 염도 하지 말라고, 너희 아가씨한테 가서 똑똑히 이르라고요."

"으름장을 놓으신 거겠지. 내 굳이 말하지 않아도 영민하고 지혜로운 초희가 잘 알아서 하겠지만, 시부모에게 불손한 것이 칠거지악의 으뜸 순이라 하지 않니. 모쪼록 시모님 눈밖에 나지 않도록 조신하려무나."

초희는 작게 고개를 끄덕였다.

"시모님하고의 사이가 원만하지 않은 며느리는 내쳐도 된다고 하지만…… 그 원인이 어디 며느리 쪽에만 있을까요."

배다른 동생이지만 속이 깊고 말하는 태도에 격이 있는 초희를 우실은 또 다른 시선으로 바라본다. 살림살이보다는 서책을 가까이하는 아이였고, 그런 초희를 달리 질책하거나 제재를 가

하지 않은 부모님이었다. 아버지는 딸자식이라고 굳이 말과 행동에 쇠 추를 달지도 않았고, 삼엄한 법도나 예절을 강요하지도 않았다. 그러나 아무리 재주가 있고, 뛰어난 문장가라 해도 이 땅에 태어난 아녀자의 분수란 죽어지내야 한다는 것, 우실이 초희에게 일러줄 수 있는 말은 그것밖에 없었다.

남색 스란치마를 입고 노란색 회장저고리를 받쳐 입는다. 그 위에 녹원삼을 겹쳐 입고 띠를 두른다. 초희는 입속말로 중얼거린다. '이제 진짜 한 겹 비늘 옷을 입는구나, 나를 맞이할 사람이 정녕 양지바른 사람이기를……'

언니 우실의 부축을 받고 신부 초희가 안채 건넌방으로 자리를 옮긴다. 신방이 차려진 방이다. 혼자 남았다. 좁은 장지문 틈새로 가득 내려앉은 찌뿌드드한 하늘. 건넌방과는 대각선상으로 앉아 있는 큰사랑채 기와마루의 날렵한 차양 한끝이 어두운 하늘을 베어 물었다. 언제나 안채에 오르면 초희는 건넌방에 들러 큰사랑채 기와지붕에 걸려 있는 하늘을 바라보곤 했다. 높은 담이 울타리 쳐졌고, 좁은 마당을 가운데 두고 回자로 들어앉은 기와지붕을 뚫고 바라보이는 하늘은 꼭 마당 넓이를 벗어나지 못한다. 말을 타고 들판을 달리는 남정네들의 그 거침없는 호방함이 못내 부럽다. 그나마 하늘바라기가 어릴 때부터 초희에게 허락된 유일한 서정이었고 갈망의 한 편

린이었다.

큰머리를 이고 앉아 먹는 것도, 통시에 가는 일도 삼가야 하는 이 조심스러움과 무거움이 바로 시집이라는 존재의 무게감이라는 생각이 든다. 요강을 부셔가지고 온 함실댁이 주춤거리더니 한마디를 한다.

"새아씨 눈길이 너무 머네요. 아녀자의 눈은 항상 제 치마꼬리 언저리를 떠나지 말아야 한답니다. 제 식구, 식구들 밥상, 식구들 잠자리, 천근같이 모시는 어른들, 자식들, 부리는 아랫것들 두루두루 눈길로 어르는 게지요. 그 언저리를 벗어나면 먼 데 것이 보이고, 그러면 그게 바로 마음병이 된다 하데요. 아이고, 내가 무슨 수다람."

너스레를 풀어내던 함실댁이 방을 나가면서 한마디를 덧붙인다.

"이런 날이 오늘로 끝나는 건 아니지요. 신행 가는 날에도 큰머리 낭자에 대례복 입고 온종일 온밤을 지새울 수도 있답니다. 허리가 접히지 않도록 반듯하게 하시고, 무겁다고 고개를 갸웃거리면 더 견디기 어려워져요. 큰일은 요강에 부려요. 내가 냉큼 처리할게요."

나갔던 함실댁이 어머니 김씨와 함께 다시 들어왔다. 초희는 어머니의 밝은 얼굴에 안심이 된다. 늘 입을 다물고 위엄을 다스리는 얼굴에 익숙한 초희의 눈에는 지금 발그레 상기된 어머니 얼굴이 새롭게 보인다. 오늘 첫날밤을 맞이할 딸을 보살피는 손길과 마음도 얼굴의 홍조처럼 상기되었을 터다.

어머니가 커다란 유록색 비단 보자기를 내려놓는다. 보자기를 풀자 신부가 초례청에서 입을 치마저고리와 화려하게 수놓은 녹원삼, 칠보로 장식한 족두리가 눈이 부시다. 초희는 몸을 일으켜 맡기고 선다. 지금 입고 있는 대란치마 위에 청색 치마가 입혀지고, 또 그 위에 분홍색 스란치마를 받쳐 입는다. 문득 초희는 들판에 세워진 허수아비에게 남정네의 허름한 잠방이를 입히는 걸 구경했던 기억이 스친다. '내가 마치 허수아비 모양새네.' 초희는 조용히 숨을 고른다.

"예쁘구나. 네 또래들보다 키가 있어 녹원삼에 봉 띠를 둘러도 낭창해서 보기 좋다."

함실댁이 거든다.

"그렇다마다요. 다른 신부들은 두리두리한 모양새여서 사람이 옷을 입은 게 아니라 옷 속에 사람이 휘둘리는데, 우리 초희 아가씨는 요조선녀처럼 고우네요."

대소가 아낙들과 노비들이 총동원되어 초례 준비로 부산하다. 마당에는 큰 차일막이 쳐지고 대청과 정주간은 물론 뒤란에서도 지지고 볶고, 전유어 부치는 냄새가 담을 넘었다. 큰사랑과 작은사랑에는 아침부터 하객들로 넘친다. 신랑이 대문을 넘어섰다는 전갈이 들어오자 대례청 안이 술렁거리기 시작했다.

"신랑 듭시오."

접대자의 우렁찬 목소리와 함께 사모관대에 흑화를 신은 신랑의 모습이 마당을 가로질러 걸어온다. 열일곱 살, 아직은 어린 티가 가시지 않은 신랑은 예장을 갖춘 탓인지 의젓하고 어른스럽다. 그러나 얼굴은 잔뜩 주눅이 든 채 상기돼 있고 내딛는 발걸음은 눈에 띄게 휘청거린다.

우천 관계로 친영례는 대청마루에 마련했다. 홍보를 덮은 전안상 앞에 무릎을 꿇고 앉은 신랑 김성립과 신부의 어머니 김씨가 마주 앉았다. 신랑이 싸들고 온 나무 기러기를 전안상에 올려놓고 읍한 다음 신부의 어머니에게 네 번 절한다. 어머니 김씨는 나무 기러기를 치마에 싸안고 신부가 있는 방으로 던진다.

상객으로 따라온 김성립의 사촌형 김정과 후행으로 따라온 오촌 당숙은 허봉의 안내를 받아 큰사랑으로 들어가고, 신랑은 초례청 십장생 병풍 앞에 섰다.

"아가씨보다 두 살 더 먹었다던데……."

"영 강단이 없어 보이누만."

맺힌 데 없이 멀쑥한 신랑을 보고, 초례청에 모인 대소가 아낙들의 귓속말이 자자하다.

대청마루의 분위기는 오히려 헤벌어졌던 마당보다 아늑하다. 십장생 열두 폭 병풍이 둘러쳐졌고 대초불이 휘황하게 불꽃을 뿜었다. 초례상에는 송죽(松竹) 화병과 백미와 팥, 대추와 밤, 삼색 과일에 닭 한 쌍이 남북으로 엇갈려 놓였고, 초례상을 가운데 두고 두 개의 술상이 동서로 놓였다. 먼저 마루에 올라 친영례를 마친 신랑이 접대자의 안내를 받아 초례상 왼쪽인 동쪽에 섰다.

신부 들라는 접대자의 외침에 건넌방 문이 열리고 원삼 족두리에 한삼으로 얼굴을 가린 신부가 초례상 오른쪽, 신랑 맞은편에 섰다. 일렁거리는 촛불이 신부의 자색 진 외모를 돋보이게 한다.

허엽은 사위의 눈길이 침착하지 못한 것이 자꾸만 마음에 걸린다. 지난가을, 옥인동 김첨의 집에 가서 김성립을 처음 보았을 적에도, 그 초점 흐린 시선이 마음에 거슬렸다. 사나이 대장부의 눈길이 한곳에 박혀 있어야 하거늘, 어찌 저다지도 경망한가 싶었다. 아니나 다를까, 신랑 신부가 마주 보고 절을 올리는데 소곤거리는 소리가 귓가에 거슬린다.

"신랑 눈길이 곧질 않아. 잠시도 가만 있질 못하는구먼."

눈은 마음의 거울이라 했거늘, 어머니 김씨 역시 안존해 보이지 않는 사위의 눈길을 염려하는 마음이 소름발을 일으킨다.

그에 반해 초희는 침착하고 의젓하다. 큰머리에 족두리를 쓰고 연지곤지 찍고 활옷을 입은 모습은 선녀가 하강한 듯 곱고 화사하다. 무릇 혼례날 모든 새색시가 예쁘고 곱다지만, 초희의 그 요요한 아름다움에 어찌 비길 수 있으랴. 초례청을 에워싼 구경꾼들도 말은 안 했지만 주눅 들고 겁먹은 것 같은 신랑에 비해 어깨선이 착 가라앉은 새색시의 조용한 탯거리에 눈길이 가 머물렀다.

족두리에 원삼을 입으면 보통 색시들은 옷과 장신구들이 버거워 동작은 부자연스럽고, 연지곤지 찍은 얼굴이 제 얼굴보다 못한 것이 보통인데, 초희는 그렇지 않다. 분을 따고 넣은 듯 희고 투명한 살갗에 새초롬하게 내려깐 여린 눈꺼풀하며, 도드라진 듯 상큼한 콧날이 조금은 도저해 보이는 게 흠이라면 흠이다.

신랑 신부가 술을 나누어 마시는 합근지례로 혼례의식은 끝이 났다. 김성립은 내리 숨을 쏟아내렸다. 신부의 도도한 기품에 와락 주눅이 들었다. 장인인 초당 허엽의 거한 범절과 규모도 그를 곤혹스럽게 했다. 사랑채를 가득 채운 서책에, 누구라 이름을 들먹이면 알 만한 벼슬아치들 얼굴도 보였다. 다리가 부러지게 차려 내온 상차림마저 예사롭지 않았다.

슬픈 고리

신방에 들었지만 신랑 김성립은 좌불안석이다. 밤은 자시를 넘어가고, 칠흑 같은 어둠살이 집 마당을 가득 채운다. 김성립은 은근히 부아가 끓어오르려고 한다. 신새벽부터 마음을 끓인 탓이다.

그것이 기어이 일을 저지르고야 말았다. 어제 한나절 내내, 몸종 달이 년이 마지막으로 꼭 한 번만, 하는 눈빛으로 애원했다. 모질지 못한 성립은 결국 별채로 내려갔다. 하필 왜 별채에서 만나자는 건가, 중얼거리며 댓돌로 올라섰다. 누이들이 시집간 후 비워두었던 별채는 신부를 맞이하기 위해 새 단장을 했다. 도배도 새로 했고, 문짝도 새로 발랐다. 신부 댁에서 미리 보내온 비단 침구와 열두 폭 산수화 병풍에 삼층장까지 붓

통처럼 꾸며놓은 방이었다. 은은하게 불빛이 새어 나왔다. 어머니 송씨가 알면 벼락이 떨어질 일이었다. 하지만 어머니는 작은아버님 제사로 초저녁부터 숙모 영암댁에 내려가 있어 안방은 호젓했다.

방문을 열고 한 발을 들이던 성립이 경기하듯 입술을 물었다. 비단 보료 위에 나붓이 앉아 있는 달이는 눈이 부시도록 고왔다. 새하얀 소복에 비녀까지 꽂고 나붓이 앉아 있는 달이. 성립의 가슴이 칼침을 맞은 듯 섬뜩했다. 웬 소복인고, 물으려다 성립은 입을 다물었다.

"도련님, 오늘 밤이 쇤네한테는 마지막입니다. 내일모레 새아씨 오시면 무슨 수로 새서방님이 제 차례가 되겠어요. 도련님, 새아씨는 문장가에 요조선녀 같은 미인이라 하더이다."

성립이 달려가 달이를 폭 끌어안았다. 뼈 없이 말랑하고 찰진 몸속으로 빨려들어가는 데 몇 초도 안 걸렸다. 달이의 몸은 여름에는 차돌처럼 차고, 겨울이면 햇솜같이 따스했다. 계절에 따라 조화를 부리는 달이의 몸뚱이가 성립의 오감을 물어뜯으며 방만하게 난도질했다. 그렇게 밤마다 비의처럼 간직했던 육체의 향연은 이제 캄캄한 막장에 도달한 셈이었다.

"그만해두려무나. 그렇게 대단한 문장가도, 선녀 같은 미색도 나는 별로 달갑지 않아. 아녀자란 물과 같이 순하고 맑게 남정네의 마음을 편안하게 해주어야 하는데, 그런 문장가가 글 공부 게을리하는 나를 얼마나 눈 아래로 볼지 벌써부터 마음이 무겁구나. 네가 내 천생배필이야. 벼슬도 재물도 나한테는 별로 귀하게 여겨지지 않아. 하루하루를 맘 편하고 단란하게 보내는 것이 내가 진심으로 바라는 인생이야."

신방으로 꾸며둔 별채 방, 아직 주인이 발걸음도 안 해본 그 방의 금침이불 위에서 두 사람은 부둥켜안고 몸부림쳤다. 달이 창호지에 스며들어 달이의 하얀 얼굴이 그림처럼 떠 있다.

"네 얼굴이 백목련과 한가지구나."

"도련님, 쇤네는 이제 어찌합니까."

서로 엇바뀐 말을 주고받으며 김성립과 달이는 깍지 낀 두 팔을 더 조여 끌어안았다.

"이대로 시간이 멈추었으면…… 도련님, 세월이 흐르면 세상의 모든 것이 변하고 도련님도 변하겠지요. 아니에요, 먼 내일이 아니군요. 새아씨를 보듬는 시각부터 저한테서 천리만리 멀리 가 계실 도련님……."

성립이 또 한 차례 찰진 달이의 몸속으로 파고들었다. 열아홉 살, 달이의 무르익은 사타구니 속에 휘감긴 사내는 시간과 공간을 건너뛰어 무한의 열락으로 비상했다. '아! 이것이 생의 진미로고다.' 늙은이처럼 중얼거리는 성립을 밀어내며 달이는 앙탈을 부렸다.

"이러지 마셔요, 도련님. 도련님 장가드시면 쇤네는 목매달고 죽을랍니다."

"그런 소리 하지 마라. 내가 어찌 널 죽게 만들겠느냐. 내 평생 널 놓지 않을 테니 염려하지 마라."

성립의 가슴에 멍울이 잡혔다.

"벼슬하고 싶은 욕심, 재물에 대한 욕심이 바로 흐름이라 하더구나. 흐르지 않고 고여 있으면 사람도 세월도 썩는다지 않더냐. 그런데 나는 네게 머물고 싶구나. 네 가슴에 커다랗게 파인 웅덩이처럼 고여서 한세상 그냥 이대로 살고 싶구나."

새벽이 가까워졌다. 바람이 불어 별채 뒤뜰에 서 있는 오동잎 구르는 소리가 장지문 틈새로 스며든다.

"서방님, 벌써 인시가 넘어가려 해요."

일어나 몸을 추스르던 달이가 갑자기 울먹였다.

"서방님, 지금 입고 있는 명주 고쟁이 쇤네한테 주세요. 그거나마 가슴에 품어 긴긴밤 서방님 생각하면서 견디렵니다."

"그럼 나는 무얼 입고 나가느냐?"

"쇤네가 바지 하나 마련했지요. 명주는 아니지만 사랑채까지 단숨에 달려가시면 누가 봐도 모릅니다. 제가 입혀드릴게요. 가만히 누워 계세요."

성립이 반듯하게 누웠다. 촉촉하고 뜨거운 입술이 아래에서부터 천천히 점을 찍으며 기어올랐다. 손은 입술보다 앞서 어르고 쓰다듬으며 갈근거렸다. 성립의 오감이 다시금 발갛게 타올랐다. 다음 순간 입술보다 더 몰캉하고 달고 현란한 혀가 성립의 맨몸 위에서 춤사위를 벌였다. 가랑이 깊숙이 솟은 그것의 부리에 혀끝이 말려 요동쳤다. 아이고, 나 죽어, 사내의 신음 소리가 새벽의 적요를 난도질했다. 여기가 이승인가 저승인가, 아릿하고 저릿저릿한 감미로움이 전신의 피돌기에 불을 댕겼다.

닭이 홰치는 소리를 귀에 담고서야 성립이 별채를 나섰다. 조각조각 이어 만든 삼베 바지가 맨살에 껄끄러웠다. 성립을 보낸 뒤 달이는, 명주 고쟁이를 가닥가닥 가위로 잘라 길게 이었다. 그렇게 얼마 동안 명주 목사리를 안고 훌쩍거리던 달이는 희부연 새벽빛이 비쳐드는 장지문을 물끄러미 바라보았다. 결코 맺어질 수 없는 사람이다. 그냥 스치는, 상전과 몸종의 불장난일 뿐이다. 그런데 그게 아니었다. 도련님과 맺어졌던 그 숱한 밤이면 몸과 마음이 골병들었다. 아, 이게 사모하는 마음인가, 작은 주먹으로 가슴을 쾅쾅 치며 제 처지를 저주하고 미워했다. 종년의 딸이 종년의 딸로, 대대손손 씨종으로 태어나는 그 엄혹한 현실에 달이는 치를 떨었다. 환한 대낮에는 마주 앉아 말 한마디 나누지 못하는 사람, 서로를 마주 보며 물 한 모금 마시는 것조차 금지되어 있는 사람, 애달프고 슬픈 사람. 퍼렇게 벼린 칼날이 가슴살을 북 긋고 지나갔다.

긴 생명주 끈으로 고리를 만들어 매듭지었다. 튼실하게 만들어졌는지 시험이라도 하듯 그것을 목에 걸고, 띠의 한 끝을 가만히 조였다. 컥컥, 너무 바짝 조였던가, 밭은기침과 함께 빠듯하게 조인 목에 통증이 느껴졌다. 이만하면 틀림없지, 낭자머리를 풀어내렸다. 네 가슴에 우물이라도 팠더란 말이냐, 장가갈 새신랑이 귓속에 불어넣어준 말이다. 그렇고말고, 우물보다 더 큰 웅덩이를 만들어놓았다. 그 큰 웅덩이에 붙잡지 못할 사람, 그 남자를 담아놓고 못 잊어 생명주 고리를 만들다니……

하지만 이 길밖에 없다. 평생 한 지붕 아래서 방울방울 피를 머금으며 살 수는 없는 일, 차라리 명주 고리에 목을 걸리라. 달이는 낭자머리 풀어헤치고, 기어이 생명주 매듭에 목을 감았다.

세찬 가을비가 추적거렸다.

"아이고, 달이가…… 마님, 저 요망한 것이……."

안방마님 송씨 얼굴이 경기 먹은 듯 구겨졌다. 거품을 문 두툼한 입술이 벌벌거렸다.

달이는 시커먼 광목에 똘똘 말려서 지게에 실려 대문 밖으로 내보내졌다. 김성립은 온종일 사랑채 마당을 서성거렸다. 별로 독하지 못한 연한 심지가 시커멓게 탔다. 커다랗게 쌍꺼풀 진 눈에 겁을 잔뜩 머금었다. 불쌍한 것, 그의 입에서 풀솜 같은 한숨이 새어 나왔다. 오라면 오고 가라면 가던 아이, 입의 혀처럼 몸으로 마음으로 감기던 아이였다. 사람들 눈이 무서워, 내 사람이라 부르지 못하며 훌쩍거리던 아이, 비 맞은 참새처럼 파르르 떨던 첫 밤의 기억이 성립의 가슴에 멍자국으로 남았다. 웅덩이는 네 가슴에만 팠던 게 아니었구나, 중얼거리며 일어서는데 우지끈 버선발에 밟힌 옷고름이 뜯겨나갔다. '망할 것, 그리 독종인 줄 알았다면…….' 눈을 감아도 잠들 수가 없다. 눈앞에 삼삼거리는 얼굴 하나가 가슴을 북북 그어댄다. 눈만 감으면 달이의 하얀 팔이 튼실한 오라기처럼 목을 친친 감아왔다. 섬뜩, 눈이 떠지면 잠은 천리만리 달아나버리고, 달이의 동그스름한 얼굴만 눈앞에 어른거렸다.

처음이기에

첫 닭 홰치는 소리가 장지문을 흔든다. 신랑 김성립은 어딘 가에 두고 온 밤의 한 자락에 매달려 있는 자신이 조금은 한심 스럽다. 몸에 지녔던 무언가를 두고 온 것 같은, 아니 빠져나가 버린 것 같은 허룩한 심정으로 신방에 들었다. 피곤하기도 하 다. 별로 익숙하지 않은 말을 타고 옥인동에서부터 처가인 건 천동까지 그리 가까운 길도 아니다.

신부는 눈길 한 번, 손가락 하나 까딱하지 않는다. 목에서 어 깨로 흘러내린 반듯하고 나붓한 선이 함부로 범접 못 할 기품 으로 다가온다. 촛불을 등지고 앉았기에, 일렁이는 불꽃의 명 암에 드러난 옆얼굴은 차갑다. 이제까지 성립이 만난 여자들 과는 다른 모습이다. 돌로 빚은 듯 반듯한 얼굴선은 예쁘다기보다는 아름답다는 말이 맞을 것 같다. 너무 정갈하고 너무 고요하다. 숨이 막힌다. 성립은 사모관대를 풀어던지고 비스듬히 누웠다. 윗목에 차려진 동뢰상(同牢床)이 쌍 촛대 불빛 아래 무언가를 과시하듯 차려졌다. 성립은 신부와 술잔을 나누며 무슨 말을 나눌 생각은 없다. 그냥 잠들고 싶을 뿐이다. 어제 오늘, 많이 지쳤다.

새색시 초희는 그런 신랑의 심상한 모습을 지그시 바라본다. 자기 집 아닌 낯선 곳이라 몇 곱절 긴장한 탓일까, 한창 생기 넘쳐야 할 나이에 골 죽은 솜바지처럼 헐렁하고 맥 빠져 보인다. 어딘지 숙연한 느낌마저 들었다. 무슨 근심이라도 있는가, 엉뚱한 생각까지 든다. 사람들이 속살거리던 몇 마디가 초희의 귓속에 박혀온다.

"좁은 미간에 매부리코하고는. 사내대장부 심지가 깊고 넉넉해야지."

새색시 초희는 귓바퀴에 와 윙윙거리는 말들을 털어낸다. 신랑의 눈을 설핏 바라본다. 생각 없는 무연한 눈빛이다. 큰머리 낭자가 목덜미를 누른다. 걸치고 있는 활옷도 그 화려한 장식만큼이나 무겁고 버겁다. 마음 같아서는 훌훌 제 손으로라도 벗어던지고 가벼운 옷차림으로 한숨 눈을 붙이고 싶다. 이런 일을 예상하기라도 한 듯 함실댁이 일러준 말이 있긴 했다.

"신랑이 그냥 잠들어버릴지도 몰라요. 자시가 넘도록 신랑 잠이 안 깨면 아가씨 손으로 큰머리 풀고 활옷을 벗으세요. 아침에 아가씨가 먼저 잠이 깨시면 얼른 활옷 걸치고 적당히 머리 올리시고. 새서방님 차근차근한 성품이 아니라, 그런 거 눈여겨보지 않을 겁니다."

함실댁 말이 맞는지도 모른다. 남을 배려하는 마음이 눈곱만큼이라도 있다면, 신부를 이대로 버려둔 채 저 혼자 곯아떨어지지는 않을 것이다. 그러나 초희는 원망스런 마음을 세차게 털어버린다. 어머니 김씨가 혼인날을 잡던 날부터 초희의 귓속에 불어넣어준 말은, 원망하는 마음을 갖지 말라는 당부였다.

"실타래같이 뒤엉킨 고까움도 풀도록 애를 써야 하느니라, 원망부터 하기 시작하면 세상 사는 일이 원망과 탄식으로 가득 찰 뿐인 게야."

초희는 두 손을 머리 뒤로 돌려 큰머리에 손을 얹는다. 자신의 머리이건만 머리 위에 붙어 있는 오만 가지 장식이 버겁다. 어느 것부터 풀어야 할지 더듬거린다. 우선 대례복부터 벗는다. 손을 뒤로 돌려 활옷의 대대를 푼다. 결 고운 비단자락이 서걱거린다. 봉 띠를 풀자 풍성하게 걸쳤던 활옷은 절로 어깨에서 흘러내린다. 활옷에 아로새겨진 원앙과 모란은 어머니가 몇 년에 걸쳐 손수 수를 놓았다.

부친이 입궐하고 집안에 별일이 없는 호젓한 시각이면 어머니는 바느질 그릇을 꺼내놓고 수틀을 끌어당겼다. 수틀을 잡고 앉으면 아무도 안방에 들이지 않았다. 밑에서 부리는 아이들조차도 큰 소리 내지 않았다. 어쩌다가 초희가 방문을 열고 들어가도 고개를 들거나 말 한마디 건네지 않았다. 어머니가 아래위로 바늘을 올리고 내리면 분홍빛 비단 바탕 위에 색색의 영롱한 꽃이 피어났다. 그 한 땀 한 땀을 어르며 무언가 간절한 얼굴이었던 어머니…… 초희는 가슴 한 귀가 떨렸다. 바로 지척인 안방에 있을 어머니는 딸을 신방에 들여놓고 편히 눈감고 잠들지 못할 것이었다. '어머니, 부디 건강하셔요. 소녀는 잘 살게요.'

옷을 벗어 개키는 동안 머릿속으로 수많은 말들이 떠올랐다가 사라진다. 활옷을 벗은 다음 다시금 손을 머리 뒤로 얹어 옥과 청강석 머리장식을 뽑아내고 큰머리 낭자를 풀어낸다. 울긋불긋 화려한 큰 댕기를 손에 잡은 채 초희는 잠시 생각에 잠긴다. 이런 것들을 준비하느라 일 년 남짓 온 집안이 들끓었다. 이 하룻밤, 한나절을 위해 어머니가 치러야 했던 오만 가지 수고를 어찌 일일이 열거할 수 있을까. 오늘 아침, 대례복을 입기전 갖추어 입어야 했던 수많은 속옷들이 몇 가지나 되는지도 헤아려본다. 조금 길이가 짧은 다리속곳을 입은 다음 속속곳,

단속곳, 고쟁이를 껴입고 그 위에 펑퍼짐한 속치마를 입었다. 자신의 아랫도리를 감싸고 또 둘러치는 그것들의 의미를 헤아려보았다. 그것은 곧 아녀자의 정절이 얼마나 엄중해야 하는지를 말하는 것이리라. 오로지 한 지아비를 위하여 입고 또 입고, 그 위에 또 걸치고 껴입는 것으로 아녀자의 정조는 함부로 넘보지 못할 견고한 틀 속에 감금되는 것이다.

문득 서글픔이 일었다. 의구심도 일었다. 여자의 정조가 그처럼 완강하게 보호받고 지켜지기를 바라는 만큼 여자의 심성이나 마음도 소중하게 가꾸어지고 갈무리되는가, 그건 저버리고 있는 세상이 아닌가, 마음이나 감정보다 더 귀하고 중히 여기는 정절이라는 괴물이 가슴을 물어뜯었다.

첫날밤, 신랑이 벗겨주어야 할 큰머리와 활옷을 손수 벗으며 온갖 생각들이 꼬리를 물고 이어진다. 온종일 같이 수고한 신부를 곁에 두고도 코를 골며 저 혼자 편안하게 잠들 수 있는 사람, 저 사람을 지아비라 믿고 평생을 섬겨야 하는 것이다. 단지 남자라는 이유 하나만으로 하늘이라는 위치를 확보해놓은 지상의 행운아들, 종종 동생 균에게 빗대놓고 하던 말이다.

창밖에 비가 뿌리는가, 낙수 떨어지는 소리가 희미하게 들린다. 어느새 물이 고여 기왓골을 타고 내린 물이 흙살을 헤집고 홈을 파는 소리가 점차 커진다. 규칙적으로 떨어지는 낙수

소리를 듣고 있는 사이 초희의 어깨 위에 실려 있던 긴장이 스르르 풀어졌다. 어느새 몸도 마음도 가물가물하다. 문풍지를 때리는 바람 소리가 예사롭지 않다. 풍경이 울고 문풍지가 아우성치듯 울어댄다.

긴 대나무장대에 가녀린 여인이 명주 자락처럼 걸려 있다. 그네를 타듯 해롱거리면서도 울고 있는 얼굴…… 눈물을 찍어내는 흰 명주 수건에 붉은 피가 스며든다.

초희는 입술을 깨물며 눈을 떴다. 흉한 꿈이다.

신랑 성립도 초저녁에 설핏 든 선잠을 털어내며 눈을 떴다. 합방은 못 하더라도 신부의 활옷과 큰머리는 네 손으로 풀어주어야 하느니, 아버지 김첨이 몇 번이나 귀가 따갑도록 이른 말이다. 그러나 마음이 시키는 대로 손이 가지 않았다. 백자처럼 꼿꼿하게 앉아 있는 신부의 모습은 차갑고 음전했다. 조금 솟은 콧날에 짙은 눈썹, 은행껍질 모양처럼 얇고 궁굴린 눈꺼풀의 단아함도 차가움을 더하는 것 같았다. 여자란 모름지기 햇솜마냥 보드랍고 연한 배쪽과 같아야 한다 했거늘, 어디 말한마디 붙여볼 수 있겠는가. 아직도 눈에 삼삼하게 남아 있는 달이하고는 너무나 다른 모습이었다. 그동안 봐왔던 다른 여자들과는 너무나 다른 색깔, 다른 냄새, 다른 분위기, 다른 표정…… 그런 신부가 성립은 부담스러웠다. 집 안의 모든 집기도 보통이 아닌 것처럼 느껴지는 게 영 불편했다.

초희는 신랑의 미세한 움직임을 느낀다. 동뢰상 양쪽으로 두 개의 촛불이 같은 길이로 나란히 서서 자신의 심지를 태우며 밝게 빛을 발한다. 저 사람과 나도 저 촛불처럼 생을 마감하는 순간까지 스스로를 태워 상대에게 빛을 주어야 할 것인가, 그 아름다운 풍경이 자신의 것이 될 수 있을지 자신이 없다. 살포시 치마말기를 부여잡고 일어나는데, 성립이 끙 하며 돌아눕다가 졸음기 묻은 눈으로 초희를 올려다본다. 그러고는 일어나 앉아 상투머리의 조임을 조금 풀어내면서 물, 했다. 초희는 머리맡에 있는 물 대접을 들어 두 손으로 건넨다. 조금만 기다릴 것을, 제 손으로 큰머리를 풀고 활옷을 벗은 것이 초희는 부끄럽고 민망하다.

성립이 훅 하고 입으로 촛불을 끈다. 갑자기 어둠이 방 안을 가득 채우고 마주 앉은 사람의 얼굴조차 분간할 수 없다. 성립이 바짝 다가오더니 손더듬이로 옷고름을 풀고, 치마허리에 손을 돌려 이음새를 용케 찾아낸다. 먼 데서 새벽 닭 우는 소리가 들린다. 신부에게서 벗겨낸 옷들을 집어 던진 성립은 속치마 속으로 손을 디밀어 더듬거린다. 초희는 신랑의 미적지근한 살갗이 허벅지 사이로 파고들자, 저도 모르게 터져 나오려는 비명을 입 안으로 삼킨다. 그것이 첫날밤의 당연한 수순인데도, 무언가 건너뛰고 있다는 허전함이 초희의 신경을 날카롭게 잡아당긴다. 합반주라도 나누며 살아갈 이야기를 나눈다든가, 하다못해 오늘 수고했다는 한두 마디는 오가야 하지 않는가. 초희의 마음속에서는 막연하고도 두려운 서글픔이 안개비처럼 가슴을 적신다. 짓뭉개지는 기분이다. 이슬밭의 풀잎처럼 짓이겨지는 듯한 얼얼함, 이것이 합방이라는, 남녀의 하나 됨의 절차인가. 이런 밤이 평생 계속된다면, 내 어찌 이를 감당할 수 있을까.

성립은 후딱 일을 해치웠다. 그러고는 제 할 도리를 다 했다는 듯 다시금 네 활개를 펴고 눈을 감는다. 잠은 달아났고 눈자위는 뽀송하다. 코를 골며 짐짓 자는 척했지만 신부의 기척에 몸을 사리고 신경줄을 걸고 있다. 처음부터 일부러 대례복과 큰머리를 벗기지 않고 어떻게 하는지 두고 보리라는 심사였는지도 모른다. 첫날밤 옷고름도 풀어주지 않는 무심한 신랑, 코를 골며 잠에 곯아떨어진 신랑 곁에서 명문집 계집이 어떻게 대처하는지 두고 보고픈 마음이 조금은 있었다.

장인 되는 초당 허엽의 대사성이라는 벼슬자리, 사랑방에 들끓던 동인의 젊은이들을 수하에 거느리는 그 당당함에 성립은 기가 바짝 눌렸다. 그뿐인가. 신부의 오라비 되는 허봉이

나 이제 동서지간이 될 우성전이나 박순원의 명문도, 무엇보다 여덟 살의 나이에 「백옥루 상량문」을 지었다던 신부의 빼어난 글재주가 신경을 극도로 자극했다. 시시콜콜 따지고 들자면 한도 끝도 없는 문제들이 갈피마다 숨어 있었다. 그래도 빠져나갈 구멍은 있겠지. 혼인이 여자의 굴레는 될지언정 남정네들을 옭아매는 일은 없다. 그렇고말고. 입 안에서 말을 굴리다가 어느새 성립은 깊고 단 잠 속으로 가라앉는다.

옥인동, 그 얕은 숨소리

굵은 빗줄기가 가마 지붕을 도리깨질하듯 후려친다. 두려움
이 어떤 속박의 징후처럼 신부의 가슴을 죄어왔다. 그래도 초
희, 그미는 가슴을 쓸어내린다. 궂은 날이 있으면 맑은 날이,
밤이 지나면 낮이 오듯이, 봄과 가을이 순번대로 다가오고 지
나가듯, 어떤 상황이든 지속적으로 머물지 않는다는 것을 그
미는 알고 있다. 건천동에서 옥인동으로 옮겨 앉은 것뿐인 것
을…… 다만 그 거리가 건너뛸 수 없는 막막함으로 다가온다.

비가 잠시만 멎어주었으면, 하는 바람이다. 건천동 어머니
가슴이 얼마나 미어질까, 행여 저 어린 여식에게 무슨 일이 일
어날세라 바늘방석에 앉아 있는 모습이 그미의 눈가에 선연
하게 얼비친다. 가마의 앞가리개를 내려주던 어머니의 얼굴은

사색이었다. 아무 말도 하지 않았다. 지그시 바라보는 눈가에 눈물만 그렁했다. 상객으로 따라나선 오라버니도, 큰대문까지 나와 배웅해주시던 아버지도, 아침나절까지 청명하던 날씨가 갑자기 웬 찬 빗줄기냐고 어두운 얼굴이었다.

후드득, 가마 등을 치고 떨어지는 빗방울 소리에 초희는 고개를 들었다. 건천동 친정집에서 출발할 때는 가는 빗줄기였던 것이 옥인동 시댁 근처에 이르자 굵은 빗방울로 변했다. 찬 빗줄기가 출렁이는 가마 틈새로 들이치고 차가운 바람이 스며든다.

들리는 소문에 시어머니 될 안방마님 송씨는 장안의 이름난 점쟁이를 자주 집에 들인다고 했다. 집안의 대소사를 점쳐 결정한다는 이야기에 당혹감을 금할 수 없었다. 그런 시어머니가 새 며느리 가마가 대문 안에 들어서는 순간 비가 내리는 것을 어떻게 풀이할지, 그미는 불안하다. 흉한 꿈의 잔상이 눈앞에 어른거린다. 눈물을 훔치던 여인, 하얀 흰 수건에 낭자한 선혈…… 비가 상스럽다는 생각은 해보지 않았다. 비, 눈, 우박, 안개, 그 모든 자연의 움직임이 감사하고 좋을 뿐이었다. 머물지 않고 흐르는 모든 것들은 아름다웠다. 고여 있지 않아 늘 새롭고 싱싱하다. 그미도 때때로 흐르고 싶다는 간절한 욕망을 느꼈다. 청정한 상태로 머물다가 언젠가는 그 존재 자체가 사라진다는 것, 공기 중에 떠도는 한 톨의 먼지가 되어 하늘로 스며든다는 것은 얼마나 신비하고 아름다운 현상인가.

문득 우렁찬 남정네의 목소리에 가마가 멈칫 정지했다.

"댓돌 위로 올라야 하지 않겠느냐. 비가 와서 마당에 내릴 수는 없고……."

가마가 뒤뚱거린다. 가마 안의 그미도 출렁인다. 가마를 댓돌 위까지 끌어올리는 모양이다. 차양이 깊어 댓돌 위까지 올라가지 않아도 가마의 한쪽만 축담에 걸쳐주면 흙발 묻히지 않고 올라갈 수 있을 터라 "여기서 내리겠다고 아뢰어라, 단오야" 했지만 목소리는 입 안에서 잦아든다. 털퍼덕, 가마가 주저앉는다. 문이 올려지고, 고개 숙인 그미의 이맛전에 시리게 와 닿는 수많은 눈길들…… 그미는 등이 시려온다. 물색 옷 입은 두 여인네의 손이 가마 안으로 들어와 신부를 잡아 일으킨다.

수모의 부축을 받으며 그미는 가마 밖으로 한 발을 내딛는다. 아까부터 저려오던 다리가 뻣뻣하다. 오금이 저려 바로 서지 못하면 절을 어떻게 하는가, 갑자기 불안하다. 여기저기 웅성거림이 귀에 들어온다.

"곱기도 하네. 요조선녀가 따로 없네."

그미는 살포시 눈을 들어 마루 위를 올려다본다. 대초 밝힌 대청마루가 어슴푸레 그늘을 머금었다. 비가 내려 집 구석마다 스며든 습기와 찬 기운이 이맛전에 섬뜩하게 느껴진다. 사군자를 친 커다란 병풍과 좁은 마루 가득 키를 세우고 앞으로 꼬꾸라질 듯 출렁이는 사람들, 그미의 눈에는 모든 사물이 깃을 치며 퍼덕이는 것처럼 보인다. 자신에게 모아진 까만 눈동자들이 제각기 다른 표정을 담아내는 듯이 보이기도 한다. 정강이가 휘청댄다.

댓돌에 돗자리를 깔았지만 들이치는 빗살에 젖어 축축하다. 수모 중 한 명이 바닥에 앉아 신부의 비단 운혜를 벗긴다.

"신발 벗으시고……."

버선코에 물기가 스민 모양이다. 축축하다. 스며든 물기가 발바닥에서 서서히 무릎을 타고 올라 등허리와 어깨까지 적신다. 단지 느낌일 뿐이라고, 그미는 자기 안에 깃든 가시를 가만히 토닥인다. 대청마루에서 웅성거리던 사람들 사이를 헤치며 수모가 장지문 열린 안채의 건넌방으로 안내한다. 그미는 두 수모에게 이끌린 채 보료 위에 나붓이 내려앉는다.

"잠시 기다리세요."

수모들이 약속이라도 한 듯 자리를 떠난다. 장지문 두 짝이 엇갈리며 삐거덕댄다. 틈새 사이로 사람들이 기웃거린다. 빗소리가 들린다. 그만하면 끝이려니 했건만 비는 기세를 더해간다. 마당에 멍석 깔고 기다리던 손님들이 비를 피해 이리저리

움직이는 소리도 부산하다. 보료 위에 앉아 있는 그미의 가슴에도 빗물이 흐른다. 꼿꼿이 앉아 시간을 헤아려본다. 건천동 친정에서 출발한 시각이 사시였다. 함실댁이나 단오 얼굴이라도 보았으면…… 얼마나 지났을까, 수모들이 들어왔다. 친정에서 가지고 온 비단보를 풀었다. 어머니가 손수 봉황과 모란을 수놓은 자줏빛 대례복이 촛불 아래서 눈부시다.

"아유, 누구 솜씨던가요? 봉황의 눈이 살아 있네요."

나이 젊은 쪽 수모가 호들갑을 떤다.

낭자 얹은 머리를 풀어 다시 빗기고, 입고 온 다홍치마와 유록색 저고리 위에 대례복을 입고 봉 띠를 둘렀다. 두 수모의 부축을 받고 대청마루로 한 발을 내디딘다. 순간 화문석 깔린 마루판에서 찌익, 해묵은 어깃장 소리가 났다. 그미는 자신도 모르게 어깨를 움츠렸다. 모든 것들이 새로 들인 식구의 복과 맞물려 유추된다는 말이 다시금 생생하게 그미의 의식을 갉작댄다.

폐백상을 앞에 두고 시어른 김첨과 시어머니 송씨가 병풍 앞에 나란히 앉았다. 송씨는 길고 가늘고 찬 기운이 서려 있는 신부의 낭창한 탯거리가 영 못마땅하다. 여자란 모름지기 몸으로 온기를 품어내야 하거늘, 안방마님 송씨가 혀끝을 쯧쯧 찬다. 그미는 양쪽 어깨를 부축해주는 수모를 의지해 큰절을 올렸다. 한 번 두 번 세 번 네 번의 큰절을 올린 신부가 폐백상 앞에 앉는다.

홍보자기가 오른쪽 시아버지 앞에, 면포와 육포는 왼쪽 시어머니 앞에 차려졌다. 언제나 차분하고 매사를 조신스럽게 행동하던 그미지만 자꾸만 신산해지는 마음을 가누기 힘들다. 너무 긴장해 있었던지 소피 생각도 간절하다. 절을 하고 앉아서 수모가 따라주는 술잔에 손을 대면, 그 술잔이 마루 위의 어른에게 올려지고, 그러면 일어나서 큰절을 한다. 양쪽에서 부축해주는데도 일어서고 앉을 때마다 다리가 후들거리고 눈앞이 아득하다. 수모가 시키는 대로 신부는 사배 반을 하고는 그 자리에 앉았다. 치마폭에 대추 꾸러미가 쏟아진다.

"아들 딸 많이 낳고 다복하게 살아야 하느니."

시어른 김첨의 목쉰 목소리다. 그러나 며느리의 폐백을 받고 있던 시어머니 송씨의 심사는 만신창이로 뒤틀린다. 몇 겹으로 쌓아올린 육포를 손으로 어르던 송씨의 크고 쌍꺼풀 진 눈이 신부의 아래위를 사납게 훑치고 지나간다. 그러다가 마침내 입을 열었다.

"시부모 섬기기를 하늘같이 해야 하며, 형제간에 화목하고, 늘 몸을 낮추어 대소가 어른 아이 할 것 없이 제 몸보다 높여야 할 것이야."

수양버들가지마냥 여리고 가냘픈 며느리의 섬세한 외양도 송씨로서는 마땅찮다. 소문에 듣던 대로 보기 드문 미색임에는 분명하다. 희고 갸름한 얼굴에 도드라진 콧날이 고집깨나 있어 보인다. 눈이 부시도록 희고 환한 새 며느리의 육색에 송씨는 공연히 심사가 꼬인다.

험한 일을 하는 것도 아니고 일 년 열두 달 그늘 깊은 대청마루에서 한두 발짝도 밖으로 나갈 일이 없는데도, 누르스름한 자신의 육색이 송씨는 늘 불만이었다. 명나라에서 가지고 온 향비누나 가루분을 정성껏 먹이는데도 희어지기는커녕, 눈 가장자리에 곰팡이처럼 슨 물사마귀까지 골칫거리다. 무엇보다 송씨의 가슴을 북북 그어댄 것은 시집간 두 딸들이다. 금지옥엽처럼 키운 두 딸들의 너무도 평범하고 처지는 외모가 흑백의 대비처럼 며느리와 비교된다. 마루와 댓돌에 가득 모여 있는 친척들 가운데서 터져 나온 "군계일학이구먼, 선녀가 하강을 했대도 저렇게 곱지는 못하지" 하는 속닥거림이 송씨의 귀청을 후볐다. 뾰족한 송곳에 찔린 듯 귀청이 먹먹하고 쓰라리기까지 했다. 음전하고 점잖은 아랫동서 영암댁마저 며느리에 대해 칭송하자 송씨의 마음은 뒤집어졌다.

"형님, 온 집 안에 불을 켠 듯이 환하지 않아요. 다시금 감축드립니다."

송씨가 앉음새를 고쳐 앉으며 영암댁을 노려본다.

"좀 가만히들 있게나."

큰 목소리가 아닌데도 짱, 하는 녹슨 음조에 조잘거리던 대소가 아낙네들의 입이 다물어졌다. 그때, 절을 하고 일어서던 그미가 휘청거렸고, 시중들던 두 수모의 손이 동시에 그미의 허리를 감쌌다. 젖은 버선발이 치맛자락을 밟았는지, 후드득 뜯기는 소리. 짧은 비명과 함께 그미의 몸이 앞으로 쏟아진다.

"아이고, 저걸 어째? 뭔가 뜯기는 소리 아닌감……."

"쉿!"

수모들이 주고받는 나직한 목소리가 대청까지 들릴지는 모르지만, 무언가 작은 소요가 일어났음을 시어머니도 눈치챘으리라. 눈앞에 일어나는 모든 일들을 미신과 연관짓는다는 어른들이라면, 반드시 상스럽지 못한 것으로 간주될 것이 분명하다. 가마가 시댁 대문을 들어설 무렵 쏟아진 비, 폐백 드리는 순간에 치마 주름이 후드득 뜯겨나간 일을 어찌 길조라 말하겠는가.

대초를 밝혔는데도 대청마루는 어둑하다. 눈높이까지 괴어올린 폐백상과 대초의 일렁거림 뒤에, 우뚝 솟아 있는 어른들의 짙은 음영이 바로 쳐다보지 않아도 한기로 느껴진다.

"이게 무슨 변고일꼬?"

103

송씨의 언짢은 심사가 갈수록 더 꼬였다. 대소가 사람들이 며느리의 미색을 추어올릴수록 무거운 바윗돌이 가슴을 짓누르듯 답답하다. 왜 기분이 나쁜지 따지고 들 수는 없다. 모든 게 마땅찮다. 분한 기색은 대번에 얼굴색에 드러났다.

"형님, 방으로 드세요. 이제 일어나셔도 됩니다."

송씨는 영암댁의 부축을 받고 안방으로 들어갔다. 새색시만 긴장하고 있었던 것은 아니다. 며느리 폐백을 받고 있던 송씨의 정강이도 얼어붙어 있다. 뒤틀린 심기 탓이다. 송씨는 영암댁에게 붙잡힌 손을 거세게 뿌리친다. 영암댁은 손수 수정과 다반을 들고 와 송씨와 마주 앉았다.

"형님, 시원해요. 한 모금 드세요."

영암댁이 두 손으로 수정과 보시기를 들고 권하는데도, 송씨의 생각은 다른 데 가 있다. 며느리의 희고 눈부시던 육색이 눈앞에 어른거려 입맛이 씁쓰레하다. 어릴 때부터 깔끔한 바느질 솜씨에 맛깔스러운 음식 솜씨 칭찬은 귀가 따갑도록 들었지만, 예쁘다든가 곱다는 말은 들어본 적이 없는 송씨다. 잠을 설치거나 마음으로 부아가 솟구치면 금방 얼굴에 잡티가 슬었다. 송씨는 거울을 깨뜨려버렸다. 오돌오돌 눈가에 물사마귀가 오르기 시작한 것은 시집오기 전부터였다. 사람들은 물사마귀 대신, 처녀 얼굴에 기미가 슬었다고 놀리기도 했다. 한약도 먹고 양잿물을 발라보기도 했지만 물사마귀는 갈수록 번져만 갔다.

사돈이 된 초당 허엽이 딸자식한테 서책을 읽게 하고 사랑방에 불러내어 시를 논하고 사서삼경을 읽게 했다는 것부터가 심히 불쾌했다. 바깥사돈의 처사는 비난받아 마땅했다. 허씨 문중과 사돈을 맺는다고 들떠 있는 영감 김첨에게 송씨는 쐐기를 박았었다.

"영감은 뭐가 그리 좋아서 허허거리는지 모르지만, 난 그 집 규수를 며느리로 데리고 오는 게 썩 내키지 않아요. 글줄이나 읽었다고 갖은 건방을 떨 터인데, 벌써부터 머릿골이 다 지끈거립니다."

김첨은 빨고 있던 장죽을 놋쇠 재떨이에 대고 탁탁 털어냈다. 늘 부대끼는 것 중의 하나가 부인 송씨의 지나친 당당함이랄까, 아전인수 격인 사고방식이었다.

"부인, 어린 며느리를 잘 다독여 우리 집 사람으로 만들어야 하오. 이녁도 이제부터는 방방거리지 말고 체통을 지키시고."

송씨가 자리를 털고 일어났다.

"열다섯 살이 뭐가 어렵니까. 그리고 방방거린다니, 말이 좀 과하시네요. 내가 체통 못 지키는 게 무언지 한번 들어봅시다."

전에 없이 김첨은 송씨의 거친 행동이 눈에 거슬렸다.

"체통이 무언지 알고 싶소? 바로 지금 삿대질까지 하면서 나한테 대들고 있는 이 작태가 안방마님의 체통에 어긋나는 일인지, 아닌지를 조용히 생각해보시오."

장지문을 닫아붙이고 나가던 김첨은 목젖까지 치미는 역정을 훅 뱉어냈다. 내 어찌 진작 저 사람을 다독이지 못하였으며 다스리지를 못하였던가, 입 안 가득 괴어오르는 더운 침을 다시 한번 뱉어내며 사랑으로 내려갔다.

안방에 혼자 남은 송씨는 분을 삭이지 못해 어깨숨을 쉬었다. 내 무슨 일이 있어도 서책을 가까이하지 못하도록 막으리라, 거듭 다짐한다. 성립이 아직 과거급제도 못 했고, 두 딸 역시 겨우 언문이나 읽을 정도로 시집보냈다. 규방의 여자가 공부는 무슨…… 송씨의 넙데데한 미간에 일자 주름이 곤두섰다.

*

사당폐백을 마치고 나오는 며느리의 뒤태를 유심히 바라보던 송씨의 고개가 갸웃했다. 녹의홍상의 태깔이 아무래도 함에 넣어 보낸 것과는 달라 보인다. 송씨는 영암댁을 다그쳐 물어본다.

"저 아이가 입고 있는 녹의홍상을 잘 보게나. 정녕 함에 넣었던, 그 비단인가 말일세. 그 비단 쪼가리가 어디 있을 테니 자네 찾아들고 와보게나."

영암댁은 덜컥했다. 함에 넣어 보낸 저고리감은 우중충한 유록색이었고, 더구나 무늬가 커서 이불감으로나 쓰는 것이었다. 냉큼 알아보는 큰동서의 눈썰미에 더럭 겁부터 났다. 물고 늘어지면, 새색시 질부가 꼼짝없이 당할 수밖에 없었다.

"아유, 형님도, 그럴 리 있겠어요. 함에 넣어 보낸 그 비단이 틀림없어요."

송씨가 자리를 걷고 일어나 반닫이 문을 열어젖힌다.

"냉큼 가서 찾아보게. 혹시 비단 쪼가리가 어디 있지 않은지. 자네가 올이 비뚤어졌다면서 가장이에 풀어진 쪽을 조금 잘라내지 않았는가."

영암댁은 아차, 하는 심정이었다. 큰동서가 그런 걸 다 기억하고 있을 줄은 몰랐다. 송씨는 큰딸의 혼수를 장만하면서 성립의 함에 넣을 녹의홍상도 미리 챙겨두었었다. 무늬가 크고 색이 짙었지만 그만한 물건을 손에 넣기 쉽지 않았던 터라 준비해두었던 것이다. 그대로 장롱 속에 넣어두었던 것을 함에 넣기 직전 다시 살펴보았다. 저고리감이나 치마감 모두 한 감 이상 넉넉했다. 영암댁이 한 감씩만 깔끔하게 넣자고, "형님 조각보 하나 만들어드릴게요" 하며 자투리 천을 챙겨 갔었다. 남편도 자식도 없이 혼자 사는 영암댁이 마음을 붙이고 하는 일이 조각이불이나 조각보 만드는 일이었기에 송씨도 그러려니 맡겨두었다.

"자네 가서 조각보 만들었다는 그걸 가지고 와봐."

안방마님 송씨의 서슬이 퍼렇다. 성마르게 재촉하는 동서 앞에서 일어서기는 했지만 영암댁은 난감하다. 만들어서 장롱 속에 넣어둔 조각보를 들고 와 대조해보면, 함에 넣은 녹의홍상이 아님이 백일하에 드러날 것이다. 왠지 영암댁은 파랗게 질려 있는 조카며느리가 안쓰럽다. 처음 대하는 모습인데도 질부의 그 우아하고 안존한 탯거리에 호감이 갔다. 무엇보다도 송씨의 성격을 아는 영암댁이다. 녹의홍상 그 한 가지만 가지고도 평생토록 이를 갈며 질부를 시집살이 시킬 것이 너무나 자명한 일이다. 영암댁이 시집왔을 적에도 동서 시집살이를 시키던 송씨가 아닌가. 그런 억하심정이 영암댁의 마음 밑자락에 깔려 있었던지 가냘프고 연연해 뵈는 질부를 저 험악하고 깔축없는 동서의 손아귀에 맡겨둘 수 없다는 어떤 결의까지 생겼다.

"어쩌죠, 형님. 지난번 친정 올케가 놀러 왔다가 조각보를 보더니 예쁘다면서 냉큼 들고 가버렸어요. 형님께서 찾아오라 하시면, 내일이라도 사람을 보내어 가지고 오는 것은 어려운 일이 아니니 제발 오늘만큼은 고정하시지요."

"잊어버리지 말고 찾아와야 하네. 만에 하나 다른 옷감이라면 내 가만두지 않을 것이야."

영암댁은 마른침을 꼴깍 삼키며 한마디를 덧붙인다.

"형님도, 별걸 가지고 다 의심을 하시는군요. 제 눈에는 함에 넣었던 녹의홍상이 틀림없어요."

마침 건넌방으로 들어가려던 그미는 열린 장지문 안에서 시어머니의 노기 어린 소리를 들었다. 그미는 경기하듯 부르르 몸을 떨었다. 함에 넣은 비단 쪼가리를 찾고 있는 모양이다. 어머니가 염려하던 상황이 이제 벌어지려 하고 있다. 피할 수 없는 일이었다.

*

병풍에 기댄다. 머리에 얹힌 족두리가 무겁다. 큰 낭자머리에 물린 칠보장식 달린 비녀도 고개를 움직일 수 없이 묵직하다. 오랏줄에 묶인 듯 온몸이 조인다. 이제나저제나 시어머니의 불호령이 떨어질 시각만 기다린다. 소피 생각도 간절하다. 가마를 내릴 때부터였다. 염치 불구하고 단오를 찾아야 할 것 같아 몸을 움직거리는데, 방문이 열리고 누군가 들어오는 기척에 그미는 살포시 고개를 든다.

장지문이 열리고 옥색 치마저고리에 자줏빛 반회장저고리를 입은 삼십 대쯤 돼 보이는 부인이 소반을 들고 들어와 그미 곁에 오롯이 앉는다. 치마 끝자락에 이는 향긋한 냄새에서 그미는 문득 건천동 어머니를 떠올린다. 긴 치맛자락에서 풍기는 공기의 흔들림만으로도 그 사람의 성격을 알 수 있다던, 여자들의 성깔은 치마 끝에 매달려 다닌다던 어머니가 그리워, 그미는 저도 모르게 눈을 떠 곁에 앉은 여인을 바라본다.

"이렇게 섬약해서야 어찌 견뎌낼꼬……."

그 말 한마디에 울컥 서러움이 복받쳐 그미의 눈가에 물기가 어린다. 가만히 몸을 일으키며 그미는 자신의 시집살이를 염려하는 그 얼굴을 바라보았다.

"그대로 있게나. 내가 누군지는 나중에 알게 될 테고, 우선 당부할 말이 있어 들어왔다네."

영암댁은 나직이 그미의 귓가에 대고 속삭인다.

"그 녹의홍상 말이야. 함에 들었던 거라고 무조건 우기게나. 며칠 지나면 잊어버리실 게야. 좋은 게 좋은 것이야, 질부……."

영암댁은 조카며느리한테 그 말을 하면서도 마음 한편으로는 편치 않은 심정이다. 이 방에 들어온 것을 알면 못마땅해 할 큰동서였다.

그미는 질부라고 불러준 이의 얼굴을 다시금 쳐다본다. 청수에 건져낸 듯 맑고 단아한 얼굴이다. 희고 긴 목선에 검은 낭자머리, 말하는 입매에는 보조개가 패었다. 질부라 불렀으면 시숙모님이 틀림없다.

"이 무거운 것을 머리에 이고, 아직 신방에 들려면 한나절이 남았는데, 조금 눈을 붙여야지."

영암댁이 식혜 차반을 윗목으로 치우고는 보료 목침을 질부의 어깨 아래 넣어준다.

"자네 시어머니가 내 큰동서라네."

"숙모님……."

이 엄혹한 시댁에서 천군만마를 얻은 느낌이 든다. 일어나 큰절이라도 하고 싶은데 몸이 말을 듣지 않는다. 그때 장지문 밖에서 "작은마님 거기 계세요? 마님이 찾으십니다" 하는 소리가 들리고 영암댁은 얼른 일어나 나간다. 그미는 코끝이 시큰하게 아리다. 저런 분이, 저렇게 다정한 분이 곁에 있다면 큰 힘이 되어줄 것이다.

*

벽 가득 긴 그림자가 일렁인다. 초저녁에 새로 켠 대초가 손가락 마디만큼 남았다. 비는 저녁나절까지 지짐거리다가 멎은 모양이다.

온종일 시끌벅적하던 사람들도 곤히 잠이 들고 드난꾼들도 대문을 나선 지 오래 전이다. 자시가 넘었을 것이다. 사흘 동안이나 지지부진 이어진 잔치의 뒤끝은 아수라장이다. 여기저기 널브러진 빈 그릇들, 아직도 질척거리는 마당에 깔아둔 크고 작은 멍석들 사이에 끼어 있는 음식 찌꺼기들, 걷어내어야 할 차일막은 그대로 마당 한가운데 방치된 채 있다. 그나마 큰 차일막의 한쪽 귀퉁이가 무너진 채 을씨년스럽게 너풀거린다.

그미는 사흘 낮과 두 밤을 지냈는데도 서먹하고 겉돌기는 한결같다. 대청 건너 안방의 시어머님은 초저녁에 잠이 깊고, 신새벽 기침으로 아침을 깨운다. 새벽녘 잠간 눈을 붙이다가도 기침 소리에 소스라쳐 일어나야 한다. 해시가 넘어서야 술이 거나하게 올라 들어오는 신랑은 말 한마디 건네지 않는다.

시댁에서의 첫 밤, 그제 일이다. 건천동 친정집에서 맞이했던 첫날밤이나 신행 와서 치른 첫 밤이나 하나도 다르지 않았다. 그미는 손수 옷을 벗어야 했다. 신랑이 좀 더 다정하게 벗겨주기를 바라는 마음은 방으로 들어서는 순간 깡그리 부서졌다. 성립은 자기 집에 왔다는 안정감이 들었는지 으스대고 기고만장한 말투에 동작까지 활발해졌다. 사모관대나 갓을 쓰고 있을 적에는 몰랐는데, 조막만 한 얼굴에 두상도 어린애처럼 작다. 작은 외피야 태생적인 것이라지만 마음까지 좁아서야…… 그미는 점점 졸아드는 가슴을 손바닥으로 쓸어내린다.

그미는 신랑이 벗어던진 옷들을 횃대에 걸고는 치마저고리 입은 그대로 맨바닥에 쪼그리고 누웠다. 무사하게 하루를 보냈다는 안도감과 함께 졸음이 몰려왔다. 촛불을 끄고 눈을 감았다. 물색 치마저고리 입은 영암숙모의 얼굴이 가만히 다가왔다. '절대로 아니라 말하게. 함에 들었던 녹의홍상이라고, 끝까지 밀고 나가야 해' 하던 말이 맴돌았다. 아직 시어머니는 아무 말이 없다. 그것만으로도 그미는 큰숨을 내리쉰다.

잠은 달아나고, 뽀송뽀송 눈꺼풀이 말려 올라간다. 팔베개를 하고 누웠던 그미는 가만히 몸을 일으킨다. 마음에 떠오르는 자잘한 무늬들을 종이에 적어보고 싶다는 간절함이 손끝을 떨리게 한다. 무수한 시어들이 머릿속에서 끓어올랐다. 하지만 여기가 어디라고, 서방님 잠든 머리맡에 촛불을 켜고 앉아 시를 적는단 말인가. 안 될 말이다.

성립은 곤드레만드레 술에 취한 듯 자는 척했지만 그미가 어떻게 하는지 두고 보자는 심사였다. 첫술에 길들이지 못하면 오래도록 버성긴 존재로 불편을 감수해야 할지도 몰랐다. 일단은 과묵하게 대하면서 일상적인 대화 이외에 어떤 이야기도 허락해서는 안 된다는 결의를 보여주려 했다. 솔직히 성립은 자신이 지식이나 문리(文理)나 경전에 통달하지 못했음을 잘 알고 있었고, 그런 면에서 장인인 초당 허엽이나 처남인 허봉이 아우르는 학문적인 수준, 그들의 고매한 의식공간에 발을 들여놓기에는 그 문턱이 너무 높고 버거웠다. 아내가 태생적으로 끌어안고 있는 그 완강하고 돌올한 분위기가 성립은 심히 거북스러웠다. 첫날밤만 해도 그렇다. 그미는 스스로 촛불을 끄고 옷을 벗었다. 지나치게 침착했다. 지그시 내리깐 눈길이나 다문 입매에서 느껴지는 정갈함이 성립의 손을 살짝 뿌리치는 듯했다. 맨바닥에 쪼그리고 누워 있는 그미가 안쓰러운 생각이 들기도 했지만, 그는 그미에게로 나가려는 손을 잽싸게 거두어들였다.

그미의 감은 눈가로 한 자락 풍경이 스멀거린다. 푸른 들판 아득히 솟대 하나가 바람에 부대끼며 서 있다. 앞으로 뒤로 바람에 쓸려 휘어질 듯 쓰러질 듯 몸체를 가누지 못한다. 가슴 한쪽에서부터 서럽고 스산한 기운이 목까지 차올랐다. 홀로 무언가를 참따랗게 지키고 서 있는 솟대의 모습은 언제 보아도 황량하다. 그런데 멀리서, 꼬챙이처럼 가늘어 보이던 그것이 성큼 그미의 앞을 가로막는다. 앗, 솟대는 말을 타고 화관을 쓴 헌헌장부(軒軒丈夫)로 변한 모습이다. 누구시던가, 아버지도 오라버니도 아니다. 말 탄 장부는 바람 갈기를 날리며 멀리 달려간다. 말이 딛고 간 네 발자국마다 선연하게 찍힌 붉은 꽃망울들, 달려간 발자국마다 소복하니 쌓인 꽃잎. 엎드려 목 잘린 꽃을 줍다가 들바람에 쓸려 번쩍 눈이 떠졌다.

꿈인가, 졸음기가 확 달아나 그미는 일어나 앉는다. 더 이상 잠이 올 것 같지 않았다. 머리를 흔들어 머릿속 잡념들을 털어낸다. 이지러지고, 아득하고, 황당한 것들, 죽고 사는 것도 한결 같고, 얻고 잃는 것도 매한가지라 하지 않던가. 김성립을 지아비로 만난 것도, 꿈속에서 바라본 솟대 같은 그분과의 연연한 인연도 덧없고 부질없음이 아니던가. 초저녁 후끈하게 열기를 피워올리던 방바닥은 어느새 차갑게 식었고, 이불을 덮지 않은 탓인지 한기가 느껴진다. 그미는 요 밑으로 살그머니 발을 밀어넣는다.

부스럭거리는 기척이 성립의 잠을 깨웠던가, 코까지 골며 잠들었던 성립이 몸을 뒤척여 그미를 끌어당긴다. 희붐한 새벽 기운이 장지문 밖을 틔우려 하는 시각에, 성립의 손이 치마 아래를 더듬는다. 단단하게 몸을 오그린 그미, 꿈의 여운이 너무 애잔해 마음도 몸도 얼어붙었는가. 신랑의 손길은 너무 성급하고 너무 거칠고 너무 제멋대로다.

성립은 무슨 고리처럼 단단하게 몸을 접고 있는 그미로부터 머쓱하니 물러난다. 나를 거부하는 건가, 이런 버르장머리가 있나, 입 안에서 욕지기가 끓어오른다. 이따위 오만불손한 행동을 묵과해서는 안 된다. 지금 버릇을 들이지 않으면 두고두고 귀찮은 밤이 될지도 모른다. 성립의 머릿속에서 많은 생각들이 드잡이를 친다. 그냥 문을 박차고 나가버리든지, 얼음기둥같이 차가운 몸을 타고 난도질을 하든지, 둘 중에 하나를 선택해야 했다. 지난 초저녁부터 그미는 성질을 돋웠다. 시를 읊어보라는 말에 한마디 말 없이 침묵으로 묵살했다. 하늘 같은 남편의 말을 무시하는 그 오만함, 그건 칠거지악에 다름 아니었다. 어디 한번 해보자 싶은 마음이 벌컥 솟았다. 차갑고 도도하고 초연하기까지 한 그미의 속살을 헤집으며, 성립은 쓰게 이를 간다.

피하지 못할 사태임을 눈치챈 그미는 반쯤 벗겨져나간 저고리를 벗고 치마허리를 풀었다. 와락 잡아당겨진 옷고름 실밥 터지는 소리, 무례한 손길이다. 자상하고 부드럽게 대해준다면, 하는 목마름이 서서히 그미의 목을 채워온다. 깊은 우물 속같이 고요한 시각이기에 비단옷 벗어내는 소리가 크게 들릴 수도 있다. 그미의 손길은 더욱 조심스럽다. 바로 지척, 대청마루 건너에 시어머니가 계시다. 겉옷을 다 벗고, 속적삼과 고쟁이만 걸친 그미는 이불을 덮고 옆으로 돌아눕는다.

성립이 돌아누운 그미의 몸을 홍두깨 돌리듯 바로 눕힌 다음 속적삼이고 뭐고 살갗에 달라붙은 옷가지들을 모조리 발라낸다. 고쟁이가 벗겨지고 홑겹 분홍빛 명주 바지만 입은 그미의 모습. 요염하다. 성립의 남성이 무두질해댄다. 그렇지, 이 얼음처럼 차가운 여자의 속을 들여다보면 분홍빛인걸, 공연히 음전한 채 할 뿐이다. 성립은 거치적거리는 그것마저 사납게 벗겨낸다. 알몸이다. 그미는 이불자락을 잡고 동그랗게 몸을 사린다. 성립은 이불을 확 걷어낸다. 발가벗겨진 희고 투명한 여체가 화들짝 몸을 말며 일어난다.

"서방님……."

벗겨지는 이불자락을 당기는 그미와, 이불을 걷어채 내리는 성립 사이에 작은 실랑이가 벌어진다. 성립의 입술에 희미한 웃음기가 깨물린다. 그미는 지붕 위에 소담스럽게 쌓인 첫눈 같은 순백함도 갖고 있지만, 기와지붕 이랑에 맺힌 고드름 같았다. 지체 있는 집안의 아녀자가 기생같이 노골노골할 수야 없다고 해도, 한밤중 규방에서까지 뻗정다리 같아서야 될 말인가. 기방에 같이 갔던 한 친구가 으스대던 소리가 떠올랐다.

"교태나 웃음이 헤프고 지나치면 그 맛이 반으로 탕감되지. 얼어붙은 지심 깊숙이 촉촉한 흙살이 있듯이 냉해 보이는 여

117

자일수록 속에 뜨거운 화로를 담고 있는 법이네."

그렇다면 지금 그미의 고드름 같은 차가움 속에, 상상도 못할 불화로가 숨어 있다는 얘긴가. 성립이 그미의 속살 깊숙이 파고들어간다. 비단올같이 뽀송하고 부드러운 그미의 몸을 안는 순간 성립은 저도 모르게 아아, 하는 탄성을 깨문다. 단물을 탐하듯 깊숙이 숨을 들이마신다. 화로같이 뜨겁고, 순수의 그물로 첩첩한 그곳으로 자신의 모두를 던진다.

*

안방마님 송씨는 큰딸 김실의 산후조리에 여념이 없다. 김실은 그미의 신행 다음 날 한밤중에 여아를 출산했다. 잔치 뒤끝의 피로와 어수선함이 채 사그라지기도 전에, 온 집안이 산모의 자지러지는 듯한 진통 소리에 술렁거려야 했다. 꼬박 이틀을 벼린 끝에 다행히 갓난애 울음소리가 들렸다. 모두들 한시름 놓았다. 누구보다도 새색시 그미의 얼굴이 환해졌다. 무슨 일이라도 있으면 새로 들어온 사람이 몰고 온 재앙이나 박복함으로 치부할 것이기에 은근히 마음을 졸였기 때문이었다.

안방마님 송씨는 헷갈리는 마음을 다잡지 못한다. 며느리가 거처하는 건넌방으로 해산한 딸을 옮겨야 한다. 그러려면 며느리를 별당으로 내려보내야 하는데 그게 아무래도 꺼림칙하다. 종년 달이가 목을 맨 일로 송씨는 별채에 발을 들여놓는 일을 피했다. 더구나 과거를 앞두고 있는 아들 성립이 하룻밤이라도 거기서 자게 하고 싶지 않았다. 하지만, 딸의 산후가 부실해 건넌방에서 오래 머물게 해야 할 형편이다. 별채는 북향이어서 여름 한철은 시원하지만 겨울은 외풍이 심하고 우중충해서 거처할 곳이 못 된다.

시집온 지 엿새 만에 그미는 안채와는 떨어진 별채로 내려왔다. 한낮인데도 그늘이 깊어 어둑하다. 채광이 안 좋아 겨울나기가 힘들겠구나, 하면서도 그미는 차라리 시어머니와 멀찌감치 떨어져 있게 된 것이 다행스럽다. 딸린 곁방이 있어 함실댁이나 단오가 무시로 내려와 쉴 수도 있고, 좁고 냉돌이었지만 그런대로 편안하다. 아직 날이 새려면 멀었다. 사흘 넘게 북적대던 잔치 손님들을 돌려보낸 집은 그래서 더욱 고요하다. 그미가 쪽마루로 나가자 더운물 세숫대야를 들고 온 함실댁이 가만히 다가와 손을 잡는다.

"잘 잤어요, 새아씨? 못 주무셨구나. 오늘도 온종일 서 있어야 할 텐데요."

신랑 성립은 아직 자고 있다. 함실댁의 나직한 목소리가 더 살갑다. 그미는 함실댁의 손을 꼭 마주 잡았다. 이 물설고 공기

선 시댁에서 궂은 마음, 궂은일 보살펴주는 사람이다. 함실댁을 시댁에 데리고 오는데 조금은 실랑이가 없지 않았다. 몸종한 명 정도 데려오는 것은 보통 관례로 되어 있지만, 유모 한 명을 더 데려오는 데는 양해를 얻어야 했다. 예단을 싣고 간 마름 편에, 친정어머니가 시어머니에게 서한을 보냈다. 예단함을 열어보기 전, 편지부터 뜯어본 송씨의 얼굴은 시큰둥했다.

"여기도 사람 사는 곳인데, 굳이 둘씩이나 딸려 보내야 한다든가."

안방마님 송씨가 혀를 끌끌 찼다. "오죽이나 불출이면 둘씩이나 딸려 보낼까. 글줄이나 읽었다니, 살림살이야 귓등으로 들었겠지" 하며 중얼거렸다. 그래도 단호하게 고개를 내젓지는 않았다. 성립은 처가에서 온 마름에게 유모 함실댁을 딸려 보내도록 하라고 일렀다. 송씨로서는 큰 양보인 셈이었다.

느지막이 아침상을 물리자마자 술상과 손님 접대에 여념이 없었다. 그건 건천동과 다르지 않았지만 저녁을 치우고 아궁이에 불기가 식기도 전에 송씨가 함실댁을 부르더니 밤참 마련을 일렀다. 얼굴이 떡판만 한 부들이라는 계집종이 헤실거린다.

"우리 안방마님께서는 메밀국수 한 그릇 잡수셔야 잠이 드신답니다."

부들이는 한번 당해보라는 듯이 메밀가루 한 대접을 퍼다놓고 온다 간다 말 없이 사라져버린다. 메밀국수 한 그릇을 냉큼 마련 못 할 함실댁이 아니다. 낮에 눈여겨보아두었던 찬방과 광을 뒤적거려 멸치장국을 내고, 포기김치를 잘게 썰어 깨소금에 버무려 댓바람에 메밀국수를 들고 들어갔다.

해산한 큰딸 김실이 상 앞에 먼저 앉는다. 한 수저 듬뿍 떠서 장국 간부터 본 김실의 입이 헤벌어진다.

"제법 간이 맞네, 어머니."

해산한 아기 엄마가 국수 대접을 끌어당긴다. 아이 젖 먹이는 어미가 메밀을 먹으면 젖이 삭는다는 것도 모르는 모양인가, 한마디 하려다가 함실댁은 그냥 입을 다문다. 그만한 것은 알 만한 안방마님 송씨의 미련퉁이가 함실댁은 답답하다.

안방마님 송씨는 잘게 썰어서 깨소금 참기름으로 살짝 무친 김치를 장국에 버무려 단숨에 국수 한 그릇을 비워낸다.

"간이 맞구나. 자네가 비볐나?"

송씨는 윗목에 앉아 그릇 비우기를 기다리던 함실댁을 그제야 쳐다본다.

"입에 맞으신다니 다행입니다."

함실댁의 다소곳한 언행을 누구라고 트집 잡을 수 있을까. 누르께한 흰 창에 심술기가 덕지덕지 붙은 송씨의 왕방울눈이 한차례 사납게 함실댁의 아래위를 훑어내린다.

*

김성립은 이틀에 한 번꼴로 그미 방에 들렀다. 신을 벗고 댓
돌로 오르는 기척은 있지만 정작 방으로 들어오지는 않았다. 안
방의 눈치를 살피는 것이려니, 하는 생각이 들어 민망하기도 했
다. 미세한 기미에도 그미의 신경은 올올이 곤두서 있었다.

이상한 버릇 같았다. 성립이 결이 고르지 못한 미닫이를 왈
살스럽게 여닫았다. 화가 나서 그러는 건 아닌 것 같았다. 안방
기척에 신경을 쓰면서도 거친 손의 습관이 아귀가 안 맞는 미
닫이에 길들여지지 않은 모양이었다. 들어서자마자 갓끈을 풀
어 던지고 두루마기와 조끼까지 활활 벗었다. 금침 위에, 미리
차려둔 술상을 번쩍 들어 사타구니에 끼고 앉았다. 두 사람이
덮고 잘 원앙금침을 지근지근 밟고 그 위에서 술을 마셨다. 무
슨 일은 없었느냐고, 온종일 무얼 했느냐고 묻는 일도 없다. 언
제 보아도 흐트러져 있는 의관, 반쯤 풀어진 옷고름에, 헐겁게
벗겨진 버선목은 걸음을 옮길 적마다 몸을 굽혀 바로 잡아당
기곤 했다. 버선이 커서 그런가 싶어서, 함실댁한테 일러 조금
작게 만든 버선을 신겨보았으나 헐겁기는 마찬가지였다. 평발

이라서 그럴 거예요, 함실댁의 말을 듣고서야 그미는 성립의 밋밋한 발바닥을 살펴보았고, 그제야 명주 안을 덧대어 발 안쪽을 편편하게 만든 버선을 신도록 했다. 그 버선을 신으면서부터는 몇 걸음 가다가 허리 굽혀 버선목을 잡아당기던 버릇은 없어졌다. 안방마님 송씨는 아들이 장가갈 나이까지 평발인지도 모르고 벗겨지는 버선만 신겨온 무안함은 생각지도 않고, 오히려 며느리를 불러 호통만 쳤다.

"새신랑 버선 꼴이 왜 저 모양인고? 아무리 남정네 버선이라도, 버선코의 날렵한 맵시가 있어야 하지 않아. 보기 흉하구나."

서방님이 평발이라서 새 버선본을 만들었다는 말은 하지 않았다. 맵시 있는 버선을 새로 만들겠다는 말을 하고 물러나왔다.

시누이가 출산한 아기는 낮에는 자고 밤에는 놀았다. 잠을 제대로 못 잔 시어머니나 시누이 모두, 아침이면 부루퉁 부은 얼굴로 세상을 모두 밀쳐내듯 짜증난 목소리를 퍼올리곤 했다. 그미는 온종일 허둥대거나 조바심으로 앉을 자리를 잡지 못한 채 서성거렸다. 어디에 있어도 시어머니의 목소리만 들리면 얼른 나가 두 손 맞잡고 서 있어야 한다. 하루 종일 하는 일 없이 일어났다 앉았다 반복해야 했고, 오로지 시어머니의 기분에 의해 좌지우지됐다. 서책은커녕, 단 한 시각도 편한 마음 부려놓고 앉아 있지 못한 채 열흘이 지났다.

눈만 감으면 지심 깊숙이 흐르는 물이 되어 건천동 친정집으로 흘러간다. 공기나 안개나 비가 되어 마냥 흐른다. 그러다가 퍼뜩 눈이 떠지면 잠시잠깐의 선잠이었고, 오매불망 건천동 별당의 서안은 마음이 흘린 빗물에 씻겨 둥둥 떠내려간다. 눈만 뜨면 사라지는 것들, 현실에서는 건질 수 없는 한 오라기의 웃음이나 소곤거림이나 서책이나 시어들은 이제 그미로부터 멀리 떠났다. 늦은 밤 어쩌다가 들른 성립은 번갯불에 콩 볶듯 얼른 일을 치른 후 주섬주섬 옷가지를 챙겨들고 나가버린다. 그 공허한 뒷자락이라니…… 잘 자라고, 피곤하지는 않느냐고, 말 한마디만 건네주어도 이렇게 허망한 시간은 아닐 것이다. 마냥 훌훌 날아보았으면, 그미의 가슴속에 숨겨둔 불새 한 마리가 퍼득거린다.

군불을 많이 지폈는지 방 안의 공기가 후끈후끈하다. 모처럼 들른 성립이 이불 위에 벌러덩 드러눕기부터 한다.

"배고픈데, 밤참 뭐 먹을 거 없을까?"

"잠시만 기다리세요."

그미는 일어나 정주간으로 나가긴 했지만 밤참으로 먹을 만한 음식이 어디 있는지 암담했다. 낮에 보아두었던 음식 광에

들어가 수정과 한 보시기를 담아 나온다. 가지각색 강정은 찬
방 선반에 있는 것을 눈여겨 보아두었기에, 그것만이라도 찾
아서 밤참 상을 마련해 방으로 들어왔다. 상을 내려놓기 바쁘
게 성립이 혀를 쯧쯧 찬다.

"메밀국수나 수제비라면 몰라도 이런 건 안 먹는데……."

성립이 버선발로 차반을 슬그머니 밀어낸다. 그미는 차반을
도로 들고 나오면서 입술을 지그시 깨문다. 마침 잠자러 오던
함실댁이 그 소리를 듣고는 말없이 정주간으로 들어간다. 오
밤중에 메밀국수 반죽을 하고, 밀대로 국수를 밀면서 함실댁
이나 그미는 말 한마디 나누지 않는다. 그것은 무언가에 대한
불편함이었으며 묵계였는지도 모른다. 내일 밤에도 모레 밤에
도 이런 수고를 반복해야 할지 모른다는 묵직한 침묵이었다.

메밀국수 한 사발을 챙긴 성립이 그것만으로는 성에 안 찼
는지, 조금 전에 물린 수정과까지 마신 후에야 윗목에 나붓이
앉아 있는 그미를 쳐다보았다. 열흘 넘게 밤을 같이 보내면서
도 몇 마디 말을 나누지 않았다. 가까이 다가가는 것을 짐짓 가
로막는 듯한 서먹함이다. 그미는 안타깝다. 자신에 대한 선입
견이 있는지도 모른다는 생각이 든다. 몇 사람 건너뛰어 귀에
들어온 말로 그 사람의 전부를 자리매김해서는 안 되는데, 성
립은 말만 망설이는 것이 아니라 자신을 바로 쳐다보려 하지

도 않는다. 늘 고개를 반쯤 돌린 채 표정 없는 얼굴을 고집하는 모습이 역력하다.

"시라도 한 수 읊어보구려. 문장가 부인을 두고 긴 밤 새우기가 밋밋하구려."

비스듬히 상체를 꼬고 앉은 앉음새, 툴툴거리는 어투는 비아냥거림에 가깝다. 병풍에 던져진 성립의 검은 그림자가 흐느적거린다.

"듣건대 광한전 「백옥루 상량문」을 이녁이 여덟 살에 지었다고 하던데, 그게 사실이요?"

새초롬히 앉아 있는 그미를 성립이 넌지시 건드려본다. 어떤 태도로 나올지 보아두자는 속셈이다.

"명주실 타래처럼 줄줄이 풀려나온다던 시구가, 오늘 밤에는 떠오르지 않는 모양이구려."

성립은 다시금 그미의 옆구리를 찔러본다. 그미는 고개를 들어, 조금 전 단오가 펴놓고 간 금침 위에 널브러져 앉아 빈 수정과 보시기를 혀로 핥고 있는 성립을 쳐다본다. 성립은 불시에 날아온 그미의 눈길에 무언가 찔린 듯 흠칫한다. 앵두껍질마냥 얇은 눈꺼풀에 떠도는 차가움이, 입가에 살포시 머금은 미소가, 자신을 비아냥대고 있는 듯이 보인다. 함부로 다루지 못할 여자라, 어머니에게서도 느껴보지 않았던 위엄 같은 것, 얼음 같은 차가움이 빈 수정과 보시기 든 손을 움츠러들게 한다. 이 여자가 감히, 눈을 치떠 하늘 같은 남편과 눈길을 맞추려 하다니, 속내로 이죽거리며 성립은 그미의 차디찬 시선을 붙잡고는, 크게 부릅뜬 눈으로 되받아 쏜다.

"이제 자리에 드시지요. 과거가 얼마 안 남았고, 어머님께서 걱정하시던데요."

그미가 말하지 않아도 고단하고 힘든 하루였다. 마음 같아서는 얼른 안고 싶은 마음 간절하다. 하지만 호락호락 보이지 말아야 한다는 일종의 강박관념 같은 것이, 그의 행동을 부자연스럽게 만든다. 에라 모르겠다, 조금 꼬인 심사로 성립은 그대로 금침 위에 드러누우며 한마디를 툭 던진다.

"왜 내 말이 말 같지 않소? 시 한 수 읊어보라는데, 어째 말이 없소."

그미의 입에서 생각지도 않은 말이 굴러나온다.

"오늘은 이만 주무시는 게 좋을 듯해요. 벌써 축시가 넘었습니다."

시라는 것이 그렇게 언제나 혀끝에 매달려 있는 것이 아니다. 머릿속에 굴러다니는 숱한 문장들을 골라내고 다듬고 엮어 한 줄의 시어를 만들어내는 것, 서먹하게 자리한 이 난장판 같은 잠자리에서 시를 읊으라 한다고 저절로 나올 리 없다.

"오늘은 내키지 않아서 아니 된다고? 참으로 대단하구려."

성립은 동인의 우두머리인 장인에게 지나치게 굽실거리던 부친 김첨의 비굴한 얼굴까지 떠오른다. 그미의 의젓하고 반듯한 어깨를 마구 짓이겨놓고 싶은 심술이 발동한다. 그러나 기방의 여자들을 제법 손보고 다녔어도 이런 서투름은 처음이다. 도무지 마음대로 몸이 따라주지 않는다.

*

면경함 속에 유모의 얼굴 반쪽이 갸웃 보인다. 머리를 빗어 쪽을 찐 그미는 유모가 내놓은 옷들을, 속옷부터 갈아입었다. 남색 치마에 노랑 반회장저고리를 받쳐 입은 그미는 한 그루 난초 같다. 자칫 그 색감이 주는 화려함 때문에 얼굴이 눌리기 십상인데도 희고 맑은 육색에 미색 저고리가 제격인 듯 딱 어울린다. 열다섯 살치고는 성숙한 편에, 키까지 낭창해서 옷태가 곱다. 유모의 입이 커다랗게 벌어진다.

"우리 새아씨, 어쩌면 이렇게 고우실까. 이 유모의 어깨가 덩실하니 올라가더이다."

그미가 벗어둔 겉옷과 속옷들을 개켜 따로따로 보자기에 싸서 삼층장 안에 넣으면서 함실댁이 진솔버선을 꺼내놓는다.

"행여 그럴 리는 없지만 발에 땀이 차면 냄새가 날지도 몰라요. 새아씨 차림이 곱고 깔끔해야지요, 진솔버선 신으세요. 그런 것 챙기려고 이 유모가 불원천리 따라온 거 아닌가요."

신새벽부터 조금은 과장법이 심한 함실댁의 너스레가 그미의 입가에 미소를 머금게 한다.

"불원천리라는 말, 유모가 입에 올리지 않는 문자라서 우습지 뭐예요."

장지문 저편에서 자고 있는 새신랑 성립이 몸부림이라도 치는지, 비단 이불 부스럭거리는 소리가 들린다. 북향의 장지문 밖에 밝음이 서려온다.

서방님이 자고 있는 방 쪽을 한번 살펴본 후 그미는 마루로 나섰다. 아직 미명이 가시지 않은 시각이다. 좁은 마당을 가운데 두고 안채가 사랑채를 껴안고 있고, 양쪽 옆으로 광이 서로 마주 보고 앉았다. 건천동 친정과는 비교도 안 될 만큼 협소한 규모다. 回자형으로 잘린 희붐한 하늘이 어두운 기와마루 위에 매섭게 떠 있다. 네 동의 집이 다닥다닥 붙어 있어, 집 안으로 들어온 하늘은 사방 세 자 반꼴의 네모 속에 갇혀 있다. 그 갇힌 하늘을 바라보는 순간 그미의 가슴에 빗장 걸리는 소리가 난다. 눈을 씻고 찾아보아도 좁은 마당에 나무 한 그루 없다. 그미는 절로 숨길이 떨려 나온다. 나무, 풀, 꽃들, 새들의 재잘거림. 그들이 전하는 계절의 수런거림을 가슴에 적시며 살아왔다. 여긴 아무것도 없다. 사람이 사람을 다스리고 조정하는 칼빛 같은 법도와 명령만이 좁은 집 안을 횡횡거릴 뿐이다.

정주간에는 단오와 함실댁이 엉거주춤 서서 우물거리고 있다. 무엇부터 어떻게 해야 하는지 아무도 일러주는 사람이 없다. 누구 한 사람쯤 일어나서 아침밥 지을 준비를 해야 하는데도, 모두들 어깃장이라도 부리는 듯 코빼기도 안 보인다. 걱정스러운 얼굴로 어둑한 정주간을 들여다보고 있는 그미의 등을 함실댁이 밀어낸다.

"어서 아침 문안 올리셔야지요. 두레네라는 찬모가 그러더래요. 오늘 아침 모두 꼼짝하지 말라고요. 저하고 같이 잔 부들이가 가만히 일러주더라고요."

우물을 지나 장독대로 발길을 돌리던 그미가 돌아섰다. 함실댁의 말이 전혀 근거 없는 이야기는 아닌 듯하다. 함실댁을 대동하고 온 것을 두고 말이 많은 줄은 어렴풋 짐작하고 있었다. 그럴 수도 있겠구나, 텃세를 부려봄 직하다는 생각이 들어 그미는 얼른 정주간으로 발걸음을 옮긴다. 그미는 함실댁에게 쌀바가지를 들려, 찬모인 두레네가 자고 있는 방으로 보냈다. 오늘 아침 이 황당한 형편을 모면하려면 어쩔 수가 없다. 함실댁은 두레네가 거처한다는 행랑채로 나가면서도 당혹감을 갈무리할 수가 없다. 새아씨를 보살펴야 한다는 그 절대적인 책임감을 통감하면서도, 얌체같이 촐싹거리던 두레네에게 무릎을 꿇어야 하는 형편에 문득 몸서리가 쳐진다. 우리 아씨 마음고생하시겠구나, 시집온 새아씨 아침상 차리는데 정주간에 코빼기도 안 내놓는 이 댁 아랫것들의 행동이 괘씸하고 섭섭하다.

그러나 문제는 엉뚱한 데서 터졌다. 사흘 되던 날이었다. 그미에게 직접 부엌일을 하게 하지는 않았지만, 아궁이에 불을 지피는 그 순간부터 주방마루에 나와 지키고 있으라는 시어머니 송씨의 엄명이었다.

"손끝에 물 묻히고 궂은일 하라는 말이 아니다. 하지만 알아야 하지 않겠느냐. 부엌 제반사 돌아가는 일을 눈여겨 보살펴야 할 게야."

아침에 눈뜨면서부터 온종일 사랑채와 안방에 불이 꺼지고, 사랑방에 머뭇거리던 객인들까지 치송하고, 아궁이에 불씨 꺼지는 것까지 단속한 연후에 주방에서 물러가라는 것이다. 부리는 아랫사람들 누구누구는 무얼 하며, 나이와 이름, 생김새를 기억하기까지 오랜 시간이 걸리지는 않았다. 하지만 온종일 주방마루에 지키고 앉아 그들이 주고받는 말이나 눈을 일일이 살피면서 주전부리하는 것까지 지켜봐야 하는 일은 여간 곤혹스러운 것이 아니다. 주방에 나온 지 나흘 되던 날, 부들이

라는 어린 계집종이 아침상에서 남은 어전 몇 조각을 냉큼 집
어 먹어버렸다. 그미가 빤히 보는 앞에서 날름날름 먹는 것을
먹지 말라고 말릴 수가 없었다. 밥상을 물릴 때 안방마님 송씨
가 어전 접시를 가리키며 없애지 말고, 낮에 신선로를 만들라
고 당부했다. 점심상 차릴 때 아니나 다를까 안방마님 송씨가
주방에 나와서 점심상 반찬을 챙겼다.

"남겨두라던 어전은 어찌하였더냐?"

부들이가 먹었다는 말을 할 수가 없어 그미는 묵묵히 서 있
기만 했다. 아궁이에 불을 지피고 있던 부들이는 저하고는 상
관없는 일이라는 듯, 아궁이에 얼굴을 디밀고는 입을 다물고
있다.

"시어미 말이 말 같지 않더냐. 물어보는데 어째 말을 못 해."

그미는 시어머니가 온종일 주방마루에 지키고 있어야 한다
던 이유를 그제야 알아차렸다. 부리는 아랫것들의 위아래 질
서 같은 것이 흔들리고 있다. 번히 주방마루에 그미가 앉아 있
음에도 불구하고, 거칠고 흉흉한 음담패설에 송씨의 험담을
주저리주저리 풀어놓고 있는가 하면, 무엇보다도 어른들 진지
상에 올릴 귀한 음식들이 남아나지 않는다. 새로 들어온 그미
에 대한 텃세 같은 것을 부리는지, 하는 모양이 방자하고 조심
성이 없다. 어전 도둑이 부들이라는 것을 모르지 않으면서도

두레네는 시치미를 뗐다. 도리 없이 그미가 뒤집어쓴 꼴이 되고 말았다.

"죄송합니다. 어머님."

송씨가 벼락처럼 주방문을 박차고 나가면서 일갈했다.

"주전부리하는 못된 버릇까지 있더냐? 아녀자가 입을 들고 나대면 집구석에 남아나는 것이 없느니라."

간간이 방으로 들어가 퉁퉁 부어오른 버선발을 뽑아내고 숨을 돌리노라면, 새아씨 어디 갔느냐는 시모의 쨍쨍한 목소리가 그미를 불러냈다. 화들짝 놀라 뛰어나가면 시어머니의 굵게 쌍꺼풀 진 눈길이 곱지 않다.

"거기 누구더냐. 신새벽부터 치마꼬리 날리는 것이?"

안방마님 송씨는 신새벽에 여자가 먼저 일어나는 것을 금했다. 사랑에서 기침이 늦어지면 하다못해 머슴이라도 깨워 일으킨 후에야, 정주간 출입을 허락했다. 안방마님 송씨는 새 며느리의 첫 새벽 행보에 눈길을 걸어두고 있었다.

"통시에 다녀오는 길이라……."

아직 어두워 시어머니의 얼굴 표정이 어떤지는 알 수 없었지만, 힘주어 내뱉는 목소리에 결기가 느껴졌다.

"통시가 어디라고, 여기 와서 얼찐거린단 말이냐. 다시는 신새벽에 일어나 치마꼬리 날리는 일 없도록 해야 하느니라. 남정네들 기침하기 전에는 안채에 얼씬거리지도 말 것이며, 행여 별당에서라도 경거망동해서는 아니 될 것이야."

그미는 그 자리에 붙박여 움직일 수가 없다. 한바탕 난타를 당한 듯 눈앞이 얼얼하고 귓불이 달아오른다. 무슨 말씀이 그리 야박스러운가. 통시에도 갈 수 없는 법이 이 나라 어디에 있더란 말인가. 거처에 내려오는 즉시 그미는 요강을 내놓았다. 놋요강에 내리는 요란한 소리가 싫어서 그미는 가급적이면 그것을 사용하지 않았다. 아침나절에 통시 출입을 금한다면 하는 수 없이 요강을 사용하는 수밖에 없었다. 아무리 정하게 부신다고 해도 방 안에는 찌든 냄새가 고여만 갔다.

그을린 가슴

앵두나무 성긴 이파리가 바람에 흩날린다. 이제 겨우 몇 잎 붙어 있다. 아침저녁 찬바람이 옷깃 속으로 파고들어, 초저녁에 따스하던 아랫목이 새벽이면 오스스 한기에 몸이 떨린다. 겨울이 성큼 다가왔다. 동짓달 스무하루, 한지를 묶어 그미는 손수 달력을 만든다. 그 달력에 하루하루 빗금을 치며 저무는 날들을 헤아린다. 경탁 위에 놓아둔 달력을 성립이 보고 이죽거렸다.

"살림이나 사는 아녀자가 달력을 헤아리는 심사는 무엇이오? 무얼 그다지 간절하게 기다리는지 말 한번 해보시오."

"아녀자이기에 흐르는 세월의 마디마다 기억해둘 일들이 많지요. 어르신네들 생신에, 기제사하며 조카들이나 친척 푸네

기들 이름 붙은 날을 그대로 보낼 수 없음이지요. 하지만 제가
달력을 머리맡에 두고 하루하루를 헤아리는 데는 나름대로의
의미가 없다고는 못 합니다."

"오늘은 여기서 자고 가겠소."

그미는 정색하고 바로 앉는다. 만약 별채에서 자고 간 것을
알면, 시어머니께서 또 무슨 날벼락을 안겨줄지 모른다. 여자
가 남자를 밝히는 건 기를 빼앗는 것이라고, 설사 자고 가겠노
라 해도 반듯한 계집이라면 사랑채로 돌려보냄이 아녀자의 도
리가 아니겠는가, 할 것이다. 나직한 목소리로 그미가 조근조
근 말한다. 행여 자존심을 건드려서는 안 될 일이다.

"서방님. 지금 한창 공부하셔야 할 시기가 아닌지요? 그리
고 어머님이 아시면……."

그미의 말이 채 끝나기도 전에 성립이 성급하게 그미의 치
마를 채뜨린다. 끼니 거른 사람처럼 늘 성마르게 서둔다. 느긋
하고 다정한 손길을 기대하지는 않지만, 시어머니의 눈치를
살펴가며 숨어 치르는 잠자리는 감흥은커녕 불편하고 고단한
타성일 뿐이다.

"되었소. 불이나 끄리다."

자신의 말이 끝나기도 전에 성립이 훅 입바람으로 촛불을
끈다. 성립은 그미의 전혀 흐트러짐 없는 매무새나 한결같이

빙결 같은 차가움에 정나미가 떨어진다.

성립은 문득 처남 허봉이 하던 말이 귀에 쟁쟁하니 울린다. 그가 자기주장을 굽히지 않는 호방한 사나이라는 것을 익히 알고 있었지만, 혼례 날 신방으로 들어서기 전 그가 하던 말이 머리를 때렸다.

"사나이의 일이 국가나 백성이 전부라고 생각해서는 안 될 것일세. 우선은 가정이 편안해야 하고, 그 가정에서 우선하는 존재가 조강지처임을 모르지 않겠기에 이르는 말일세."

듣기에 따라 많은 의미를 함축하고 있었다. 동생을 잘 감싸 주라는 부탁이나 당부의 말이라기보다 당당한 으름장에 가까웠다. 술잔을 건네주며 허허거렸지만 성립의 속가슴에서는 역 비린내가 치밀어 올랐다. 저 여자의 저 도도한 자세는 무엇으로 꺾는단 말인가, 연신 속으로 되뇌던 성립은 맘대로 뻗대어 보아라, 하는 냉소 한 자락을 깔아두고 눈을 감아버렸다.

그미는 남편의 베갯머리를 살포시 흔들었다. 새벽이 밝아 오기 전에 사랑채로 내보내야 한다. 내일모레가 과거 보는 날이다. 계집이 서방을 보채면 될 일도 안 되느니라, 불호령이 떨어질 것이다. 성립이 게슴츠레 눈을 비비며 돌아누웠다.

"서방님 과거 보시는 날이 하루하루 다가오고 있지 않습니까. 그것보다 더 중요한 것이 어디 있을까요."

성립은 더 이상 무슨 말을 못 한 채 단걸음에 일어나 그미의 방을 나선다. '내 머리 꼭대기에 올라가 있단 말이지……' 그는 가래침을 돋우어 탁 뱉는다.

*

여망에도 불구하고 성립은 이번 과거에도 낙방의 고배를 마셨다. 초상집 같은 적막이 며칠이나 계속되었다. 영암숙모가 빈대떡을 부쳐 큰동서에게 건너갔다. 안방마님 송씨의 사설이 장황하다. 며느리인 그미의 기가 세서 성립이 과거에 낙방했다는 넋두리를 겸한 하소연을 한나절 내내 풀어낸다.

그미는 모처럼 서안을 끌어당겼다. 서안 아래 작은 종이 상자에서 한지로 묶은 것을 탁자 위에 올려놓고 먹을 간다. 시어머니가 알면 크게 꾸중할 일이다. '아녀자가, 무슨 책이던고. 그렇게 할 일이 없으면 바느질이나 꿰맬 일이지.' 서방님 성립도 마찬가지다. 서안 앞에 앉아 있는 그미만 보면 미간을 구겼다. '시를 쓰시오? 책 읽기 게을리하는 내가 다 민망하구려.'

그미는 서안을 끌어당기려던 손을 놓았다. 대신 반짇고리를 열고 실과 바늘을 찾아든다. 함실댁도 단오도 온종일 안채에 붙잡혀 있어 얼굴 한번 내밀지 못한다. 바늘을 들고 실을 고르는데 손가락이 시리다. 아궁이에 바람이 타서 불이 들지 않았다. 그나마 겨우 미지근하던 아랫목의 열기도 새벽녘이면 냉돌이 된다. 아침에 일어나면 머리맡에 떠둔 자리끼가 꽁꽁 얼어붙어 있다. 베개 홑청을 갈아끼우고 남은 짧은 바늘을 바늘집에 꽂으려다 말고, 그미는 문득 바깥 기척에 귀를 기울인다. 눈발을 밟는 발소리를 들은 듯하다. 바람이 부는가. 촛불이 일렁거린다. 밖으로 불빛이 새지 않도록, 어머니 김씨가 손수 수놓아 만든 산수화 열두 폭 병풍으로 장지문을 가려야 한다. 시어머니는 무슨 병풍이냐고, 제사 지내느냐고 못마땅해했다.

"아궁이에 바람이 타서 불이 들지 않습니다요, 마님. 외풍이라도 막아야지요."

단오가 납작하게 엎드린 몰골로 사정사정해서야 송씨는 못이기는 채 병풍 치우라는 말을 안 했다. 별채 큰방이 냉돌이라는 것은 송씨도 알고 있었다. 시집간 딸아이들이 지낼 적에도 여름에만 별채에 머물렀고, 겨울이면 안채 건넌방으로 올라와 지내고는 했다. 엄동설한, 별채 아궁이에서는 장작만 넣으면 불길이 아궁이 밖으로 쏟아져나왔다. 굴뚝에 문제가 있었지만 송씨는 묵혀둔 방의 아궁이 고칠 생각은 하지 않았다.

그래도 그미는 견딜 만하다. 오히려 시어머니와 단 한 치라도 떨어져 있다는 것이, 이가 덜덜 떨리는 냉돌의 추위가 낫지 싶다. 시집오던 그해 겨울은 유난히 추위가 심했다. 동지 무렵부터 얼음이 얼고 눈보라가 기승을 부렸다. 아궁이에 장작을 먹이면 손바닥만 한 아랫목만 미적지근하다가 그것도 초저녁이 넘으면 싸늘하게 식어버렸다. 단오가 자고 있는 윗방은 지붕과 벽이 있을 뿐 한데나 다르지 않다. 생각다 못해 그미는 단오를 데리고 한방에서 잤다. 같은 여자끼리인데 주종간이면 어떠한가, 베개 들고 오라고, 그미는 굳이 사양하는 단오를 방으로 불렀다. 이불깃을 어깨에 두른 채로, 바늘을 한 손에 든 채로, 그미는 시 한 수를 그려낸다.

인물도 남에게 빠지지 않고
바느질도 길쌈도 곧잘 했건만
어려서 가난한 집안에서 자라
중매할미 모두 나를 몰라준다오

단오의 처지가 그랬다. 가난한 여자의 고단한 인생을, 서민들의 고통과 소외된 삶을 그미는 결코 데면데면 흘려보지 않았다.

친정에서 보내온 참숯을 피워 방의 냉기를 가시게 했다. 함실댁이 그미의 장롱 밑자락에 깔려 있는 명주 필을 꺼내어 가위질을 했다.

"이대로 있다가는 얼어 죽기 십상인걸요."

생명주에 솜을 두어 곱게 손누비질한 이불과 요를 만들었고, 그미가 입을 속옷도 햇솜을 두어 손누비질을 해 입혔다. 송씨의 눈길을 피해 짬짬이, 그래도 첫 추위 한 고비는 따뜻한 잠자리를 마련할 수 있었다.

그미가 편두통을 앓기 시작한 것은 그 무렵부터였다. 숯불화로 때문이라는 것을 알았지만 화로를 방 안에서 물리칠 수가 없다. 밤새워 숯불이 꺼질세라 함실댁이 신경을 썼고, 그 온기에 잠을 자고 일어났지만 그미는 온종일 머리가 지끈거렸고 현기증이 머리를 조였다.

그미는 마당으로 난 장지문을 소리 나지 않게 조금 연다. 눈발 묻은 찬바람이 칼날처럼 방 안의 더운 공기를 휩쓸어간다. 초 한 자루로 시어머니는 열흘을 넘게 버텨냈다. 지난 장날에 머슴 순돌이한테 무명 한 필을 주고 초 두 봉을 몰래 바꾸어 왔다.

"촛불 끄지 못하겠느냐. 청승스럽다. 오밤중에 아녀자 방에서 불빛이 새어 나오다니……."

시어머니의 신경은 온통 별채에 매달려 있다. 저것이 또 시나부랭이나 끼적거리고, 머리맡에 서책을 끼고 있는가, 생각하면 오장육부가 꿈틀거렸고, 입 안은 소태를 씹은 듯 썼다. 언젠가 무심히 그미의 방문을 열고 들어서던 송씨는 까무러칠 듯 놀랐다.

서안 앞에 앉아 붓을 놀리고 있는 며느리, 문소리가 났을 텐데도 쓰기에 몰입해 있는 탓인지, 미동도 하지 않는 그미를 보는 순간 송씨는 머리끝이 아찔하다.

"이것이, 이것을 당장……."

송씨는 등허리를 긋고 지나가는 서릿발 같은 노여움을 갈무리하지 못했다. 서안 앞에 앉아 있는 그미의 모습이 너무나 안존했기에, 너무나 고졸했기에 괘씸하고 분했다. 함부로 대할 수 없는, 이제 겨우 열여섯 살인 어린것의 반듯한 어깨선과 붓을 들고 써내려가는 유연한 흐름을 대하자 기가 질렸다. 송씨는 얼른 장지문을 닫고 물러섰다. 숨을 고른다. 저걸 저대로 두어서는 안 되지, 하는 화기가 발끝에서부터 머리끝까지 매운 연기를 뿜어대며 타올랐다. 송씨는 며느리 방의 장지문을 드르륵 열어젖힌다. 그제야 그미가 고개를 들었다. 붓을 든 채로, 하지만 금방 일어나지 않고 말똥하니 올려다본다. 시어머니 송씨의 눈에는 그렇게 비쳐졌다.

"냉큼 일어나지 못하겠느냐. 그것이 너희 친정에서 배운 웃어른 섬기는 방식이더냐?"

그미가 붓을 내려놓고 천천히 일어나 윗목으로 물러가 섰다.

송씨의 눈에는 그런 며느리의 흐트러짐 없는 자세가 오만방자하게 보였다. 어려워하거나 두려워하는 기색 없이 언제 보아도 범접할 수 없는 차가움이 서려 있는 몸가짐, 그것이 송씨의 분노를 늘 부채질했다. 장원급제 하라는 아들 성립은 기방에 들락거리는데, 며느리라는 것은 짬만 나면 서책을 끼고 있으니 원통하고 분했다.

지난해 봄, 아들 성립이 과거 보러 가던 날 아침이었다. 집안 분위기가 자못 삼엄했다. 과거 보기 한 달 전부터 그랬다. 안방마님 송씨는 아들 성립의 장원급제를 위해서 아래위 할 것 없이 언행을 삼가라는 명을 내렸다. 당사자인 성립에게 별채 출입을 금한 것은 너무나 당연한 순서다. 간혹 집 안 어디서 마주치는 일이 있어도 부부가 유별하고 큰일을 앞둔 중요한 시기이니 눈길도 마음도 주고받아서는 안 된다는 지엄한 명령이다. 성립은 식사도 잠자리도 사랑채에서 해야 했고, 목욕은 물론 머리도 감지 못하게 하였다. 웃고 울며 큰 목소리로 말하는 것조차 금했다. 그럭저럭 별탈 없이 과거 보는 날 아침까지 잘 지켜오던 금기였는데 성립이 큰 실수를 하고 말았다. 큰사랑에서 아침 식사를 한 후, 무심히 별채 대문 문턱을 넘었는데,

순간 도끼눈을 치뜬 어머니 송씨가 서 있는 것이 아닌가. 송씨
는 말없이 아들의 등을 밀어 대문 밖으로 내보냈다. 하지만 그
모든 화살은 그미에게로 꽂혔다. 그나마 과거시험을 보는 시
각까지는 온 집 안에 살얼음이 낀 듯 조용했다. 그러나 해가 기
웃해지고, 과거시험이 끝났으리라고 짐작되는 시각부터 송씨
의 카랑카랑한 목소리가 담을 넘었다.

"어쩌자고 남자의 앞을 가로막으려 드는 게야. 네가 우리 안
동 김씨 가문하고 무슨 억하심정이 있기에, 번번이 과거 보는
날 아침이면 긴 치마꼬리 흔들고 앞장서는가 말이다."

"죄송합니다. 어머님."

무수히 머리를 조아리며 그미는 죄송하다는 말만 되풀이했
다. 온종일, 아니 석 달 열흘 동안 섬돌에 꿇어앉아 석고대죄를
하여 남편 성립이 장원급제만 할 수 있다면 그렇게 할 수 있다.
이제 열아홉 살인 성립인데 올해 안 되면 내년이 있지 않은가.
공부보다 노는 것에 신명 들어 하는 아들의 능력은 염두에 두지
않고, 애매한 식솔들만 들볶는다고 될 일이던가. 성립이 과거에
또 실패한 후유증은 모조리 그미의 몫이 되고 말았다.

"앞으로는 내가 부르기 전에 안채에 들락거리지 말 것이며,
늦은 밤에 등피 밝히고 청승 떠는 일을 절대로 하지 말도록. 그
리고 네 방에 있는 서책이나 지필묵은 모두 보자기에 싸서 광

에 내다놓아라."

시어머니 송씨는 부아가 치민다. 그렇게 신신당부 일렀거늘, 오늘도 며느리의 방에서 불빛이 새어 나오고 있다. 감히 시어미 말을 거역하고, 나와 맞겨뤄보겠다는 심산이란 말인가. 후들거리는 장딴지에 힘살을 주고 걸음을 옮긴다. 그믐밤이라 눈앞이 칠흑이다. 그런데 별채 중대문이 열려 있다. 발걸음을 죽이고 별채 마당으로 성큼 들어선다. 얼씨구, 마침내 저것의 꼬투리를 잡을 모양이구나, 송씨는 손에 땀을 거머쥐고 살그머니 마루에 올라 동정을 살핀다. 장지문 사이로 사내의 목소리가 새어 나온다. 이런 야심한 밤에 사내를 불러들이다니, 치를 떨었다.

송씨는 그 사내가 아들 성립일 수도 있으리라는 생각은 꿈에도 하지 않았다. 신성한 내실에 사내를 끌어들인 요망하고 부정한 며느리라는, 조금은 억지스러운 암시가 어느새 송씨의 뇌리에 크게 자리 잡고 있다. 아니 그래야 했다. 가장 확실한 빌미가 그것이었기에 언젠가는 그런 사달이 별채에 일어나리라는 예감이 송씨의 머릿속에 굳어 있었는지도 모른다. 내 이것을 당장 대문 밖으로 내쫓으리라. 단단하게 결심하고 장지문에 손을 댔다. 그 순간 장지문에 커다란 그림자가 어리고 안에서 방문을 열려는 기척이 났다. 송씨는 얼른 어둠 속으로 몸을 숨긴다. 마루 기등 옆에 있는 화로에서 식은 재 한 움큼을 양손 가득 움켜쥔다. 장지문은 금방 열리지 않고, 며느리의 목소리만 새어 나온다. 귓가에 스미는 미풍처럼 나직이 속삭이는 며느리의 목소리가 송씨의 심기를 비틀었다. 화류장화의 계집도 아니고, 말하는 품새가 혀끝에 도르르 말려 귀를 바짝 대어도 잘 들리지 않는다. 가는귀가 먹은 송씨는 역정이 난다.

이윽고 방문이 열리고, 키가 팔척 같은 사내가 어둠 속으로 성큼 한 발을 내딛는다. 이때다 싶어 송씨는 있는 힘을 다해 손에 쥐고 있던 재를 사내의 면상을 향해 뿌린다. 어이쿠, 하는 비명을 냅다 지르며 두 손으로 얼굴을 가린 사내가 중심을 못 잡고 휘청거린다. 이것들을 당장 포박해서 관가로 끌고 갈까, 두 년놈의 대가리에 올가미를 씌워 조리돌림을 시킬까, 송씨의 머릿속에서 별의별 궁리가 새치처럼 돋아난다.

"어떤 놈이더냐? 어떤 놈이 이 야밤에, 내 눈에 불을 댕기더냐?"

길길이 뛰며 비명을 질러대는 목소리가 송씨의 귀에 익었다. 크고 왁살스러운 손이 머리채를 휘어잡으려는 순간 송씨는 사력을 다해 뿌리치고는 뒤란으로 달려간다. 그 목소리가 아들 성립의 것임을 뒤늦게 알아챘다. 한 움큼의 모멸감이 송씨의 정수리를 찍어눌렀다.

"못난 놈이, 어미한테 똥물을 퍼붓는구나."

송씨는 살그머니 별채 뒷마당으로 숨어들어 쪽문을 열고 소리 없이 안채로 들어선다.

애처로움

영암 시숙모의 다른 이름을 그미는 애처로움이라 지었다.
안채에서 시숙모를 설핏 스치기만 해도 그미는 코끝이 시려
왔다. 영암 시숙모는 낮에 잠시 시어머니의 부름에 다녀가면
서 정주간에 얼굴을 디밀고는 '밤에 내려갈게' 눈짓으로 말하
고 급히 나갔다. 다정한 일별이었다. 잠시 동안 마당을 서성인
것은 기다림이었다. 간절하게 더불어 무언가를 나누지 않으면
견딜 수 없는 겨울밤이 문풍지를 흔들었다.

큰댁으로 통하는 빈지문 앞에 영암댁이 서 있다. 잠깐 동안
감회가 끓어오른다. 한때 그 빈지문에 흙벽을 쌓아 막아버린
적이 있었다. 부리는 아랫것들이 하릴없이 영암댁으로 들락거
린다는 구실이었지만, 이유인즉 기실 다른 데 있었다. 텃밭의

여름 채소나 과일들이 손을 탄다는 구실로 안방마님 송씨가 빈지문에 걸쇠를 걸었다. 저녁 반찬 하려고 아껴두었던 애호박 한 개가 없어진 소동이었다. 그날 안방마님 송씨는 텃밭에 나가 손수 가지랑 고추를 따면서 눈여겨봐두었던 호박이 감쪽같이 없어진 걸 알았다. 송씨는 긴가민가하면서도 두레네와 부들이를 불렀다. 영암댁이 부리는 종, 비실이의 소행임이 드러났다. 냉큼 빈지문에 커다란 자물통이 채워졌다. 그 후로 영암댁은 큰 대문으로 드나들어야 했다.

그러나 어느 날엔가 장옷도 안 입은 영암댁이 큰 대문으로 들어서는 걸 보고 김첨이 노발대발했다. 안방마님 송씨에게 호통을 쳤다.

"남우세스럽구려. 혼자 된 동서 하나를 골목길에 내돌려야 하오."

빈지문의 자물통은 여름이 지나고 가을걷이가 마감된 연후에야 벗겨졌다. 그날로 당장 영암댁이 그미의 처소로 향했다. '내가 이 꼴이 무엇인가. 남정네를 만나는 것도 아니거늘, 사람이 사람 만나는 것을 막다니, 참으로 독하고 모진 사람이야.'

마루에 나와 서성이던 그미가 영암댁을 보고 반색을 했다.

"숙모님……."

영암댁은 어서 방으로 들자며, 그미보다 앞서 장지문 안으로 들어섰다. 담 밖에도 담 안에도 사람들의 눈이었다.

"담 하나가 천 리 길이야. 지난봄에 잠시 들렀던가, 벌써 반
년이 훌쩍 넘었구나."

보료 위에 자리 잡고 앉은 영암댁을 그미는 처음 대하듯 지
그시 바라본다. 엷은 옥색물 먹인 옥양목 치마저고리에 동백
기름으로 머리를 다듬은 영암숙모는 볼수록 단아하고 귀티가
났다. 옥양목 치마저고리가 그렇게 청초하고 고운지, 그미는
저도 모르게 감탄이 입술에 깨물린다. 이제 한창 물이 오른 저
아름다움이 높디높은 담 안에서 시들어가다니, 얼마나 애잔하
고 슬픈 일인가. 언젠가 오라버니가 멋쩍게 웃으며 물은 적이
있었다.

"옥비녀에 물색 치마저고리 입은 낭창한 분이 누구시더냐?
너희 시댁 얼굴이 아니던데…… 서리꽃이 저다지 고울까. 내
눈이 부셔 한참 동안 정신을 놓았느니라."

오라버니의 말에 그미는 웃었다. 물색 치마저고리 입은 분
이라면 영암숙모가 분명했다. 영암숙모에 대한 오라버니의 찬
사는 과장이 아니었다. 보기 드문 미색이었다. 서슬 퍼런 아름
다움이었다. 눈발 속에 피어 있는 매화에 비유할 수 있을까.

"동짓달 찬 하늘에 뜬 달이라 하면 어떨까요."

"아무렴. 동서끼리라도 저런 미색하고 가까이 있으시니 시

모가 불편하시겠구나."

아름답게 태어난 것도 영암숙모님에게는 멍에가 되었다. 출중한 미모 때문에 영암숙모가 겪어내고 있는 동서 시집살이를 그미는 누구보다도 잘 알고 있었다. 게다가 손끝이 여물고 꼼꼼해서, 영암숙모의 손을 거쳐 나오면 음식은 단순한 먹거리가 아니며, 옷은 몸에 걸치는 옷이 아니라 날개라는 말이 있을 정도로 그 솜씨가 빼어났다. 더구나 성격이 음전하고 얌전하면서도 경우 바르고, 명분을 소중히 여기는 성품이라 목소리를 높이지 않아도 바른 말, 바른 소리로 그 입이 차고 맵기로 소문나 있었다. 그미에게 있어 영암숙모는 가장 다정한 어른이고 벗이며, 마음을 나눌 수 있는 상대이기도 했다.

영암댁이 살포시 웃는다. 십여 년 동안 잃어버린 채 산 웃음이다. 청상에게 강요된 모든 억압된 것들을 꽁꽁 묶고 봉인하여 가슴 깊숙이 여며두고, 어떤 경우에도 진솔한 감정의 빛깔을 내보이지 말라는 금기에 길들여진 세월이었다. 영암댁의 얼굴에서 미소를 걷어낸 청상이라는 딱지를, 그 견고한 침묵을 질부인 그미가 슬그머니 열어주었다.

단오가 오미자차와 약과를 담아낸 다반을 들고 와 두 사람 가운데 놓고 나갔다. 그미가 오미자 찻잔을 들어 영암숙모에게 권한다. 오미자차는 그미의 친정에서 매년 날라다주는 먹을거리 중의 하나였다. 잘 익은 오미자를 찬물에 우려내고 꿀을 타서 마시면 계절에 관계없이 감칠맛이 났다. 이런저런 이야기 끝에 영암댁은 한지 꾸러미를 그미 앞으로 밀어놓았다.

"변변치 않지만 앞으로 종종 글귀를 봐달라는 청으로다가 이걸 들고 왔다네."

한지를 풀자 그 안에 나붓이 접혀 있는 자줏빛 비단에 노랑 끝동 물린 비단 조각보가 나왔다. 자줏빛과 노랑, 찬란한 국화 무늬가 아롱진 보자기는 눈이 부셨다.

"자네 서안 아래 서책들이나 싸두라고. 남색이었으면 좋았을 걸, 마음에 드는 색깔 구하기가 쉬워야지."

영암댁은 그미의 서안 아래 수북하니 쌓여 있는 필사본들을 싸둘 비단 보자기를 만들어두었는데, 그만 큰동서 송씨가 들고 가버렸다. 그 남색 보자기는 양면에 봉황과 난초를 수놓아 맑고 청아한 질부의 미덕을 칭송하는 의미로 정성껏 만든 것이었다. 이미 놓친 것을 후회한들 무슨 소용이 있겠는가. 질부의 단아한 성품에 무늬 보자기가 어울릴까 싶었지만, 빈손으로 자주 들락거리기도 뭣해서 그것이나마 들고 방을 나선 걸음이다.

"정말 고우네요. 한 땀 한 땀 박음질을 하셨군요. 이렇게 꼼꼼하고 얌전한 바느질 품새는 보기 드문 재주셔요. 가슴에 서리꽃 피어 있는 숙모님만이 이런 손누비질을 할 수 있는 게 아닐런지요."

영암댁이 옷고름으로 눈물을 찍어낸다.

"팔자 기구해서, 내 너덜거리는 가슴을 기운 것이라네."

그 말에 그미는 가슴이 뭉클했다.

영암댁은 시집올 때 해온 물색 비단옷을 모조리 꺼내어 가위로 조각내었다. 죽는 날까지 입을 일은 없을 것이었다. 너무 곱고 황홀해 손으로 쓸어보고 살갗에 대어보면 그 부드러움과 따스함에 다시금 뜨거운 오열이 온몸을 적시고 지나갔다. 영암댁은 자신의 속살을 베듯 그 옷들을 잘랐다. 세상 앞세운 남편의 손으로 옷고름 풀어준 녹의홍상만큼은 죽어 눈감을 때까지 속살에 덮고 살리라 마음먹었다. 늦은 가을에 올린 혼례라 무늬도 화려한 본견은 도탑고 현란했다. 세 폭짜리 다홍치마의 폭을 가르고 녹색 저고리를 뜯어발겨 조각을 만들어놓고, 첫날밤에 입었던 속옷들, 단속곳, 고쟁이, 속치마, 속적삼까지 조각내어 이불을 만들었다. 그리고 아직도 농짝 속에 새것 그대로 넣어둔 남편의 명주 바지저고리의 솜을 발라내어 이불속에 넣었다. 그 조각이불을 만드는 데 꼬박 석 달 열흘이 걸렸다. 서둘 필요도 없었고, 서둘러야 할 까닭도 없었다. 마냥 다시 뜯고 다시 꿰매며, 사무치는 세월과 멍든 가슴을 그 수많은 조각 속에 꾸역꾸역 구겨넣었다.

안방마님 송씨는 그런 영암댁에게 태산 같은 바느질거리를 내놓았다.

"육신을 놓고 있으면 어김없이 몹쓸 잡념이 침범하는 법, 그러니 손 놀리고 몸 움직거려야 백팔번뇌도 범접을 못 하는 거라네. 내 바느질거리 좀 챙겨들고 왔네. 우리 성립이 장가들기 전에 이불도 새로 꿰매야 하고, 풀 먹인 옷들도 한 바라지 있는데 내일부터 안채로 올라와 거들게."

누구의 명이라 거역할 수 있었겠는가.

명주 조각보에 서책을 싸는 그미의 손 움직임을 지그시 바라보고 있던 영암댁의 마른 입술이 달싹였다.

"이렇게 고운 사람이, 재주가 아깝고, 사람이 아까워서 어떡하나."

그미의 언저리에 어려 있는 품위는 사람의 시선을 아래로 떨어뜨리게 만든다. 신행 오던 날, 폐백을 드리고 일어서던 질부를 바라보는 큰동서 송씨의 눈에는 가시 같은 것이 돋아 있었다. 영암댁은 자신이 그 눈길에 찔린 듯 흠칫 한 발을 뒤로 물러섰다. 큰동서는 함부로 할 수 없는 위엄을 풍기는 그미의 몸가짐을 노골적으로 못 견뎌 했다. 그미의 타고난 미적 기질이 미워 두고두고 그 발목을 잡을 송씨였다.

*

"아씨, 정말입니다요. 순돌이가 두 눈으로 똑똑히 보았다지 않아요. 우리 서방님께서 남산골 기생집에 드시는 걸요."

"그래서?"

그미의 나직하고 엄한 목소리에 단오가 찔끔 뒤로 물러선다. 그런 소문은 시집온 이튿날부터 무성하게 귓결에 날아들었다.

"달이라는 몸종이 글쎄 남산만 한 배를 해가지고 목매달고 죽었다지 않아요."

부들이한테 들었다며 단오가 소근거렸다.

"그만."

그미는 말을 잘랐다. 출가해 오기 전의 일이었다. 들쑤셔내어 무얼 어찌하겠다는 말인가. 그미는 보고 있던 두보의 시편을 덮었다. 무어라고 쫑알거리던 단오는 아씨의 얼음보다 희고 차가운 얼굴에 흠칫 몸을 일으켰다. 큰소리를 치는 것도 아니고, 엄한 눈길로 꾸짖는 것이 아닌데도, 아씨의 눈길이 제 얼굴에 던져지면 온몸이 오그라들었다.

"올라가서 백자에 술 한 병 가득 담고, 육포하고 잘 말린 굴비 한 마리 잘게 찢고, 광에 있는 강정들 가지가지 담아서 내오라 해라."

냉큼 일어나지 않고 미적거리는 단오를 그미의 눈이 다그친다. 그제야 단오가 일어나서 나갔다. 단오가 안채로 뛰어가는 발짝 소리가 멀어지자 그미는 한지를 펴고 먹을 갈았다.

이 몸에 지녀온 황금비녀는 (妾有黃金釵)

시집올 때 꾸미개로 꽂고 온 거죠 (嫁時爲首飾)

길 떠나는 오늘날 임께 드리니 (今日贈君行)

천 리라 멀다 말고 그려 주옵소서 (千里長相憶)

일필휘지로 붓이 미끄러진다. 글씨 하나하나가 살아 움직일 듯 빼어나고 단아하다. 하지만 그미는 아직 먹물도 마르지 않은 한지를 구겨버린다. 쓰고 또 찢고, 쓰고 또 구긴다. 어설픈 시어가 눈에 들지 않는다. 지금 그미 자신이 하고 있는 일이 너무 하찮고 속물스럽게 여겨진 탓이다.

과거 공부 하러 안동 김씨 문중 서재에 올라간 남편이 공부는 안 하고, 기방에만 들락거린다는 이야기는 귀가 따갑도록 들었다. 그런 남편을 위해 그미는 술과 안주를 마련하라 하였다. 남편은 당황할지도 모른다. 주제넘은 짓거리라고, 화를 낼지도 모른다. 시어머니의 귀에라도 들어가는 날이면, 무슨 망측한 짓이냐고 불호령을 내릴지도 모른다. 그냥 모른 체할 수도 있었다. 술과 안주를 보내는 일이 잘하는 일인지, 못하는 일인지 모르겠다. 그러나 그 잘잘못을 따지기보다는 비록 그것이 부덕에 어긋난 일이라 해도, 남편에게는 각성의 계기가 될지도 모른다고 생각했다. 기방에 간 남편에게 무어라고 조잘거리는 것은 그미에게 어울리지 않는다. 질투가 칠거지악이라고 해서 자제하는 것은 아니다. 술과 안주를 보냄으로써 규방에도 귀가 있음을 알려주고 싶음이고, 그의 부족한 공부에 경각심을 일깨워주자는 마음이다.

"아씨, 여기 마련해 왔습니다요."

미닫이를 열자 단오가 함지박에 마른안주와 백자 술병을 차려들고 서 있다.

"순돌이를 오라 했어요."

순돌이가 함지박을 들고 중대문 나가는 것을 보고 그미는 마루 끝에 나와 섰다. 바람은 차고 달은 밝다. 겨우 입동이 지났을 뿐인데 추위가 성큼 달려든다. 바로 어제 순돌이를 시켜 솜 둔 바지저고리를 남편의 공부방에 들려 보냈었다. 오늘은 술병을 들려 보내놓고 그미는 찬마루에 앉았다. 가슴에 바람이 인다. 막힌 데 없이, 나무 한 그루 서 있지 않은 허허벌판을 달려온 메마른 바람이 갈비뼈 사이를 후빈다. 저물녘, 심부름

갔던 순돌이가 단오의 뒤를 따라 들어왔다.

"다녀왔습니다요."

말하는 품새가 시무룩하다.

"아무 말씀도 없으시더냐?"

"서방님 방을 훔쳐드리고 자리 깔아드리고 나오는데……."

순간 그미의 머리를 후닥닥 때리는 예감, 가슴 저 깊숙한 곳
에서 얼음막대기 같은 것이 차오른다.

"나오는데 무슨 일이 있었더냐?"

누구 앞이라 허튼소리를 하겠는가. 순돌이는 이 댁의 어떤
어른보다 별당 아씨를 높이 보고 있었다. 아씨의 몸종인 단오를
좋아해서가 아니었다. 더 큰 어른인 안방마님보다 아랫것들을
부리는 의젓함이나 인자함이 후덕하고 따스하기 때문이다.

"이걸 주워 왔습니다요."

순돌이 두 손 모아 내민 것은 구겨지고 찢어진, 방금 전 백자
술병에 싸서 보낸 그미의 시 한 수였다.

해맑은 가을 호수 옥처럼 새파란데 (秋淨長湖碧玉流)

연꽃 우거진 곳에 목란배를 매었네 (荷花深處繫蘭丹)

물 건너 님을 만나 연꽃 따 던지고 (逢郞隔水投蓮子)

행여나 누가 봤을까 한나절 부끄러웠네 (或被人知半日羞)

성립의 손에서 막무가내로 구겨지고 발기발기 찢어진 것은 시로 표현한 서한이 아니라 그미 자신인지도 모른다. 그미는 받아든 쪽지를 잘게 찢어서 물대접에 버렸다. 거무스름하게 번진 먹물이 그미의 가슴을 적신다. 메아리 없는 외침에 그미의 가슴에는 마른 먼지바람만 인다.

사락사락, 기척이 들리더니 시숙모 영암댁이 살그머니 방으로 들어선다. 그미는 얼른 시름을 접었다. 영암숙모는 전에 없이 낯가림이라도 하듯 홍조를 머금은 얼굴이다. 머뭇거리던 영암댁이 소맷자락 안에서 한지 두루마리를 꺼내 그미 앞에 놓았다.

"내가 장난 좀 쳤다네. 이런 것도 시가 되겠는지 한번 봐주게나."

언문으로 쓴 시였다.

하얀 백자 자리끼 한 대접
밤새 탐할 사람 없어
신새벽 그릇 부시는 손이 시렵구나

그미는 몇 번 연이어 시구를 읽고, 입 속으로 나직이 읊조려 보았다. 영암숙모의 가슴에 아롱거리는 시구가 무슨 말을 하고 있는지 은연중 전해져온다.

"내 부끄러워서 얼굴이 다 붉어지네그려."

영암댁은 흰 옥양목 옷고름 한 가닥으로 눈가를 다독인다.

그미는 또 한번 음미하듯 시를 읽었다. 아무도 마실 사람 없는 자리끼 한 대접의 간절함이 불시에 눈시울을 젖게 한다. 어릴 때부터 시를 배우고, 늘 시 곁에 있다 한들 이다지 절실한 시를 만들어낼 수 있을까.

"숙모님, 오히려 제가 부끄럽습니다. 숙모님께서 이렇듯 애절한 심정을 손누비질하듯 세세하게 풀어내실 줄 미처 몰랐습니다."

영암댁의 얼굴이 발그레 달아오른다.

"과찬이네. 바른 말을 해주어야 조금이라도 늘지 않겠는가."

영암댁은 가슴이 부풀었다. 말이 아닌 붓으로 자신의 아픔을 호소할 수 있고, 그것을 읽어줄 사람이 곁에 있다는 사실만으로도 숨을 쉬고 밥 먹을 보람을 찾은 것 같아 새삼 생기가 돌고 식욕이 났다.

태워도, 태워도

선녀옷을 입고 학의 등 위에 앉아 하늘을 난다. 깃털보다 가볍다. 무거워 섬돌 아래로 내려서지도 못하던 무거운 몸의 하중이 연짓빛 노을에 실려 두둥실 부풀린다. 어디선가 들려오는 자자한 웃음소리, 가슴속에 누룽지처럼 엉긴 검은 덩어리 녹아내리는 소리일까. 바람결에 날아온 이 냄새는 신선의 옷자락에서 풍기는 연꽃 향기가 분명한데, 그미는 무심코 손을 들어 머리를 매만진다. 목부용꽃 화관이 바람에 나부낀다. 두루마기 자락 날리며 바람 한 오라기 베어 문 저 사람, 이마를 숙인 채 수줍은 미소로 다가오는 저 헌헌장부는 누구시든가. 금 채찍 휘날리며 수놓은 말안장에 앉아 손짓하는 저 관옥 같은 얼굴. 그런데 어쩌자고, 온몸이 결박된 듯 오그라드는 것인

가. 어느 순간 말갈기 휘날리며 달려오던 헌헌장부는 사라지고, 머리 풀어헤치고 함거를 타고 가는 저 수인은 또 누구인가. 아, 아버님! 긴 목에 칼을 걸고 얼키설키 엮은 함거에 실려 끌려가는 사람은 아버님이 틀림없다. 아버님, 외치다가 무언가 따끔한 찔림에 눈을 떴다. 아, 들고 있던 바늘로 손가락을 찌른 모양이다. 검지에 붉은 피가 맺혔다.

연일 흉몽이다. 이승이 아닌 먼 선계의 그 아스라한 오색빛 무리 속에서 떠돌다 내려온 것 같은 어지럼증이 다시금 머리를 조인다. 친정에 무슨 일이 있음이 분명하다. 한달음에 달려가고 싶은 마음이 너무 절박해 손이 떨리고 가슴이 저려든다. 육신을 떠난 마음은 건천동 친정으로 날아간다. 난새가 되어 하늘을 난다. 오색빛 깃털로, 오색의 음조로 마음 무늬를 실어낸다는 난새. 천만겁의 갈망으로 부조된 상상의 새. 황금빛 나래로 훨훨 날아 하늘 끝까지 날아간다. 거기 천지간의 꽃으로 아롱거리는 천상의 세계가 눈앞에 펼쳐지고, 선남선녀들의 화려한 군무가 어우러진 이상향이다.

"에그, 아씨, 피가 흘러요. 바늘에 찔리셨나 봐요. 잠깐 드러누워 눈 붙이시라니까요."

버선목에 솜을 두고 있던 단오가 호들갑을 떤다. 번쩍 다시 정신이 든다. 선연하게 남아 있는 환각의 조각들이 눈앞에 어룽거린다. 피 맺힌 검지를 물끄러미 바라보았다. 너무 오랫동안 친정과 소식을 끊고 지냈다. 그미의 말간 미간에 희미하게 그림자가 어린다. 꿈에 보았던 아버님의 모습이 너무나 선연하다. 무슨 일이 있는 것일까. 꿈의 현몽이 틀린 적이 거의 없었다. 그런 그미를 어머니는 안타까이 바라보곤 했다. '아녀자는 매사에 무던해야 하느니. 듣기, 보기, 말하기, 어느 한 가지라도 넘치거나 부족하면 안 되니라.' 어머님의 희고 반듯한 얼굴이 그리움으로 왈칵 달려든다. 새끼손가락에 인 거스러미가 거슬린다. 손톱 가두리에 버캐 같은 것이 슬기 시작했다. 너무 건조해서 생긴 거라며 함실댁이 동백기름을 바르고 문대주곤 했다.

자기 옹기그릇 깨어지는 둔탁한 소리와 함께 시어머니의 높고 가파른 목소리가 문지도리를 흔든다.

"오두방정을 떨더니, 덩치값도 못 하고 촐싹대기는."

장지문을 조금 열자, 마당의 널브러진 풍경이 한눈에 들어온다. 땅바닥에 내동댕이쳐진 항아리와 그 항아리에서 쏟아진 식혜를 함실댁이 안타까운 눈으로 보고 있다. 바로 그 옆에 지게를 공이고 서 있는 사람을 발견하고 그미는 반가움에 몸을 일으켰다.

"갑술이 아니냐?"

그 사이 중대문까지 달려갔다가 들어온 단오가 발을 동동 구른다.

"에그, 아까워서 어째요, 아씨. 식혜 항아리를 깨뜨렸어요. 허연 지에밥이 한 말은 넘겠네요."

댓돌 아래 고개 숙이고 서 있는 갑술이는 함실댁의 외아들이다. 모자지간이 일여 년 만에 대하는 것이다. 갑술이가 식혜 항아리를 지고 온 것을 보면 무언가 긴한 사연이 있음 직하다. '갑술이가 무슨 일로⋯⋯' 작게 중얼거리던 그미는 조금 전 꿈속에서 본 아버님의 흉한 모습이 왈칵 밀려든다.

가을걷이가 한창인 시기였다. 마름이 하루를 비우면, 비운 곱절로 일손이 딸리고 추수는 늦어진다. 그런 손실을 제쳐두고 갑술이가 식혜 항아리를 지고 왔다. 꿈에서 본 흉한 환영이 다시금 눈앞 가득 부풀려져 다가온다. 어느새 그미의 눈에는 친정집 안마당과 왕골 돗자리를 깐 대청마루와 명주 발 너머 다소곳이 앉아 있는 어머니의 모습이 어룽거린다. 잣 띄운 붉은 오미자차를 마시는 식구들의 모습이 건뜻건뜻 지나간다. 무더운 여름밤이면 감나무 아래 대나무 평상을 놓고 앉아 쑥을 태우던 단란함은 사대부집에서는 볼 수 없는 아기자기한 풍경이었고, 어머니의 숨결이 살아 숨 쉬던 평상이었다. 막내 균은 두보의 시를 암송하기도 했다. 나직이 입 속으로 헤아리듯 읽어내리던 그 잔잔한 흐름을 두고 어머니는 지나친 조용함이라고 혀를 찼다. 그러면 오라버니는 껄껄 웃었다. 그 호방하고 사나이다운 웃음소리가 언제나 그미에게는 커다란 위안이 되었다. 늦은 밤까지 불 밝힌 사랑채에서 새어 나오던 낭랑한 글 읽는 소리. 여기, 시댁에서는 그려볼 수 없는 풍경이었다. 언제나 짜증기를 물고 짱짱하게 울리는 시어머니의 강한 쇳소리로 하루가 시작되었고 하루가 저물었다.

안채 대청마루에 꼿꼿하게 서 있는 시어머니의 서슬 퍼런 모습, 두리두리한 체구에 숱없는 낭자머리가 납작한 뒤꼭지에 달랑 매달렸다. 마당이 부산해졌다. 파랗게 질려 빗자루와 바가지를 든 함실댁에게 단오가 물 한 동이를 들고 달려나온다. 함실댁의 빗자루를 앗아든 갑술이가 대책없이 눌어붙은 식혜 밥풀을 쓸어낸다. 보고 있던 송씨가 "참견 말고 자네는 사랑에 나가 있게나" 하고 한마디 내뱉는다. 무안해진 갑술이 들고 있던 빗자루를 함실댁에게 건네주었으나 선뜻 자리를 뜨지 못하고 주춤거린다. 무슨 전갈을 가지고 왔음이 분명한데…… 그미는 일각이 여삼추로 느껴진다. 갑술이 송씨의 따가운 시선을 등으로 받으며 빠르게 사랑채 중대문 밖으로 사라진다. 그런 갑술의 허둥대는 뒷모습에서 그미는 역시 안 좋은 소식을 들고 왔음을 직감한다. 시어머니에게 내보이고 싶지 않은 불길한 소식인지도 모른다. 갑자기 낮은 돌담으로 둘러쳐진 두 칸짜리 이 별당이 감옥처럼 느껴진다. 앞뒤가 막막하다. 절벽이다. 시집온 지 네 해가 기울고 있는데도 신행 첫날에 느꼈던 그 밑도 끝도 없는 막막함은 때 없이 밀려온다.

그미는 좌불안석이다. 고운 정보다는 미운 정에 길들여지는 것이 시집살이의 지혜라 했던 배다른 언니의 말이 그미의 정강이를 일으켜 세운다. 하지만 이런 상황에서 그미가 나대는 건 시어머니의 심기를 더 거스를지도 모른다. 빗살무늬 구름이 바람살에 쓸려간다. 바람이 불 조짐이다. 바람이라도 불어야지, 무심코 중얼거리며 방으로 들어가는데 "아씨······" 하고 부르는 갑술의 쉰 목소리가 그미의 치맛자락을 붙잡는다. 어두워질 때까지 머뭇거리고 있었던 모양이다.

"무슨 일이 있었기에······" 그미의 목소리가 입 안에서 잦아든다. 이제 갑술도 어엿한 어른이고 한 아이의 아비가 되었기에, 말을 놓기가 어색하다.

"아씨, 그동안 별고 없으셨는지요?"

새아씨의 얼굴이 많이 수척해진 것 같다.

그미는 명주 발을 손으로 걷어올린 채 댓돌 아래 서 있는 갑술에게 손짓으로 앉으라고 한다. 마음 같아서는 마루에 나가 오랜만에 만난 친정 식구와 터놓고 이야기하고 싶다. 갑술은 친정 식구나 다름없다. 갑술이 묻히고 온 건천동 친정의 냄새를, 어머니, 아버지, 오라버니의 운기를 몸으로 느끼고 싶었지만 그미는 지그시 가슴 박동을 누른다.

"아이 아버지가 되었다고?"

그미의 말에 갑술이 고개를 끄덕인다.

"다음 달이면 한 돌이 됩니다. 춘오라고, 대감마님께서 내려준 이름이지요. 입춘 날, 오시에 태어났다고 해서……."

그미는 입 속으로 춘오, 하고 불러본다.

"집안에 경사 났구먼."

갑술이 목소리를 나직이 깔았다.

"그런데 아씨…… 대감마님께서 경상도 관찰사로 떠나셨습니다만……."

잔기침으로 시간을 끌다가 갑술이 갑자기 축담에 고개를 박고 통곡을 한다.

"대감마님께서 그만……."

그미는 얼른 알아듣지 못했다. 포개진 솜이불에 짓눌린 듯 숨길이 답답하다. 희미한 울컥거림이 목울대를 타고 오른다. 철렁 내려앉은 가슴이 숨길을 잦힌다. 갑술은 목에 가시라도 걸린 듯 컥컥대는 목소리로 겨우 말을 잇는다.

"사실은 대감마님께서, 상주 객관에서 약을 잘못 잡수셔서…… 오늘 새벽녘에 의원을 부를 짬도 없이 급하게 눈을 감으셨다 합니다. 막내 서방님께서 조금 전에 떠나셨고, 소인도 내려가는 길에 잠시 들렀습니다."

그미의 귀에 아무 소리도 들리지 않는다. 눈앞에 흰 두루마기 자락만 바람에 건들거린다. 아스라이 떠오르는 아버지의 얼굴을 향해 두 손을 허우적거리던 그미는 맥없이 무너져 내린다. 앞뒤가 캄캄하다. 흰 모시 두루마기에 갓을 쓰고 휘이휘이 걸어가던, 꿈에 본 아버지의 뒷모습…… 그것이 마지막이던가.

아버지는 궁궐 언저리에서 멀리 떠나본 적이 없었다. 비록 정승벼슬까지는 오르지 못하더라도 그에 못지않은 명예를 누려왔다. 오랜 세월 대사간, 대사성의 위치에서 많은 젊은 선비들의 귀감이 되어왔고, 어디서나 바른 말, 바른 생각을 직언하는 태도는 임금의 노여움을 사기도 하였다. 사람들이 아버님을 묘지(卯地)라고 했다. 묘지는 오행의 방위로 따져서 정동(正東)이 아닌가. 지나치게 곧아서 사람들과 부드럽게 어우러지지 못함을, 그미도 염려하던 일이었다.

"누굴 대동하고 가신 건 아닌지?"

말끝을 맺지 못하는 아씨의 물음이 무얼 말하는지 눈치챈 갑술이 입을 열었다.

"그렇지 않아도 고 애심이라는 계집이 며칠 간격을 두고, 따라 내려갔다 하더이다."

문득 어머니의 굳은 얼굴이 눈앞에 와 어른거린다. 훌륭한 아버지에는 틀림없지만, 자상하고 좋은 지아비로서는 허술함도 있었다. 전에는 한 번도 아녀자의 입장에서 저울질해보지는 않았다. 속 끓이고 허망해하는 어머니의 눈빛을 애써 못 본 척했는지도 모르겠다. 어머니는 한 번도 아버지의 축첩에 대해서는 언급하지 않았다. 마음이 불편하면 방문 닫아걸고 수틀을 손에서 놓지 않았던 어머니의 깊은 몰두를 그미는 애잔한 아름다움으로 바라보고는 했다. 세상의 모든 여자들이 겪어내는 것에 범연해야 하는 것이라 생각했다. 그런데 시집와서 남편 성립의 기방 출입을 몸으로 느끼면서부터, 어머니의 고통이 새롭고 생생하게 다가왔다.

으스스한 슬픔이, 오한 같은 외로움이, 버려진 것 같은 소외감이 일순 그미의 앞길을 산더미 같은 무게감으로 가로막는다. 아버지에 대한 그리움이나 애틋한 심정, 홀로 남은 어머니의 가여움, 그미 자신의 곤고한 처지…… 세상사가 모두 한꺼번에 어긋나고 있다는 일말의 불안감이 세차게 그미를 포박해왔다.

흔들리는 가마에 몸을 맡긴다. 꼿꼿하게 몸피를 지탱할 기운도 없다. 흰 두루마기 자락을 붙잡으려고 손을 뻗어 허우적 댄다. 삽삽한 모시 감촉이 손바닥에 잡히는데도 흰 두루마기는 어느새 아득히 사라져버린다. 설핏 눈만 감으면 떠오르는 환상이다. 예감하고 있었던 일인데도 막상 아버지의 부음을 듣자 그미는 눈앞이 아득했다. "상주 객관에서 일을 당하셨다고" 하는 시어른 말씀에 이어 "객사를 하셨구먼 쯧쯧쯧" 하는 시어머니의 혀 차는 소리가 그미의 귀청을 박박 긁어댔다. 객사라는 말이 대못이 되어 가슴 한가운데를 쑤셨다. 머리를 풀고 곡을 한 후 시댁에서 마련해준 가마를 타고 건천동 친정으로 가는 내내 돌아가신 아버님, 그리고 온갖 궂은일로 마음고생만 하던 어머니 생각에 가슴이 사무친다.

꽃샘바람에 실려온 봄비가 쉬엄쉬엄 장례가 끝나는 오월 초하루까지 질척였다. 차일막 가에 빗물이 괴어 을씨년스럽다. 7개월 장례를 치르는 법이지만 맏아들 허성이 석 달 장례로 강력하게 주장했다. 석 달 동안 시신을 방에 둘 수가 없어 후원 양지바른 곳에 가묘를 만들고 빈소를 차렸다. 그미는 아침저녁 상석에 음식을 올리는 일 외에는 내내 어머니 김씨와 안방에서 지냈다. 처녀 적에 거처하던 별당이 비어 있었고 개풍도 했으나 어머니와 시간을 함께하고 싶었다. 길다고 여기면 길고, 짧다면 짧을 수도 있는 석 달이다. 시집간 두 딸이 아침저녁으로 들락거렸고, 두 아들이 상석을 비우지는 않았지만 김씨의 마음은 쓸쓸했다.

오늘, 이 세상을 하직하고 산으로 가는 당사자인 초당 허엽의 명성에 손색없는 장례다. 동인의 우두머리였으며 부제학을 지낸 당사자의 명성도 명성이지만, 강판 벼슬에 있는 둘째 아들 봉, 대사성에 오른 작은사위의 후광도 만만찮았다. 정승을 지낸 노수신과 대학자인 이이를 비롯하여 유성룡과 같은 당대의 인물들이 사랑채 가득 앉아 있는 조문객들 속에 보였다.

그런데 사람들이 수근거린다. 사랑채에 모여 있는 조문객들은 물론이고 주방이나 정주간에서 일하는 드난꾼들까지도 입을 삐죽대며 속살거렸다.

"세상에 그렇게 잘나고 출중하기로 소문난 아들이, 아비 장사에도 안 왔다는 거야. 대사성 벼슬까지 한 사람이 자식 하나 제대로 간수를 못 한 거지. 호로자식하구선."

허봉은 아버지의 장례에 올라오지 못했다. 그런 데에는 피치 못할 사연이 있었다. 창원부사로 내려간 지 반년 남짓 하는 동안 말도 많고 시비도 많았다. 술이 과했던지 치질이 도져 말을 탈 수도, 먼 길을 걸어서 한양까지 갈 수도 없는 처지였다. 누구에게 말하기조차 남우세스러운 병이기에 입 밖으로 내지 못하고 쉬쉬했다. 경우 바르고 효심 지극한 허봉으로서는 부친상을 당해 억장이 무너졌지만, 가마를 탈 수 없는 형편이라 기생집에서 술추렴을 하며 통곡을 했다. 말 좋아하는 사람들은, 지 아비 장사에 기생 품고 앉아서 노닥거린 불효막심한 놈이라고, 공공연히 대놓고 입질을 했다.

그래도 큰아들 성과 막내아들 균, 우성전과 박순원, 김성립, 세 사위가 빈소를 지키며 상주 노릇을 했다. 상주들의 구슬픈 곡소리에 실려 영구가 상여에 오르고 곧이어 발인이 이어졌다. 혼백을 안치한 상여를 앞세우고 상주와 친인척들이 뒤를 따른다.

석 달 동안 조문객을 맞이하는 상주들은 마당에 멍석을 깔고, 전을 부치고 나물을 장만해 손님 접대 음식 준비로 여념 없던 아낙네들은 한시름 놓으면서 지친 몸을 부려놓는다. 산소에 가지 못하고 집에 남은 아녀자들은 넋이 나간 듯 맥 풀린 몸을 아무 데나 뉘었다. 비가 지짐거려 눅진하니 지친 몸은 무겁고 힘들었다.

그미는 오슬오슬 한기가 들고 머리가 지근거렸다. 상주의 몸으로 편안하게 아랫목만 찾는 것이 죄송하고 민망스러워 며칠 동안 내내 한기에 시달렸다.

어머니는 마치 아버님이 벗어놓고 간 헌옷처럼 방바닥에 맥없이 꼬부리고 누워 있었다. 그미는 어머니 곁에 살그머니 드러누웠다. 어머니 김씨가 감은 눈을 뜨고는 핏기 없는 딸의 얼굴을 살폈다. 이마에 손을 얹어본 어머니 김씨의 가슴이 쿵 내려앉는다.

"머리가 불덩어리 같구나. 이렇게 되도록 입을 다물고 있었더란 말이냐."

어머니가 찬방으로 난 쪽문을 열려고 하자 그미가 말렸다.

"어머님, 그만두셔요. 큰오라버니하고 균이 몇 날 몇 밤을 뜬눈으로 지새우며 곡을 하고도 산소에 올랐는데 전 괜찮아요. 언니들 보낼 준비 하셔야지요."

김씨는 그제야 전실 소생의 두 딸들을 떠올리며 나직이 숨길을 골랐다. 그때 쪽문이 열리고 단오가 고개를 디밀었다.

"남산골 작은아씨께서 가실 채비를 하시는구면요. 애기씨가 아프다는 전갈이 왔다나 봐요."

일어서서 나가려는 어머니를 그미가 잡았다.

"그냥 계세요. 제가 나가보고 올게요."

그미가 무거운 몸을 일으키려는데 어머니가 소스라쳤다.

"아이고 초희야, 이게 무엇이냐."

그러지 않아도 아랫도리가 축축해서 긴가민가하던 그미는 얼른 삼베 치맛자락을 들춰보았다. 불그레한 핏물이 든 삼베 치마를 보는 순간, 그미는 후루룩 방바닥에 주저앉고 말았다. 하혈이었다. 그미는 허망하게 첫 아이를 잃었다. 잉태의 기쁨을 채 누리기도 전이었다.

수많은 개똥벌레들이 눈앞에서 흔들리고 두 발이 둥실 허공에 매달렸다. 흐른다. 흘러흘러 어딘가로 흘러간다. 강물인가, 눈앞은 어둠뿐인데 저 멀리 휘적휘적 날리던 흰 두루마기 자락이 출렁이는 푸른 강물에 나풀거린다.

삐걱대는 밤

아버지의 장례를 치르고 돌아온 그미는 제대로 몸을 추스르지 못했다. 물에 불린 목화처럼 축 늘어진 몸이 천근만근 무겁기만 하다.

이월부터 장장 석 달 동안 자는 것도 먹는 것도 부실했다. 꽃샘추위에 감기를 달고 살아야 했다. 오월 초에 옥인동 시댁으로 올 때까지도 오슬오슬 한기가 들고 밥이 달지 않았다. 친정어머니가 달여 보내준 탕제를 아침저녁으로 먹는데도 찬바람만 쐬면 가래가 그렁거리고 기침이 쏟아져나왔다. 손수 부엌일을 하는 것은 아니지만, 끼니때마다 찬방에 나가 이것저것 보살펴야 했다.

"아씨, 뭐 하러 나오셨어요. 밤새 기침을 하시더니, 그 고운 얼굴이 반쪽이지 뭐예요. 안방마님께는 쇤네가 말씀드릴 테니 올라가셔요."

김치를 버무리고 있던 두레네가 호들갑스럽게 일어나 너스레를 떤다. 함실댁이 곁에 있을 적에는 그렇게 눈에 쌍심지를 켜고 입을 삐죽거리던 두레네도 언젠가부터 연한 배쪽처럼 상냥해졌다. 함실댁은 지병인 천식이 도진 데다 밥 알갱이도 소화시키지 못해 건천동 친정으로 보내야 했다. 무슨 전염병이 아닌데도 송씨는 "주방이 정갈해야 하는데 저렇게 짜내듯 기침을 해서야 어찌 성한 사람인들 견딜 수 있겠느냐"며 성화를 냈다. 그 말을 듣던 날 함실댁이 제 발로 옥인동 대문을 나섰다. 말리지 못했다. 그미 곁을 지키던 함실댁이 가버리고선, 두레네가 자연스럽게 별채로 들락거리기 시작했다.

"이거 좀 들어보셔요. 콩나물에 엿을 묻어두었더니 밤새 물이 고였어요. 아씨 드리려고 만들었답니다."

두레네가 쪼그리고 앉아 콜록거리는 그미에게 조청에 우려낸 콩나물 물 한 보시기를 내밀었다.

"자아, 얼른 한 모금만 넘기셔요. 안방마님 나오시기 전에요. 한 그릇은 단오 시켜서 별채에 갖다 두었으니까 짬짬이 드시고요. 기침에는 콩나물 엿물이 특효약이랍니다."

그미는 두레네가 주는 엿물을 받아든다. 엿에 담가둔 콩나

176

물은 진액이 빠져 머리카락처럼 가늘어졌고, 엿물은 진한 자
줏빛으로 맑다.

"고맙네, 두레네."

보시기를 들고 한 모금 마시던 그미는 갑자기 오장이 뒤집
히는 듯 우욱, 하고 치미는 구역질에 얼른 보시기를 내려놓는
다. 구역질은 보름 전부터였다. 매달 비치던 것이 이달에는 보
이지 않는다. 그처럼 엄청난 하혈을 한 지 얼마나 지났다고, 그
미는 스스로 생각해도 얼굴이 달아오른다. 태기가 분명하다.
오슬오슬 소름발이 일면서 음식 냄새에 민감해졌고, 몸이 천
근만근 무거워지는 징후가 그랬다. 기쁘다거나 대견스럽다는
생각을 앞질러, 황당하고 부끄러운 마음이 들었다. 몸이 이 지
경인데, 그 부분만은 새 생명을 배태할 만큼 준비되어 있었더
란 말인가.

아버지 장례 이후 성립이 처음 얼굴을 내민 날이었다. 그미
가 하혈을 한 것도 성립은 모를 터였다. 시어머니 송씨는 온갖
이야기를 시시콜콜 아들 성립한테 이야기하면서도, 며느리의
건강 상태나 사돈댁 장례 이후 밥 한 술 뜨지 못한다는 이야기
는 꺼내지 않았다.

성립은 소복 입은 그미가 어느 때보다도 정갈해 보였다. 속

옷 바람으로 잠자리에 들어갈 채비를 하고 있던 그미는 얼른 일어나 횃대에 걸어둔 치마저고리를 끌어내려 입었다. 그미의 손을 성립이 잡았다.

"그대로 앉아 있구려. 몸은 어떻소?"

성립이 목소리를 가라앉혔다. 창백한 그미의 얼굴에 홍조가 설핏 어린다. 남편 있는 몸이지만, 남편의 그늘이나 남편의 보살핌 없이 살아온 나날이 기억의 언저리를 건들며 휙 지나갔다. 그 일상의 궤적이 남편이라는 존재의 울타리를 벗어나 허룽댔지만, 남편이 부재한 원앙금침이 쓸쓸하거나 외로운 것은 아니었다. 한 달에 한 번, 일 년에 한 번을 만나더라도, 마주 앉아 나누는 이야기에 남편의 신중함과 따스함과 다정함이 배어 있었다면, 학문이나 시에 대한 담소를 나눌 수 있는 사이였다면, 어찌 입가에 마른버짐 같은 버캐가 슬겠는가.

그미는 문득 말머리를 풀어보았다.

"두목지의 시를 좋아하시는지요."

성립의 미간에 짜증기가 어렸다. '또 공부 타령인가, 아녀자가 넘볼 걸 넘봐야지, 어디 두목지를 들고 나선단 말인가.' 그는 잠시 침묵을 아우르다 한마디를 툭 뱉어냈다.

"몸이 어떠냐고 내가 묻지 않았소. 그런 몸으로 무슨 서책을……."

"견딜 만합니다."

그미는 얼른 애매하게 얼버무렸다.

어느새 마련했는지 단오가 주안상을 들고 왔다. 술은 친정 어머니 김씨가 손수 찹쌀을 쪄 누룩으로 발효시켜 빚은 청주 다. 성립은 그미가 따른 술을 누가 술잔을 앗아가기라도 하는 듯 급하게 거푸 입으로 털어넣었다.

성립은 금세 마음도 얼굴도 풀어진 모습이다. 과거에 관한 이야기나 서책 이야기만 아니면 그래도 호인다운 얼굴이다.

"장인어른 장례 치르느라 수고하셨소."

성립이 술잔을 내밀었다. 하얀 명주 속치마 저고리 차림인 그미가 백자 항아리를 들어 술을 따랐다. 성립은 남실거리는 술잔을 든 채 새삼스럽게 그미의 아래위를 훑어내렸다. 흰 속 적삼에 흰 속치마 바람의 그미를 촛불 아래서, 그것도 술상을 앞에 두고 바라보는 것은 처음이었다. 또 다른 모습이다. 밤단 장을 한 것은 아니지만 목욕을 하고 머리를 빗어, 쪽을 틀지 아니하고 길게 땋아 왼쪽 어깨 위로 흘려 내렸다. 성립은 얼른 술 잔을 입 안에 털어넣었다. 그리고 주안상을 윗목에 치우고 덥 석 그미를 안았다.

"부인 모습이 곱구려."

손을 잡혀 보료 위로 끌려 올라간 그미는 그의 입에서 흘러나온 곱다는 말에 문득 코끝이 찡했다. 처음 들어보는 말이다. 언제나 무뚝뚝한 얼굴이었고, 흘겨보는 눈길에는 미움이 어려 있었다. 어떤 적의 같은 것이 성립의 성깔을 되작거리게 만드는 것이라고, 그미는 체념하고 있었다.

"아니 되옵니다. 아직 탈상도 하지 않았는데……."

그미는 뿌리쳤지만 집요하게 잡아 채뜨리는 그의 손길은 완강했다.

부끄러움이 정수리에 모아진다. 그 한순간의 합일이 또 한 생명을 배태시켰더란 말인가. 그미는 소매 속에 넣어다니는 명주 수건으로 구역질이 올라오는 입을 틀어막았다. 두레네가 보고 있었지만 별로 눈여겨보는 것 같지는 않았다. 콩나물 엿물을 마시자 한결 목이 부드러워졌다. 끓어오르던 가래가 조금은 잦아드는 것 같다.

"맛이 좋구나. 목이 편안해졌어."

두레네의 실눈이 반짝한다. 이 어질고 착한 상전의 마음을 편하게 해주고 싶다. 이해득실을 떠나 그냥 마음으로 가까이 하고 싶은 심정이다. 이따금씩 작은 서방님이 안 들르는 밤이면 별채 마당을 서성이는 새아씨를 보곤 했다. 착하고 고운 분이 마음고생하는구나, 생각하면서도 무어라 말을 붙이기 쑥스러워 먼발치로만 바라보곤 했다.

*

정월 마지막 날 새벽, 먹이를 구하지 못한 새벽 호랑이가 숲
으로 기어드는 시각이라 했던가. 눈가에 실린 피로는 무거운
데 그미의 머리는 거울처럼 맑다. 온몸의 피가 머리꼭지로 몰
린 모양인가. 깊은 잠에 들지 못한다. 희미한 꿈의 조각들로 무
늬진 밤을 설치고 눈을 뜨는 순간, 그 꿈의 조각들이 모아지고
흩어지면서 생의 또 다른 환영으로 생생하게 달려든다. 서안
앞에 앉아 오롯이 붓 끝으로 실어내는 한 줄기 시어들만이 나
날을 이어가는 보람이거늘, 시어머니는 그것이 기방의 노류장
화나 하는 짓거리라고 꾸짖는다.

바람 끝이 맵고 시리다. 명주 속옷 한 겹을 더 껴입었는데도
살갗에 스민 한기는 사위지 않는다. 몸이 많이 말랐다. 아침저
녁 찬바람에 코가 막히고 목이 부어, 며칠 동안 미열이 가시지
않았다. 온몸에 쇳덩이를 매단 듯 나른하다. 나른함에 겨워 눈
을 감으면 삼삼히 떠오르는 꿈인지 생신지 모를 환영들, 꿈이
있기에 그미는 삶을 지탱하는지도 모른다. 며칠 동안에 일어
난 일들이 아직도 매듭을 짓지 못하고 있었다.

"아씨 추워요, 신새벽에 문을 열어두시고 또 감기 드시려고."

윗방에서 자는 줄 알았던 단오가 부스스한 얼굴로 나와 그미를 챙겼다. 장지문을 닫으려고 하는 순간 별채 중대문 안으로 검은 그림자가 불쑥 나타났다. 귀가 밝은 단오가 재빠르게 일어나 문을 열고 나섰다.

"에구머니나, 서방님. 아씨, 서방님 드십니다요."

성립이 조잘대는 단오를 밀치고 성큼 방으로 들어선다. 이 시각까지 불을 밝히고 있는 그미의 방. 이제 곧 날이 샐 터인데 무얼 하느라 잠을 못 이루는가. 아무리 좋게 생각하려 해도 눈에 들어간 가시처럼 한 시구가 눈앞에 어른거린다.

며칠 전, 성립이 한낮에 잠시 집에 들른 적이 있다. 기별 없이 별안간 들이닥친 걸음이었다. 집 안은 괴괴하도록 조용했고, 그가 대문 안으로 들어오는 건 아무도 보지 못했다. 문득 성립은 짓궂은 생각이 들었다. 이런 시각에 그미가 무얼 하고 있는지 궁금했다. 장부의 도리에 어긋나는 행동이었지만 살그머니 그미의 거처인 별당으로 향했다. 그미의 방은 비어 있었다. 방금 전까지 글을 썼는지 한지로 묶어 만든 그미의 서책이 아직 먹도 마르지 않은 채 펼쳐져 있었다. 성립은 호기심이 일었다. 늘 무언가를 끼적이는 그미를 그는 먼발치로 경원하면서도 삐딱한 눈길로 바라보고 있었다. 성립이 알고 있는 한 허씨 문중의 문벌과 비교할 가문은 없었다. 장인은 물론 처남 허봉을 비롯하여, 아직 열 살도 안 되는 균까지 글이 혀끝에서 노니는 것을 보았다. 그런 집안의 부인이 어렵고 부담스러워 성립은 술 없이 맨얼굴로 그미의 방에 쉬이 들지 못했다. 무얼 쓰고 있었던가, 성립은 뒤틀린 심사로 경탁 위에 펼쳐져 있는 서책의 글귀를 읽었다.

제비는 처마 비스듬히 짝 지어 날고 (燕掠斜簷兩兩飛)

지는 꽃은 요란스럽게 비단 옷 위를 스치누나 (落花撩亂撲羅衣)

규방에서 기다리는 마음 아프기만 한데 (洞房極目傷春意)

풀은 푸르러져도 강남에 가신 님은 여지껏 돌아오지 않네 (草綠江南人未歸)

성립은 쇳덩이로 머리를 얻어맞은 듯 순간 눈앞이 아득했다. 이런 변고가, 이런 음탕함을 어찌 다스릴 것인가. 해괴한 일이 내 집 깊고 깊은 규중에서 일어나고 있다는 말인가. 오만 가지 생각이 성립의 머리를 작두질했다. 님이라니, 망발이 아니고 무엇이랴. 이건 분명히 외간 남자와 내통하고 있다는 증거였다. 그럼 그렇지, 이건 허씨 문중 사람들의 바람기가 아니던가. 장인도 처남도 여자와 술이라면 사족을 못 쓴다고 들었다.

같은 핏줄이니, 이 여자에게도 한량의 피가 흐르지 않겠는가.

정좌하고 앉은 성립은 단오를 시켜 그미를 별당으로 불러내렸다. 저녁상을 보고 있던 그미는 서방님이 부른다는 전갈을 받고 부리나케 내려갔다. 그미가 미처 앉기도 전에 성립이 목소리를 돋우었다.

"내 이런 말 꺼내기조차 낯 뜨거워 이제껏 삼갔지만, 한 가지만 짚고 가야겠소."

성립은 목울대 가득 치밀어오르는 말을 고르고 골랐다. 상스러운 욕지기가 혀끝에서 날름거렸지만, 이 여자에게 그런 치졸함을 보여서는 안 된다는 마음으로 꾹꾹 눌렀다. 성립은 지그시 맞바라보는 아내의 눈길을 털어냈다. 저런 버르장머리, 어디 아녀자가 감히 고개를 빳빳이 쳐들고 눈을 곧추뜬단 말인가. 늘 공부하라고 채근하는 듯한 저런 눈길을 이제까지는 애써 피해오기만 했었다. 그러나 지금 자신을 바라보는 아내의 저 당차고 오만한 눈길을 꺾어놓아야 한다는 마음이 물결쳤다.

언짢은 침묵이 두 사람 사이에 묵직이 가라앉았다. 한방에 앉아 말을 나눈 적이 언제였나. 숨이 막힐 것 같은 침묵, 성립이 신경질적으로 빈 담뱃대를 놋재떨이에 털어댄다.

그미는 늘 피하는 듯한 남편의 허룽거리는 눈길을 붙잡으려

했다. 저 흔들리는 눈길을 붙잡지 못하는 한 긴긴밤의 기다림은 부질없는 것이 되고 말 것이다.

"무슨 말씀이신지, 제가 무슨 실수라도 하였는지요."

"실수라니 가당찮소. 실수로 시를 쓰는 사람도 있답디까. 부인의 가슴속에 그다지 참따랗게 사무친 남정네가 누군지 한번 토로해보구려. 피눈물 나도록 그 절절한 사연의 사내가 누군지 짐작 안 가는 바도 아니지만 말이오."

성립이 발끈 지르는 목소리에 결기가 느껴졌다. 그러나 그미의 얼굴에는 희미하게 미소가 어렸다. 아내의 뜻밖의 반응에 성립은 상투 튼 정수리로 힘이 쏠렸다. '저런 요망한 낯짝을 보았나, 남편이 진지하게 묻고 있거늘 계집이 대답은 안 하고 비웃는단 말이지.' 성립은 서안 위에 펼쳐둔 그미의 서책을 들어 내팽개친다. 가슴 깊숙한 곳에서 녹슨 쇳소리가 울컥 쏟아져나왔다.

"왜, 내 말이 가소롭다는 거요?"

성립이 발길로 밀어붙인 경탁이 저만치 나가떨어지는 바람에 먹물이 사방으로 튀어 그미의 흰 적삼에 얼룩을 만들었다. 야윈 볼에도 먹물 같은 얼룩이 지나갔다.

"말씀으로 하세요."

너무나 또렷하고 당당한 반응에 성립의 얼굴이 사납게 일그러진다. 아래로 처진 입술 양 귀가 활의 시위처럼 휘어지며 거품을 물었다. '글로써 이 계집을 능가하지 못함이 유감이로다.' 탄식과 함께 성립의 오기가 극으로 치달렸다. '참으로 가증스럽고 추악하도다.' 성립은 들고 있던 서책을 와락 찢어 그미의 발등에 집어던지며 소리쳤다.

"이게 무슨 해괴한 글이요. 그냥 덮어두진 않겠소."

그미는 성립이 집어 던진 서책을 주워들고 손바닥으로 구겨진 부분을 손다림질했다. 정갈하고 조용한 몸짓이다. 한 점 흐트러짐이 없는 그미의 태도가 다시금 성립의 분노를 담금질했다.

"무슨 뜻인지 얼른 고하시오."

천천히 고개를 쳐든 그미의 눈길에 설핏 물기가 어렸다. '거품을 문 입술은 뒤틀어지고, 벌겋게 부릅뜬 눈에는 살기까지 감도는 이 남자가 내 남편이구나.' 그미는 된 숨을 몰아쉬며 서안 아래 쟁여둔 비단 보자기에 싸둔 것을 꺼내 그의 손에 들려준다. 그러나 성립은 그걸 살필 마음이 없다. 오히려 그미의 는적이는 댓거리가 오만해 심사만 더 뒤틀릴 뿐이다.

"말을 해보시오. 당장!"

투박한 목소리에 날선 감정이 분명하게 실린다. 부부라는 연결고리마저 단칼에 잘라버리겠다는 단호함까지 내비쳤다.

"이걸 보시면 아십니다. 그렇게 성급하게 단정짓지 마시고 찬찬히 읽어보시지요."

그제야 성립이 한지 봉투를 열고 편지를 꺼내 읽는다. 성립의 눈에 당혹감이 어린다. 그것은 유산을 하고 몸이 안 좋아 친정에 가 있던 그미가 자신에게 보내려 했던 편지였다. 그 편지에 적힌 시구…… 서책에 적힌 시와 같은 시다. 첫 수에서 그려낸 '쌍쌍이 드는 제비가 꽃잎을 떨군다'는 묘사가 새삼 붉게 다가온다. 순간 성립의 가슴에 작은 물집 같은 멍울들이 잡혀온다. 훌륭한 시어들이다. 내가 해내지 못한 등정을 이 여자가 한 수 앞질러 올라가고 있구나, 하는 열패감이 이물감처럼 차올랐다. 아내라는 여자의 존재감이 가시등짐이 되어 그를 꼭꼭 찔렀다.

성립은 물 대접을 들고 벌컥벌컥 마시는 것으로 무안함과 쑥스러움을 얼버무린다.

"책 읽기 게을리하는 내가 민망하구려."

그건 진심이었다.

그미가 시집와서 두 번이나 과거에 낙방했지만, 그미는 크게 실망하지 않았다. 그미가 남편에게 바라는 것은 다른 게 아니었다. 벼슬이 없어도, 먹을 것이 궁해도 마음과 마음이 겹쳐지고 영혼과 영혼이 교감하는 그런 사이가 되어주는 남자이길

바랐다. 같이 앉아 시를 나누고, 하늘과 별과 세상 끝까지 흘러가는 물에 대해 이야기 나누리라, 그런 남편과 더불어 세상의 끝까지 동행하리라 생각했다. 사람의 냄새가 나는 일을 더불어 나눌 수 있으리라 여겼건만 남편은 첫아이가 들어서면서부터 외박을 했고, 글 읽기보다 노는 데 힘을 모았다. 글방보다 기방 출입하느라 모든 것을 허비했다.

그미는 이불을 걷어낸 보료에 자리를 만들고, 윗목에 가 살포시 앉았다. 성립이 갓을 벗어 던지고 두루마기, 조끼, 저고리를 한꺼번에 벗어 던진다. 집어 던지는 손길이 말총을 휘두르듯 바람살을 일으켰다.

단오가 수정과 쟁반을 살그머니 내려놓고 나갔다. 보료 위에 비스듬히 앉은 성립이 방 안을 둘러보다가, 서안 위에 놓인 화관에 눈길이 붙잡힌다.

"저게 무엇이오?"

"초롱꽃 화관이지요."

그미의 표정은 어떤 감정도 실어내지 않은 무방비 상태다.

"화관이라…… 어머님 말씀이 틀리지 않구려. 제발 아랫것들 보는 앞에서 남우세스러운 짓은 그만 하시오. 어디 사대부집 점잖은 부인이 꽃을 머리에 꽂고 해롱거린단 말이오."

그미의 얼굴이 파랗게 질렸다. 남편 성립을 바라보는 눈길이 어느 때보다도 곧다. 그미는 곧은 시선이 스스로를 지키고 다스리는 신념 같은 얼굴의 창이라 믿었다.

"해롱거린다는 말씀은 지나치십니다."

성립이 집어든 초롱꽃 화관을 경탁에 대고 탁탁 쳐댄다. 꽃을 짓이기는 것만으로도 부족해서 찢고 있는 그의 손길에서 그미는 문득 살의 같은 두려움을 느꼈다.

"그만하세요."

마른 듯하지만 강단진 그미의 목소리가 성립의 행동을 멎게 한다.

방 안의 동태에 귀 기울이고 있었는지, 단오가 문 밖에서 부스럭거리며 "아씨, 서방님 이부자리 펼까요" 한다.

"순돌이한테 일러라. 서방님 사랑방에 드신다고."

그미가 드르륵 장지문을 열자 동지섣달 긴긴밤이 냉바람에 떨고 있다.

나직하나 결기가 느껴지는 그미의 말을 뿌리치기라도 하듯 성립이 벌러덩 보료 위에 드러누웠다. 어깃장 부리는 어린아이 같아 그미는 헛웃음이 났다.

"웃어요? 뭐가 그리 재미있는지 어디 같이 나누어봅시다."

성립이 성급하게 그미를 끌어안는다. 그가 풀풀 뿜어내는 술 냄새가 입덧하는 그미의 비위를 건드린다. 천근의 무게감으로

189

짓눌린 채 그미는 번히 눈을 뜨고 천장을 바라본다. 한지를 바른 새하얀 천장에 촛불이 만들어놓은 검은 덩치의 그림자가 일렁인다. 북, 옷고름이 뜯겨나가고 함부로 더듬는 손길은 거칠다. 꼭 이런 식으로, 막무가내로 허겁지겁 달려들어야 하는가. 그미는 슬프다. 치맛자락을 끄집어당겨 얼굴을 가린다. 눈을 뜨거나, 눈을 감거나 마찬가지지만 두 눈을 뜨고 남편의 얼굴을 바라볼 수가 없다. 거친 숨결이 얼굴 위로 퍼부어진다. 성립이 얼굴에 덮인 치맛자락을 걷어낸다.

"왜, 내 얼굴이 보기 싫소?"

짓눌린 그미의 고개가 설레설레 흔들린다. 다른 여인네들이라면 남편에게 좀 더 살갑게 대해줄 텐데, 그미는 그게 잘 안 된다. 마음에 자물통이 걸려 있고, 그 봉합된 자물통에는 녹이 슬고 이끼가 돋아 쉽게 열리지가 않는다. 남편이 잠자리를 찾아드는 밤이면 그미는 자신의 가슴속에 쳐진 가시울타리를 허물어보려고 안간힘을 쓰기도 했다. 내가 뭐가 잘났다고 하늘 같은 지아비를 박대하는가. 그러나 남편의 발짝 소리만 들어도 가슴 저 안쪽 어딘가에서 잠금쇠 걸리는 소리가 들리면서 녹슨 빗장이 삐걱대기 시작했다. 어두운 밤, 하늘에 암청색 너울이 걸린 듯 암담하고 쓸쓸했던 밤들…… 몸을 섞고 산 지 육년이 지났건만 아직도 내 남편이라는 일체감을 느껴보지 못했다. 잠자리가 끝나고 나면 훌쩍 일어나 사랑방으로 나가버리는 남편, 다음 날 아침 어른들과 밥상을 받고 앉아 있는 남편은 모르는 사내처럼 낯설고 생급스럽기조차 했다. 이래서는 안 되는데, 수없이 뇌까리며 멀어지려는 마음을 꽁꽁 묶어두려 하는데도 감정이라는 것은 뜻대로 잡아당겨지는 것도, 오그라드는 물건도 아니다.

뜨거운 육체의 배설물이 그미의 안으로 흘러들어온다. 헐떡거리던 성립의 몸이 미끄러져내린다.

촛불 꺼진 어두운 방 안, 봉창으로 새벽빛이 트여왔다. 풀어진 옷고름과 주름이 뜯겨나간 치마를 추스르며 그미는 윗목에 오도카니 앉는다. 바로 윗방에 있는 단오가 알까 봐 조마조마하다. 성립이 일어나 바지를 입고 허리띠를 찾아 묶으며, 쪼그리고 앉아 있는 그미를 흘깃 보고는 방문을 닫고 나간다. 중대문으로 나서며 성립은 가래침을 돋우어 뱉는다.

소헌 아가

그미는 해산달을 손으로 꼽아본다. 지난 오월 초에 친정아버지의 장례를 치르고 와서 곧 들어선 아이다. 해산달은 어림잡아 내년 이월이라는 계산이 나왔다. 배태한 지 넉 달이 지나자 치마 주름이 부풀렸지만 아무도 알아보지 못했다. 시댁 식구들에게는 입도 뻥긋 안 했다.

예년에 비해 가을이 빨랐고 옷깃 속으로 기어드는 찬바람에 한기가 느껴진다. 혼인한 지 여섯 해나 지났기에, 모두들 애타게 기다리던 임신이다. 친정어머니 김씨는 그미의 배태를 누구보다도 안타깝게 바랐다. 맏며느리이니 떡두꺼비 같은 옥동자를 낳는 일이 시댁에 뿌리내리는 첩경이 아니던가. 김씨는 탕약을 지어 그미에게 보냈다. 하지만 무슨 일인지 탕약 달이는 냄새가 나지 않았다고, 밥도 못 먹고 누룽지만 끓여서 연명한다는 얘기만 갑술이 전했다. 김씨는 대번에 눈치챘다. 임신한 게 분명했다. 약이 태아에 안 좋을 것이기에 지어 보낸 약을 달여 먹지 않았을 것이다.

나날이 불러오는 배를 안고 그미는 마음이 편치 않았다. 그런 그녀의 부자연스러운 거동을 맨 먼저 눈치챈 건 시어른 김첨이었다.

"며늘애가 아무래도 남의몸 같은데, 부인이 한번 넌지시 알아보는 게 좋을 듯싶소."

김첨의 말을 듣고서야 송씨는 화들짝 귀청이 열렸다.

"아니, 경사스러운 일을 왜 입을 다물고 있어? 암튼 별종이라니까."

속치마 바람으로 보료 위에 누워 있던 송씨가 댓바람에 몸을 일으켜 나가려는 것을 대감마님 김첨이 말린다.

"속치마 바람으로 쯧쯧. 부인이 직접 물어보는 것보다는 나중에 성립이 보고 알아보라 하는 게 좋을 듯하구려."

듬직한 체구에 비해 번갯불에 콩 볶아 먹을 정도로 급한 성질인 송씨는 기어이 순돌이를 보내 아들 성립을 냉큼 집으로 들라 했다. 송씨의 하는 짓을 물끄러미 바라보고 있던 김첨이 빈 장죽으로 놋재떨이만 두드리다가 사랑채로 휙 나가버렸다.

송씨는 다시금 울화가 치밀어오른다. 산달이 다 되도록 입을 다물고 임신한 사실을 알리지 않은 며느리의 앙큼한 침묵에 치가 떨린다. 전갈을 받고 달려온 아들 성립에게 송씨는 입화살을 퍼붓는다.

"넌 알고 있었겠구나. 그런데 어째서 입을 봉하고 있었단 말이냐?"

웃음기를 깨무는 아들 성립의 태도가 송씨의 심기에 불을 댕긴다.

"어미가 하는 말이 말 같지 않더냐?"

"그런 게 아닙니다, 어머니. 아마도 민망하고 남우세스러워 냉큼 말씀드리지 못했을 줄 압니다. 체면을 중히 여기는 집이고, 삼년상도 치르기 전 아닙니까."

몇 달 전부터 펑퍼짐해진 며느리의 몸피가 눈에 들어오긴 했다. 저것이 몸이 불었는가, 하는 생각은 들었지만 설마 배태한 줄은 몰랐다. 그래서 아들 성립에게 은근슬쩍 닦달하기도 했다.

"이번 과거에 장원급제하면 우선적으로 해야 할 일이 있느니. 하루빨리 아들을 낳아 조상님들 영정에 고해야 하느니."

묵묵히 듣고만 있는 성립의 느슨한 반응이 송씨는 못마땅했다. 하지만 과거에 번번이 낙방하는 아들에게 첩실 건을 꺼내지는 못했다.

　증조부님의 제사까지 겹친 날이라 그미는 온종일 한시도 발을 뻗어보지 못했다. 제사를 모시고 별당에 내려온 시각이 묘시가 넘었을 것이다. 아랫배가 더부룩했다. 발이 부어 버선을 벗으려 힘을 주는데 무언가 물컹한 것이 아랫도리에 흘렀다. '자궁을 비워낸 지 얼마나 되었다고…… 또 유산인 건 아니겠지……' 벌건 막대기 하나가 머릿속을 휘젓는다. 피의 느낌은 섬뜩하다. 어디가 잘못되었는지, 그미는 자신의 허술하고 여물지 못한 자궁에 심한 혐오감까지 일었다.
　"단오야, 입 다물어야 한다."
　그미는 함구령을 내렸다.
　뱃살이 조금 당기기는 해도 편안하다. 감은 눈시울에 검은 휘장이 무겁게 내려앉고, 몸은 한량없이 가볍게 날아오르는 듯하다. 죽는다 해도 두렵거나 원통하다는 생각은 없다. 친정어머니가 아니라면, 친정의 살붙이들이 아니라면, 세상에 누가 나를 안타까이 여겨줄 사람이 있는가. 문득 솟대 위의 새가 후드득 날아올라 그미의 눈앞에 와 날개를 펄럭인다. '아! 솟대 같은 사람……' 그미의 입에서 나직한 한숨이 터져 나온다.

그미는 며칠을 꼼짝없이 누워 있었다. 의원이 다녀가면서 "몸을 따뜻하게 하고 안정을 취하면 무른 태아도 다시 엉길 수가 있습니다"고 했다. 그미는 열심히 매달렸다. 영암숙모가 올려 보낸 말린 버섯, 미역국, 장조림으로 밥 한 그릇을 삼켰다. 친정어머니가 다시 지어 보내준, 몸을 따스하게 한다는 약도 달게 먹었다. 배 속에 든 씨알이 영글고 튼실한 생명으로 세상의 빛을 볼 수 있게끔 그미는 혼신의 힘으로 몸을 간수했다. 보람은 있었다. 헤벌어졌던 자궁이 아물었고, 산달이 가까워지면서 그렇게 유난스럽던 입덧도 많이 가셨다.

그사이 남편 성립이 과거에 또 낙방했다. 말단 생원 명단에서도 누락되었다. 시어머니 송씨는 크게 낙심했다. 얼굴에 거멓게 기미까지 슬었다. 누구도 그 문제에 관한 한 입을 봉했다. 자주 들락거리던 두 딸들도 어머니 송씨가 무력하게 늘어진 모습을 보고는 제바람에 뒷걸음질쳐 대문을 나서기 바빴다.

이월 초하루, 그미는 친정에서 몸을 풀었다. 딸이었다. 시어머니 송씨는 며느리가 안고 온 손녀를 안아주지도 않고 뒤돌아섰다. 그래도 시아버지 김첨은 손녀를 안채로 안고 오라 하여 한 번 안아주었다.

"허, 그놈 함박꽃같이 환하구나. 그래 젖은 잘 먹느냐?"

아이는 젖이 부족한데도 눈이 초롱초롱하고 윤곽이 또렷하다. 그미를 닮아 머리숱도 많고 김첨의 말 그대로 함박꽃처럼 희고 토실토실하다. 아이가 갑자기 칭얼대기 시작했다. 김첨이 당황하여 아이를 그미에게 건네준다. 아기를 받아 안으며 그미는 "소헌 아가, 착하지. 할아버님 품에서 투정 부리면 안 돼요" 하고 속삭였다. 갑자기 시어머니 송씨가 치맛자락에 바람을 일으키며 일어선다.

"너 보자 보자 하니 참으로 고약하구나. 계집아이한테 항렬을 붙여주다니. 그리고 어른들이 엄연히 살아 있거늘, 네 자식이라고, 네 마음대로 이름을 지어 부른단 말이더냐?"

시아버지 김첨도 엄하게 한마디 했다.

"애 이름을 누가 지었더냐? 의당 의논을 해야 하지 않더냐."

그미의 고개가 깊숙이 숙여진다. 아이가 어른들의 말을 알아듣기나 한 것처럼 자지러지게 울기 시작한다.

"내려가 봐라. 아이 이름이 급한 것은 아니니라."

그미는 소헌을 꼭 껴안고 섬돌을 내려섰다. 울컥 서러움이 복받쳤다. 아이한테 이름을 준 것이 그리 부당한 노릇이란 말인가. 이름 없이 평생을 살아가는 이 나라 여자들이 측은하고 가여워 가슴이 빠개지는 것 같다. 누가 무어라 해도 우리 소헌의 이름을 앗아갈 수는 없다. 그미는 입술을 깨물었다.

성립은 아기를 안고 친정에서 돌아온 지 사흘 만에야 별채에 들렀다. 영암숙모님이 지나가는 말로, 적선동에 첩실을 들였다는 말을 비쳤지만 그미는 내색하지 않았다.

명주 포대기에 싸여 누워 있는 소헌을 물끄러미 들여다보던 성립의 입가에 희미한 웃음기가 지나간다.

"소헌이라 했소?"

성립이 검지로 자는 아이의 볼을 툭 건드렸다. 말은 안 했지만 흐뭇한 얼굴이다.

"소헌이라고, 아버님께서 굳이 이름을 지어야 한다면 그 이름밖에 없다 하시는 말씀 들었소."

모처럼 성립은 아내와 딸애 곁에서 저녁상을 받았다. 어머니 송씨의 좀 유별난 성정만 아니라면, 성립은 아내인 그미에게 정을 더 주었을지도 모른다. 과거에 급제해야 한다는 어머니의 극성을 이해하지 못하는 것은 아니지만, 그렇다고 해도 그미를 대하는 어머니의 그 서슬 푸름에는 다른 이유도 있음을 내심 짐작하고 있었다. 며느리에 대한 맹목적인 거부감에 더해 그미의 출중한 미모와 글 재능이 어머니의 심기를 불편하게 한다는 것을. 그미가 평범하고 만만한 아낙이었으면 어머니가 이 냉돌에 모녀를 버려두지는 않을 것이었다. 입을 벌리면 더운 입김이 방 안의 차가운 공기에 섞여 부옇게 눈에 보일 정도로 추웠다. 지나친 처사다 싶었다.

"여긴 너무 추워서 안 되겠구먼. 안채로 옮기도록 하시오. 건넌방이 비어 있질 않소."

아이를 안아 추스르며 그미는 고개를 흔들었다.

"밤에 아기가 울면 어머님 깊은 잠 못 이루십니다."

늦추위가 기승을 부렸다. 세상이 꽁꽁 얼어붙는 강추위가 몰아쳤다. 소헌의 백일이었지만 송씨는 물론 아무도 아는 척하지 않았다. 건천동 친정에서 백일 떡과 옷가지를 보내왔지만 송씨는 보따리 속을 점검한 후 시큰둥하게 별채로 내려보냈다.

"계집아이한테 백일상이 가당키나 하더냐."

송씨는 식구들 입에 재갈을 물렸다. 아이를 안고 있는 그미의 손이 저도 모르게 앙당그러졌다. '소헌이도 나와 같은 삶을 이어 받겠구나……' 차별받아야 하는 여자의 운명을 걸머쥐고 나온 소헌이 그미는 한없이 가여웠다. 눈에 보이지 않는 하늘의 벽이, 어둠의 벽이, 남편의 벽이, 법도의 벽이 그미를 향해 점점 좁혀 들어오는 것만 같다. 뜨거운 눈물이 볼을 타고 흘러내려 젖을 빨고 있는 소헌의 이마에 툭 떨어진다.

금실이

술청 뒷문으로 들어서던 성립은 본능적으로 사방을 두리번 거린다. 체통이 좀 그렇다. 아직 술을 마시기에는 이른 시간이기도 하거니와 번한 대낮인데도 어둡고 질척거리는 뒷골목이 왠지 백수건달의 궁색함을 되작이게 만든다. 컴컴한 주방에서 그릇을 씻고 있던 금실 어미가 반색을 한다.

"아이고 서방님께서 행차하셨구만요. 잠시만 안에 들어가 계십시요. 고기 받으러 갔으니께 올 때가 되었습지요."

그냥 돌아설까 잠시 망설이던 성립이 목침을 머리에 공이고 길게 드러누웠다. 적선동 골목 귀퉁이에 술청을 만들어놓고 눈이 빠지게 기다린다고 앙탈을 부려대는 금실이. 성립은 그런 금실이가 아내가 친정에 있을 때 부리던 몸종, 덕실이라는 것을 뒤늦게야 알았다.

글을 읽다가 지친 어느 날엔가, 글방 친구들과 어울려 목이나 축이러 술청에 들른 성립은 그만 덕실이의 치마를 벗기고 말았다. 그날 이후부터 덕실이는 성립에게 찰거머리처럼 붙어 오매불망 우리 서방님이라며, 입나발을 불고 다녔다. 지난 추석에는 과일 바구니를 들고 옥인동 집에까지 쳐들어온 맹랑한 계집이다. 이젠 발을 끊어야지, 마음을 굳게 먹다가도 술청 심부름하는 먹골이라는 사내아이가, 오늘 밤 오시랍니다, 하는 전갈을 갖고 오면 성립은 저도 모르게 발길이 적선동으로 향하고는 했다.

지난해 봄, 초시 시험에 낙방해 낙심했을 때도 성립은 덕실의 술청을 찾았었다. 장모 김씨의 생신이라 그미는 친정에 가고 없었다. 성립은 동행하지 않았다. 처남 허봉을 만나면 자연 과거 실패담을 늘어놓을 것이 분명했기에 만나고 싶지 않았다. 별채는 불이 꺼져 있었다. 늦은 밤까지 희미한 불기를 물고 있던 아내의 방이 그날따라 스산하게 느껴졌다. 아내에 대한 감정은 나날이 새롭고 애틋하게 다가왔다. 장지문 창호지에 꼿꼿한 그림자를 던지고 있던 그미의 고졸한 모습이 안 보이니 왠지 미움이나 원망보다는 그리움이 한발 앞섰다. 엇갈리는 심사 때문에 자주 찾지는 않았어도 성립의 가슴에 크게 자리하고 있는 그미다. 성립은 발길을 돌렸다. 그 발길이 닿은 곳이 적선동 덕실의 술청이었다. 그래서였을까. 덕실의 물컹하고 까무잡잡한 볼기를 만지면서도 성립은 아내의 보드랍고 뽀얀 젖가슴을 떠올렸다. 덕실이는 떡 벌어진 술상을 차려들고 들어와 이름을 지어달라고 옹알거렸다.

"덕실이보다는 금실이라는 이름이 어떤지요, 서방님."

"금실이라니?"

"금빛 열매라는 말도 되지요. 황금 알이라는 이름도 되고요. 돈보다 더 좋은 게 없다지 않아요."

"그렇게 돈을 벌어 무얼 할 작정이더냐?"

금실이 성립의 목에 두 팔을 감으며 간드러진다.

"장안에서 제일 으리으리한 기방을 만들 작정이에요. 예쁘고 어린 기생들을 여럿 두고, 한량들의 돈과 마음을 몽땅 긁어모을 거예요. 그게 제 소원이랍니다. 도도한 안방마님들의 독수공방이 제 목표거든요. 빈 안방만 지키고 있으면 뭐 해요. 정작 알갱이는 엉뚱한 곳에서 다 흘리는 걸요. 덕실이라는 이름을 가지고는 그게 안 돼요. 이름부터 갈아치워야지요."

비스듬히 앉아 있던 성립이 벌렁 드러누웠다.

"꿈이 야무지구나."

그렇게 금실이로 행세한 지 어언 일 년이 훌쩍 넘었다. 장지
문이 열리더니 먹골이 술상을 들고 들어왔고, 금세 금실이가
호들갑스럽게 달려들었다.

"어머, 우리 서방님 오셨어요? 제 눈이 멀어, 장님이 되는 줄
알았어요, 서방님."

분홍치마에 유록색 반회장저고리를 입은 금실이 제법 때깔
이 빠졌다. 처음 보았을 적에는 지분을 바르고 색깔 있는 옷을
입어도 계집종 티를 못 벗어 차라리 순박한 모습이었다. 주안
상을 밀어내고 금실이 성립의 무릎에 바짝 붙어앉는다.

"서방님, 너무 무심하십니다. 다녀가신 지 달포나 지났어요.
이제나저제나 눈이 빠지게 기다리다가 기어이 몸져누웠습니
다. 밥도 못 먹고 죽을 고비를 넘겼는데도, 서방님은 저 같은
천한 계집은 돌아보시지도 않고 너무 무심하셔요, 서방님."

금실의 어깨가 자잘하게 떨리면서 훌쩍거렸다.

"그래서 이렇게 오지 않았더냐. 훌쩍거리는 꼴은 보기 싫구
나."

훌쩍거리는 건 딱 질색이었다. 어머니 송씨도 걸핏하면 성
립 앞에서 눈물을 짰다. 대과에 급제 못 한 성립의 초라함도 울
음으로 다그쳤고, 아버지의 발길이 사흘만 안방에 들지 않아
도 눈물을 찍어냈으며, 시집간 큰딸의 시집살이 곤한 하소연

만 들어도 콧물을 짰다. 성립이 장가 든 후부터는 며느리의 차갑고도 도도한 기상을 시샘하느라, 눈물 흘리는 날이 더 빈번해졌다. 한번 눈물을 보이면 한식경이나 붙잡혀 그 눈물이 마를 때까지 앉아 있어야 하는 곤혹스러움을 이런 주막집 계집한테까지 와서 당해야 한다면 앉아 있을 까닭이 없었다. 성립이 몸을 일으키려는데 금실이 찰거머리처럼 달라붙었다.

"아니 울겠습니다. 너무 반가워 그만 쇤네도 모르게 목이 메었나 봅니다."

금실의 손바닥이 명주 바지 입은 무릎을 쓸어내린다. 까칠거리는 게 거슬린다. 손바닥만 거칠고 험한 게 아니다. 간혹 금실의 발뒤꿈치가 살갗에 닿으면 성립은 소스라쳐 이불을 걷어내고 벌떡 일어나고는 했다. 어릴 때부터 찬물에 손을 넣고, 궂은일에 몸을 놀린 탓인지 금실이는 뼈마디가 굵고 힘살이 올라 폭 안기는 맛이 없었다. 그런데도 밤일만은 따를 계집이 없었다. 무슨 비법을 쓰는 모양인지 찰떡처럼 달라붙는 맛이 온몸의 뼈를 노골노골 녹였다.

"술 따르지 않고 벌써부터 무슨 짓이냐."

성립의 바지춤을 더듬던 금실이 손을 빼내 술을 따른다.

"술 받으셔요. 우리 서방님, 한 번이라도 금실아, 하고 불러주시면 뭐가 덧납니까요."

금실이 교태롭게 눈을 흘긴다. 까무잡잡한 얼굴에 도톰한 입술이 미운 얼굴은 아니다. 아니 어쩌면 희고 찬 사기대접 같은 아내에 비해, 투박하고 뜨겁고 다부지기까지 한 이 계집의 걸쭉한 짓거리가 더 감칠맛이 있는지도 모른다. 몸에 감기는 차진 맛. 한번 몸을 섞으면 이틀 동안 꼼짝을 못할 정도로 탈진하게 만드는 계집이다. 오늘 저녁 금실의 교태가 도를 넘는다. 또 무슨 건수를 들고 나올 모양인가, 성립은 흐트러진 의관을 추스른다. '내가 왜 또 여길 왔더란 말인가, 객주집 계집한테 목매인 꼴로 불려다니다니, 내 어찌 이다지 추하게 되었더란 말인고.' 뜨악해하는 성립의 심정을 눈치챘는지 금실의 손길은 더욱 집요해진다. 성립의 대님을 풀어내고, 버선을 벗긴 금실은 성립의 맨발을 손바닥에 싸안고 주무른다. 금실은 어떻게 하면 남정네가 사족을 못 쓰게 만드는지 잘 안다. 몇 년 동안 기방의 부엌일을 해주면서 터득한 비법이었다.

금실은 기생방 문전에서 몇 년 동안 공을 들였다. 먹여주기만 하면 궂은일을 도맡아 하겠다는 약조를 하고 춘심이라는 기생집에서 종질을 했다. 어떻게 하면 남정네들의 애간장을 녹일 수 있는지, 그 비법부터 터득한 금실이었다. 비록 타고난 외모는 한때 상전이었던 허초희보다 한 수 뒤지지만, 밤일만큼은 장안의 어느 기생 못지않을 자신이 있었다. 아무리 점잖을 빼고 긴 장죽으로 놋재떨이를 탕탕거리는 남정네들이라도, 그짓 한 번에 사족을 못 쓰지 않던가. 허초희 같은 도저한 안방마님들이야 남자들의 애간장 녹이는 술수가 무엇인지 알 까닭이 없을 것이다.

금실에게 허초희는 적수나 다름없다. 어릴 때 짝사랑했던 갑술이한테 따돌림을 받은 게 허초희 때문이라고 생각했다. 자신의 처지와 너무나 다른 허초희가 금실은 내내 미웠다. 자신은 아무리 원해도 가질 수 없는 것들을 허초희는 너무나 쉽게 가졌다. 뛰어난 미색하며 곱디고운 자태는 물론이고 갑술이의 마음도, 그리고 최순치 선비의 마음도 모두 허초희에게로만 향하는 것이 덕실은 사무쳤다. 지금 김성립을 차지해보겠다고 이를 갈고 칼을 벼리며 달려드는 것도 허초희를 향한 주체할 수 없는 앙심이 깃들어서다.

"아이 서방님도, 건드려놓고 손을 놓으시면 어떡해요."

금실의 코맹맹이 소리가 넘실댄다. 금실이 제 손으로 치마허리를 확 잡아당겨 내리자, 당실한 젖가슴이 드러난다. 알맞게 솟은 두 개의 봉우리가 수줍음을 타고 발갛게 상기되었다. 금실이는 성립의 한 손을 잡아 제 젖망울에 대고 살살 비빈다. 금실의 사타구니가 축축하니 젖는다. 금실의 행동은 점입가경으로 이어진다. 옷을 홀라당 벗어 던지고 마침내 알몸이 되어, 제 무릎 사이로 사내를 누인다. 사내의 바지 허리띠를 풀어내고 손을 넣어 그것을 서서히 조물거리는 한편, 적당히 움직거리며 사내의 얼굴에 제 젖가슴이 뭉실거리게 한다. 기어이 몸을 반쯤 일으킨 사내의 혀가 계집의 젖꼭지를 더듬고 물며 거침없이 빨아대자, 계집이 몸을 비비 꼬아대며 비음을 토해낸다.

어떤 기녀들도 이렇게 대담하고 적극적이지는 않았다. 금실은 벗으라면 벗었고, 네 다리 뻗고 발라당 드러누우라면 누웠고, 한 다리 올리라면 두 다리마저 들어올렸다. 살집이 있어 옷을 입었을 때보다 발가벗고 있을 때가 훨씬 예뻤다. 한 마리 발정난 암캐가 되었고, 사내 역시 수캐가 되어 씩씩거리게 했다.

"금실아, 진정 내가 좋단 말이냐?"

금실이 동작을 멈추고 살포시 고개를 들었다.

"서방님, 이 몸이 죽고 죽어 골백번 죽어도, 임 향한 일편단심 변할 줄 있겠는지요."

하나 금실은 그 순간, 성립이 아닌 다른 사내의 얼굴을 떠올리고 있었다. 관옥 같은 최순치의 얼굴이 눈앞에서 자맥질 치고 있었다. 허초희에게 목을 매달고 있는 최순치를 어떻게 해서든지 제 치마폭에 싸잡아 넣어보겠다는 맹목적인 마음은, 떡 주무르듯 제 마음대로 어르고 추스르는 김성립에 대한 것과는 다른 감정이었다. 최순치가 건천동 초당집 사랑방에 나타났던 그 첫날, 마침 사랑으로 심부름 나갔던 덕실이 대문 안으로 들어서는 최 선비 일행과 마주쳤다. 덕실은 최순치를 본 순간 세상의 모든 것들이 멈춰지는 듯했다. 마루에 오르려던 최순치가 댓돌에 서 있는 덕실에게 말을 건넸다.

"저 초희 아가씨가……."

덕실은 최순치의 말이 채 끝나기도 전에 나붓이 허리를 조아렸다.

"예, 덕실이옵니다."

최순치가 한지에 싼 것을 내밀었다.

"이걸 초희 아가씨께 전해드렸으면 하는데……."

덕실이 냉큼 두 손을 내밀었다.

"쇤네에게 주시지요."

그 순간 덕실은 최순치의 희고 갸름한 손 앞에 내밀어진, 마디가 굵고 거무칙칙한 제 몽당손을 발견했다. 부끄러웠다. 얼른 내밀었던 손을 거두어들였다. 그때 허봉이 나타나는 바람에 최순치와의 대면은 그것으로 끝나고 말았다. 덕실은 그날 밤, 잠 못 이루며 최순치의 얼굴만 떠올렸다. 벌건 숯불에 구워지고 있는 고기처럼 제 몸뚱이가 밤새 지글지글 탔다.

이제 돈도 벌었고 초희의 낭군 김성립도 제 손바닥에서 굴리고 있지만, 늘 허전하고 목마른 심사는 최순치를 향한 연모의 감정이 가슴 한구석에서 미등처럼 타올라 꺼질 줄 모르기 때문이리라. 적선동에 술청을 낸 이후부터 금실은 좀 더 적극적인 방법으로 최순치의 둘레를 기웃거렸다. 최순치가 한양에 올라오면 어김없이 건천동 초당 집으로 가는 것을 알고 있기에 심부름하는 먹골을 시켜 건천동 대문 앞에서 기다리게 하곤 했다. 지난해 2월, 초당 허엽의 장례 날 건천동으로 달려간 것도 최순치가 나타나리라는 확신이 있어서였다. 만나기만 하면 단숨에 손아귀에 넣을 자신이 있었다. 초당 허엽의 발인이 있던 날, 신새벽부터 덕실은 건천동으로 달려갔다. 옥골선풍인 최순치의 모습은 금방 눈에 띄었다. 덕실은 최순치 앞으로 대담하게 다가섰다.

"최 선비님, 초희 아가씨를 모셨던 덕실이라 하옵니다. 기억하시는지요."

상여 뒤를 따라가던 최순치는 방자하게 앞을 가로막아 선 계집을 쳐다보았다. 양가집 규수도 아니고, 기생도 아니고, 그렇다고 계집종 같지도 않은 것이 교태를 부리며 서 있었다.

"서방님, 쇤네가 꼭 뵙고 말씀드릴 것이 있습니다. 적선동 술청에 꼭 한번 들러주세요."

최순치는 말없이 자리를 피해 보폭을 좁혀 걸음을 재촉했다. 초희 아가씨 몸종을 그도 모르지는 않았다. 그 계집이 적선동에 술청을 내었다는 말도, 김성립이 자주 들락거린다는 소문도 그미의 오라버니 봉한테서 들었다. 하필이면 그런 계집을, 최순치는 김성립의 조악한 안목이 은근히 경멸스러웠다. 그런 잡초 같은 계집의 치마폭에서 놀아나는 김성립이 난설헌의 낭군이라는 사실이 가슴 저리고 아팠다.

임 향한 일편단심, 임 향한 일편단심, 금실의 입에서 같은 시어가 되풀이되며 나온다.

"알았느니라."

성립의 사타구니에 구겨박은 금실의 얼굴에 눈물이 주룩 흘러내린다. 사내가 몸을 뒤틀며, 나 죽는다, 나 죽어, 비명 아닌 비명을 삼키며 계집의 알몸을 타고 앉았다. 한바탕 일을 치르고 나면 성립은 한동안 꼼짝 못 하고 누워 있어야 했다. 진액을 빼앗긴다는 말이 이런 것인가, 그는 일어나 주섬주섬 옷을 입고 흐트러진 상투를 고른다. 그런 사내를 올려다보면서도 계집은 일어나 시중들기는커녕, 또 한번 자판을 벌이려는 듯 박속같이 허연 허벅지를 휘두르며 사내의 사타구니에 올라탄다.

"아서라, 오늘은 그만 가봐야 한다."

계집이 사내의 앙가슴에 찰싹 붙어 오열했다.

"아니 되옵니다, 서방님. 한 달 열흘 동안 뜬눈 지새우고 기다리고 기다리던 서방님인데, 이렇게 허전하게 돌려보낼 수 없습니다. 그대로 가시면 이년의 상사병이 깊어 목매달고 죽을지도 모릅니다."

흐트러진 상투를 간추리던 성립이 손을 멈추고 조잘거리는 계집을 내려다본다.

"방정맞은 소리 하는구나. 내일, 길을 떠나시는 아씨한테 잠시 들러봐야 하느니라."

금실의 눈에 불이 켜진다. 성립이 말한 아씨란 허초희를 이름이리라. 금실이 발딱 몸을 솟구치며 성립을 넘어뜨린다. 허초희를 떠올리지만 않았어도, 그리 절박한 심정으로 김성립을 붙잡지 않았을 거였다. 금실의 머릿속이 아수라장처럼 들끓기 시작한다. 금실이 입술을 지그시 깨물었다.

"아씨가 어디를 가시는데요. 기동도 못 한다는 소문이던데, 정말입니까?"

금실의 곰살궂은 행동을 바라보던 성립은 '이것이 그래도 옛날 상전에 대해서만은 끔찍하구나' 생각했다.

"안에서 하는 일을 시시콜콜 챙길 생각은 없다. 술이나 부어라."

그날 밤, 성립은 별로 내키지 않은 긴 밤을 금실의 술청에서 지새웠다.

*

소헌이 돌이 되기도 전에 금방 또 아이가 들어섰다. 입덧이 너무 심해 흰죽 한 수저도 넘기지 못하고 있다. 물 한 모금만 마셔도 토했다. 귀신 같은 몰골이라는 어머니 송씨의 말에 성립은 그미가 조금 안쓰러웠다.

난데없이 허봉이 들이닥쳤다. 성립은 언제 보아도 당당하고 교만하고 안하무인인 허봉의 태도가 내심 떨떠름하고 성가셨다.

"누이를 잠시 만나보게 해주게나."

허봉의 간곡한 말에 성립은 잠시 난감하다. 어머니의 허락 없이는 별당에 들지 말라는 지엄한 분부가 내려져 있었고, 그미의 몰골을 허봉이 어떻게 생각할지 난처하다.

며칠 전 성립은 우연히 안채로 들다가 야트막한 별당 담 너머, 마루에 앉아 있는 그미를 흘긋 스치듯 보았다. 비스듬히 벽에 기대어 앉아 하염없이 하늘을 올려다보는 그미의 길고 가녀린 목이 백양목 가지처럼 앙상했다. 송장이나 다름없었다. 한 자락 연민이 가슴을 스쳤다. 음란하고 요사스러운 계집이라는 어머니의 말씀이 귓가에 어른거렸다. 성립은 얼른 머리를 흔들어 그 생각들을 털어내버렸다.

"사랑채에 불러내어 만나보면 좋으련만 기동이 어렵다 하니 누이의 처소로 안내해주게나."

허봉의 힘 준 목소리에 성립은 엉거주춤 일어섰다. 이 자리를 피할 수는 없을 것이다. 어머니의 승낙이나 꾸중은 뒷전이고, 당장 집어삼킬 듯 재우치는 허봉의 부탁을 모른 체할 수가 없다. 그미의 친정 식구들 앞에서 성립은 왠지 주눅이 들었다. 그미보다 일곱 살이나 어린 막내처남 균까지도 자신을 만만하게 보고 덤비려 하지 않았던가. 간혹 한자리에 앉기만 하면 문장으로 벼르는 꼴이 여간 당돌하고 오만하지 않았다. 새파랗게 어린것이 감히 누구하고 겨루자는 건가, 집에 돌아와서 성립은 어머니 송씨 앞에서 균의 방자하고 버릇없음을 비아냥거렸다. 맞장을 치다가도 송씨는 불시에 소리질렀다.

"그러니 장원급제 해야 하느니."

"단오야, 날 좀 일으켜주려무나. 어젯밤 꿈에 아버님을 뵈었는데, 친정에서 무슨 소식이 있으려나."

저벅거리는 발자국 소리가 중대문 안으로 들어섰다. 단오가 일어나 장지문 앞에 세워둔 병풍을 걷어내고 장지문을 열자 순간 활촉 같은 밝은 햇살이 방 안으로 쏟아져 들어온다. 두 손으로 눈을 가리고 비스듬히 쏟아져내리는 그미의 몸을 단오가 달려들어 뒤에서 부축했다.

성립의 안내를 받아 누이의 거처인 별채 쪽마루로 오르던 허봉은 어두컴컴한 방 안 풍경에 순간 어깨가 굳어진다.

"이럴 수가, 이럴 수는 없는데……."

허봉의 목에서 피가 솟구치는 듯한 노여움이 치민다.

"어찌, 이 지경이 되도록 내버려둘 수가 있단 말인가. 참으로 무심한 사람이구먼."

앉으라고 흔드는 앙상한 손, 수의를 걸친 듯 풀기 없는 무색 옷, 표정 없는 얼굴이 이승의 사람 같아 보이지 않았다. 숱이 많고 풍성한 머리를 외가닥으로 땋아 어깨 위로 늘인 탓인가. 얇은 속쌍꺼풀 진 눈만 횡횡하니 빛을 머금었다.

"저 눈 좀 보라지. 사람 잡는 촉수지"라고 하시던 어머니 송씨의 말이 떠올라 성립은 불시에 어깻죽지에 찬물이 끼얹어진 듯 소름발이 인다.

"가자. 집에 가자. 이대로는 안 될 말이지. 사람을 이 지경으로 만들다니, 참으로 인정머리 없는 사람들이야."

자리를 차고 일어서는 오라버니를 그미가 손을 내저으며 만류했다.

"앉으세요. 누가 날 이 지경으로 만들었다 하지 마세요, 오라버니. 입덧이 심해서, 아는 병인걸요."

오라버니 봉의 고개가 세차게 흔들렸다.

"입덧이 아는 병이라 해도 이건 너무 심하구나. 사람이 살고 있는 집에서 사람을 버려두다니……."

봉은 앉아 있는 성립을 노골적으로 노려본다. 제 안사람이 이 지경이 되도록 버려두고, 밤마다 적선동 술청에 들락거린다는 말을 귓결에 들었다. 술청 계집의 머리를 얹어주었다는 소문도 나돌았다. 번번이 과거에 낙방을 하고서도 공부는 뒷전이고 계집질에 눈이 멀다니, 정말 한심스러운 작자라고 밀쳐두려 해도 누이의 지아비가 아닌가. 봉은 뜨거운 것이 자꾸 치밀어올라 누이의 얼굴을 더 이상 마주 보고 앉아 있을 수가 없다. 그렇게 생기발랄하고 영롱했던 얼굴이 창호지마냥 바랬다. 이제 겨우 스물세 살인 누이가 세상을 다 살아버린 듯 덧없고 무심해 보이는 게 가슴 미어졌다.

"며칠만 참고 있으면 곧 사람을 보내어 널 데리고 가겠다. 건천동에 가서 몇 달만 요양하다 보면 다시 건강을 되찾을 수 있을 게야."

방을 나가던 허봉이 문득 뒤돌아보고 무심히 말한다.

"소식이 하나 있단다. 최순치가 장가를 들었어. 정몽주 문중의 혈손이라 하더라. 원주 이도사의 집에 들락거리면서 나무도 해주고 글줄도 익히던 아인데, 알고 보니 사내가 아니고 계집아이였던 게야."

"잘되었네요."

겨우 그 한마디를 끌어올린 그미는 드러누운 채 멀어져가는 발자국 소리를 보낸다. 친정에 간다고 해서 좋을 것도, 최순치가 장가를 간다고 해서 섭섭할 것도 없다. 목에 걸린 가시 하나가 침샘에 버무려져 꿀꺽 삼켜지는 기분이다. 최순치가 준치 가시라도 되었더란 말인가. 그 이름만 떠올려도 목젖이 따끔거렸다.

허봉은 차마 떨어지지 않은 발걸음을 머뭇거리다 성립의 두 손을 모아잡고 사정한다.

"보내주게. 안사돈께 잘 말씀드려서 건천동으로 보내주게나. 몇 달간만이라도 강릉 외가에 보내어 정양토록 하면 안 되겠나? 부디 승낙을 받아주게나. 부탁하네."

봉의 겸허한 태도를 접한 성립이 오히려 어리둥절해져서 뒷일은 생각지도 않고 큰소리부터 친다. 그럴 만한 까닭이 아주 없지도 않았다. 최순치라는 작자가 혼인했다니, 앓는 이 빠진 것만큼이나 시원했다. 늘 그 작자가 마음에 걸렸다. 개가 짖기만 해도, 단오가 대문 밖에 들락거리는 것만 봐도, 그 훤칠한 작자가 담 밖에서 기웃거리는지도 모른다는 불쾌감에 입맛이 쓰곤 했다.

"어머님께서도 쾌히 허락하실 것입니다."

그렇게 장담을 하고 성립은 허봉을 배웅했다. 하나 안으로 들어와 어머니 송씨와 마주 앉은 성립은 어떻게 말을 꺼내야 할지 입이 떨어지지 않았다. 어머니 송씨의 불같은 성격을 누구보다도 잘 알고 있는 성립이었다. 누가 말을 하면 말이 끝날 때까지 조용히 들어주는 어머니가 아니었다. 당신의 생각, 당신의 결정만이 절대적이라고 확신하는 그 요지부동의 성격은 성립에게도 속수무책이었다.

성립이 안채 마루에서 송씨와 대좌하고 앉았다.

"저 사람 저러다가 송장 치르겠어요. 친정에 가도록 선처해주시지요."

송씨는 앞에 며느리가 있기라도 한 것처럼 눈을 치떠 아들을 노려보았다.

성립이 내친 김에 한마디를 더 곁들였다.

"아랫것들 보기도 그렇고요, 눈앞에서 없어지면 어머님 심기도 편안해지실 것 아닙니까."

허봉과의 약조도 약조지만, 자리보전하고 누워 있는 아내의 건강도 은근히 염려가 되는 게 사실이었다. 신신당부하던 허봉의 목소리가 귓바퀴에 쟁쟁했다.

"어째서 너는 허씨 집 사람들만 오면 맥을 못 추더냐?"

성립이 앉음새를 고쳐 앉으며 왼손으로 버선코를 비틀어 뜯었다. 성립의 손버릇이었다. 무언가 조금만 못마땅해도 버선코를 뭉기는 바람에 성립의 버선들은 하나같이 버선코가 두루뭉실했다. 송씨는 성립의 그런 손버릇이 눈에 거슬렸지만 못 본 체한다. 아들이 마냥 품안의 자식이 아니라는 생각이 들었다. 그렇게 별채 출입을 못 하게 막았건만, 며느리가 임신했다는 말을 듣고 송씨는 놀랐다. 아들 내외의 금실이 밖에서 보기와는 달리 달착지근한지도 모를 일이었다. 줏대 없고 속없는 것, 송씨는 역정이 솟구쳤다. 며느리를 친정에 보내는 일이 그리 어려운 결정은 아니다. 성립의 말대로 해산은 친정에 가서 해야 할 것이기에 지금쯤 보내도 무방할 것이다. 그런데도 성큼 그렇게 하라는 말이 나오지 않는다. 며느리의 얼굴에 생기가 돌고 웃음꽃이 필 것이라 생각하니 공연히 심사가 꼬였다. 순순히 그러라고 말하는 게 영 마뜩잖았다.

성립이 자신의 공부에 지장이 있다는 말을 하고 나서야, 옳거니 무릎을 쳤다. 좋은 구실이다. '송장을 치든, 보약을 먹이든 저희 집에서 할 일이지, 우리가 나설 계제가 아니지.' 마음 한구석에 무언지 모를 찜찜함이 남기는 했지만, 송씨는 이튿날 며느리를 건천동으로 보내기로 마음을 다져먹었다.

"알았으니 나가보아라. 부디 글공부에 전념하여 대과급제하기만을 이 어미는 고대한다. 내가 알아서 할 터인즉 너는 나가서 글이나 읽도록 하려무나. 허가네들 코를 납작하게 해주려면 너도 하루빨리 급제하는 길밖에 없느니, 이 어미 한 좀 풀어다오."

송씨는 성립을 어르고 추슬러 밖으로 내보낸다. 오죽 속이 복대기치면 기생방에 드나들까, 계집이라는 것이 날마다 시나부랭이나 들고 설쳐대니…… 송씨는 혀를 끌끌 찬다.

붉은 빗방울

"아씨, 아씨. 건천동에서 사람이 왔어요."

단오가 호들갑을 떨며 장지문을 연다. 친정에 무슨 일이기에, 붓에 찍은 먹물이 하얀 한지에 툭 떨어진다. 흘러내린 먹물은 동그라미를 찍어놓고 엷게 번진다. 크고 작은 동그라미는 살아 있는 미물처럼 움직인다. 손이 떨려, 그 떨림이 고스란히 먹물을 흘리면서 점점이 번졌다. 그미는 서안을 짚고 천천히 일어난다. 별로 입에 당기지 않아 죽만 먹은 탓인지 눈앞에 반딧불같은 빛의 부스러기들이 어룽댄다. 지난 밤 꿈의 불길함이 다시금 생생하게 머리를 죄었다. 아버님이 돌아가실 적에도 허연 함거에 실려가는 아버지 꿈을 며칠 연거푸 꾸었다. 함거에 타고 있는 사람이 누군지, 그저 허연 두루뭉수리 같은 덩치만 눈앞에

어른거렸다. 그 함거 뒤를 따라가면서 꺼이꺼이 울고 있는 여자
의 남루한 모습이 너무 측은해 보였다. 그런데 어느 순간 고개
를 처들고 두리번거리는, 뼈처럼 하얀 그 여자의 얼굴은 다름
아닌 그미, 자신이었다. 화들짝 놀라 눈을 떴는데 살갗에 스민
싸늘한 소름발이 손끝에 만져진다.

"갑술이가 웬일로, 내일이면 갈 터인데."

철렁 내려앉은 그미의 가슴 한 자락에 찬바람이 일었다. 어
느새 중년의 얼굴이 되어 있는 갑술을 바라보면서, 그미는 자
신의 세월을 헤아려본다. 한 시절 그미의 그림자에 눈길을 던
져두고 있던 갑술이도, 이제는 세 아이의 아비가 되었고 마름
으로서의 품새도 의젓하다. 그런데 처진 어깨와 더부룩이 수
염이 웃자란 갑술의 얼굴이 반쪽이다.

"왜 어디 안 좋은가, 얼굴이 수척해서 하는 말이네."

갑술이 대답은 뒷전에 넘겨둔 채 저고리 앞섶에 손을 넣어
편지 한 통을 건네면서 나지막이 중얼거린다.

"작은서방님이 갑산으로……."

편지를 든 그미의 손이 바르르 떨린다. 그미는 두 손으로 제
가슴을 안았다. 뜨거운 인두로 지지는 듯 옷섶이 타고 속살까
지 오그라든다. 달궈진 인두가 전신을 기어다니며 누빔질을
하는 것만 같다.

오라버니가 한양을 떠나 창원부사로 간 것만으로도 허전하고 세상이 온통 빈 듯함을 느꼈는데, 그 멀고 먼 갑산이라니, 이럴 수는 없는 일이다. 갑자기 세상 밖으로 떠밀린 듯한 허망함이 달려든다. 이를 어찌할꼬, 혀끝에 깨물린 탄식에 비릿한 피냄새가 난다.

"에고 아씨. 피가, 입에서 피가."

단오의 자지러질 듯한 소리를 듣고서야, 그미는 입술의 아린 통증을 느낀다. 입술을 깨물고 있었던가. 입술에서 떨어진 피가 들고 있던 어머니의 편지 위에 선연한 방울을 만들었다.

세상의 어떤 색깔이 이다지 처연할까. 지켜보고 섰던 갑술이 돌아서서 눈가를 훔친다. 어쩌다가 저렇게 쓸쓸하게 변했더란 말인가. 세상의 어떤 꽃에도 비유할 수 없이 곱고 귀하던 때깔에 금이 가고 때가 올랐다. 옛날의 그 맑고 서기가 어리도록 환한 모습은 간 데 없고 어두운 그늘을 한 짐이나 거느리고 있는 아씨가 안쓰럽기 그지없었다.

초희 보아라.

이런 일이 세상에 또 있을꼬. 너무나 절통하고 분한 말을 어찌 다 하랴.

네 오라비, 모함 받고 구설에 올라 이제 귀양 떠난다니 어미 가슴

칼질을 당하는 것 같구나. 세상이 참으로 야속하다. 너희 오라비, 백지장보다 깨끗하고 사심 없는 사람을 사람들이 등을 떠밀어 갑산 유배 길을 떠났으니 이 어미 가슴 찢어지는구나. 아무리 어미 혼자서 갈무리하려 안간힘 썼지만, 잘 삭여지지 않아 이렇게 붓을 들었다.

어쩌다가 우리 허씨 가문이 이렇게 풍비박산 되었을꼬. 겪어내고 보아내며, 사는 날까지 욕되지 않게 조용히 자중하려 하였건만 세상의 입과 붓이 가만 있질 않는구나. 거푸거푸 달려드는 이 아프고 험난한 고비를 언제나 면하게 될지 아득하기만 하다. 네가 사는 곳이 지척인데 이승과 저승처럼 멀고 아득하구나. 소헌이는 잘 자라고 있는지, 부디 잘 챙겨먹고 몸을 추슬러야 하느니. 일간 한번 다녀가도록 어른들께 간청해보려무나.

그러하지만 부디 마음과 몸 잘 다스리고 보존하여, 밝고 튼실한 모습 어미 앞에 보여주길 학수고대하노라. 붓을 들어 네 모습 떠올릴 땐, 많은 이야기가 쏟아지더니 몇 자 적고 나니 눈앞이 막혀 더 무얼 적을까 보냐. 오늘은 이만 줄이니, 너무 상심 말고, 건강 건사 잘해야 하느니. 어미 부탁이다.

계미년 시월

장지문 두 짝을 열자, 앙상한 백일홍 가지를 흔들어대던 찬

바람이 무섭게 달려들었다. 그 바람 속에 어머니 김씨의 표정 없는 얼굴이 무연히 떠올랐다. 어머니…… 그미는 일어나 마루로 나선다. 가을 찬바람이 그미의 치맛자락을 훑친다.

"어머니, 이 일을 어찌합니까."

이 말밖에 달리 무슨 말을 할 수 있을까. 두 손을 들어 허우적거리다가 그미는 주저앉고 만다. 눈물도 나오지 않는다. 세상에서 가장 믿고 의지했던 오라버니다. 높은 기개와 재기가 하늘을 찔렀고, 한 시대를 뛰어넘는 진취적 사고가 주변 사람들에게 껄끄럽게 보였던 모양인가.

그미는 오라버니를 피붙이를 넘어서 존경했다. 박희립의 서장관으로 중국을 다녀오면서 쓴 『하곡조천기』는 그미가 애독하는 기행문이다. 성정이 곧으며 옳다고 생각하는 일은 임금 앞에서도 당당하게 소신을 피력하는 굽히지 않는 모습을 사람들은 당돌함이고 교만이라 비웃었다. 그러나 오라버니의 빼어난 학문이나 문장만은 시기하고 모함하던 사람들까지도 찬사를 보내기를 아끼지 않았거늘, 이 싸늘한 가을에 갑산 깊은 골 유배길이라니…… 그미는 가슴을 짓이기며 통곡한다.

*

멀리 귀양가는 갑산 나그네 (遠謫甲山客)

함경도 길 가느라고 마음 더욱 바쁘겠네 (咸原行色忙)

쫓겨가는 신하야 가의와 같겠지만 (臣同賈太傅)

쫓아내는 임금이야 어찌 초나라의 회왕 같으랴 (主豈楚懷王)

가을 비낀 언덕엔 강물이 잔잔하고 (河水平秋岸)

고개 위의 구름은 저녁 노을이 물드는데 (關雲欲夕陽)

서릿바람 받으며 기러기 울어 예니 (霜風吹雁去)

걸음이 멀어진 채 차마 길을 못 가누나 (中斷不成行)

붓을 내려놓는다. 불시에 건천동 친정집 사랑방에서의 한
장면이 건듯 그미의 눈앞으로 다가온다. 오라버니가 이도사님
과 최순치와 더불어 술잔을 나누며 세상 이야기를 하고 있었
다. 이도사님이 오라버니 봉을 바라보는 눈에는 경이와 찬탄
의 빛이, 또 한편으로는 아끼고 염려해 마지않는 눈빛이 여실
했다.

"천재도 과하면 독이 된다 하지 않던가. 그 독으로 얻은 빛
남의 대가로 스스로 소외되고 불행의 늪에 빠지기 십상이야."

이도사님이 염려하는 말을 곱씹었다. 그만큼 오라버니를 아

끼는 마음이 두터운 때문이리라. 하나 오라버니는 뿌리치듯 그 화제에서 빗겨가려고 했다.

"자 술이나 들게. 어차피 사람은 혼자 와서 혼자 돌아가지 않던가. 남의 눈치 보면서, 앞뒤 살펴가면서 살고 싶진 않으이."

오라버니가 이도사님을 쳐다보며 싱긋이 웃었다.

"왜, 누가 또 날 보고 무어라 하는 모양이군. 상관하지 않네. 말 많은 것들 비위 맞추며 살 생각은 없다네."

이도사님이 오라버니에게 다시금 말했다.

"딱히 자네를 두고 하는 말은 아니고, 천재란 필연적으로 자신이 속한 시대와 불화하기 십상이라, 이걸 명심함이 좋을 듯하이."

그미는 그 말이 무엇을 의미하는지 어렴풋이 짐작했다. 오라버니를 칭송하는 뒷자락에는 비난과 구설도 따라다녔다. 명문대가에서 태어나 열여덟 살에 천시문과에 급제하였고, 이십대 초반의 약관으로 성절사 박희립의 서장관으로 중국에 다녀온 것만으로도 파격이었다. 무엇보다도 세인들의 곱지 못한 눈길을 한 몸으로 받는 데에는 봉의 거침없는 성품, 임금 앞에서도 못 하는 말이 없고 궂은일은 보아 넘기지를 못하는 성미 때문이었다. 공과 사를 구분하는 분명한 성품 때문에 냉철

한 사람이라 오해도 많이 받았다. 그런 오라버니의 높은 기개와 강직한 성품을 그미는 존경했다. 모든 사람들에게 하나같이 예쁘게 보일 수만은 없을 것이었다. 이도사님이 넌지시 귀띔을 한 것도 그런 점 때문이었으리라.

*

성립이 별당 앞에서 발걸음을 멈춘다. 외삼촌인 송응개와 그미의 오라비 허봉이 합세해서 올린 상소가 단초가 되어 같은 날 같은 시각에 귀양길에 올랐기에, 한마디 위로의 말이라도 전할까 해서 들른 참이다. 늘 조용했지만, 이상한 정적이 감도는 아내의 방문을 성립은 슬그머니 열어보았다.

어둑한 방 안에는 대낮인데도 촛불이 켜져 있고, 물색 옷을 차려입은 그미가 보료방석 위에 반듯하게 정좌하고 앉아 붓을 놀리고 있었다. 연지곤지를 찍어 바른 흔적은 없지만 지분 냄새가 은은하게 풍겨왔다. 인기척을 느꼈음 직한데도 그미는 꼼짝 않고 경탁에 엎드려 붓을 놀리고 있다. 성립이 밭은기침으로 그미의 몰입을 휘저었다.

그미는 천천히 몸을 일으켰다. 예사롭지 않은 서방님의 표정에 신경이 모아진다. 보료에 정좌하고 앉은 성립이 윗목에 서

있는 그미를 어긋한 눈길로 바라본다. 하루 한 끼니도 제대로
먹지 못한다는 여자의 수척함이 이다지 고울 줄이야, 백지장같
이 엷어진 몸피와 푸르게 투명한 목덜미의 때깔이 정녕 이승의
것이 아닌 듯 눈이 부시다. 성립이 고개를 절레절레 흔든다.

"이율곡과 같은 대학자를 모함해서는 안 될 것이요. 대궐에
입궐하기 직전에 갑자기 배앓이가 심해 늦게 간 것이 공연히
피해를 입게 된 모양인데……."

그미는 가만히 듣고 있다. 비록 그 내막을 알고 있기는 해도
오라버니 이야기로 남편과 무슨 말을 섞을 생각은 없다. 성립
이 문득 눈길을 들어 그미를 쳐다본다. 방이 너무 냉해서 단오
가 끓여온 작살차가 금방 식었다. 차를 마시려다가 도로 찻잔
을 내려놓은 성립이 갑자기 웃음기를 걷어낸다. 서안 위로 던
져진 눈길에 일순 형언할 수 없는 동요가 일었다.

"경번이라, 누가 지었소?"

한지에 초서로 단정하게 경번이라 적혀 있다.

"외람스러운 말인 줄 압니다만, 『태평광기』에 나오는 중국
초나라의 번희님을 사모하기에 자호를 경번이라 붙여보았습
니다."

성립이 밥상을 밀쳐내고 그미가 한지로 묶어 시를 쓰는 서
책을 팔랑팔랑 넘긴다. 아직 먹물이 마르지 않은 글귀가 눈에

들어온다.

토닥토닥 분 바르고 큰머리 만지자니 (徐均粉頰整羅鬟)

소상반죽 피눈물의 자국인 듯 고와라 (湘竹臨江淚血斑)

이따금 붓을 쥐고 초생달 그리다 보면 (時把彩毫描却月)

붉은 빗방울이 눈썹에 스치는가 싶네 (只疑紅雨過春山)

성립의 얼굴이 사납게 일그러진다. 귀양 간 오라비로 인해
상심해 있을 그미를 위로차 들렀는데, 경번이라는 그미의 자호
나 '붉은 빗방울'이라는 시어 한마디에 공연히 마음이 삐거덕
댄다. 그미가 채 무슨 말을 하기도 전에 성립이 방문을 벌컥 열
고 나선다. 휘적휘적 걸어가다가 고개를 돌리더니 일갈했다.

"붉은 비라니, 참으로 사위스럽구려. 그래 피눈물이라도 흘
린단 말이요?"

거친 문짝 소리에 잠이 깬 소헌이 자지러지게 울음보를 터
뜨리고, 열린 장지문 사이로 퍼렇게 얼어붙은 하늘이 찬바람
한 짐을 부려놓는다.

오랜 세월 그미는 벽 속에 갇혀 있는 답답함과 숨을 틀어막
는 폐쇄감에 몸부림치며 공허함에, 덧없음에 몸을 떨었다. 그
미는 가슴으로, 머리로 시를 쓰고 읊조렸다. 아이를 안은 채 오

색구름 위를 날고, 강을 건너고 산을 넘어 자유자재로 영혼의 나들이를 한다. 그것은 그미에게 절대의 시간이다. 아무도 그것만은 빼앗을 수가 없다. 그미만의 세상이다.

*

안방마님 송씨가 중대문을 넘는다. 친정에 가서 정양하라는 말을 듣고 며느리 처소로 가는 발걸음이 가볍다. 송씨는 두레네에게 일러 미음 한 그릇을 쑤게 하고 단오에게 들려 별채로 내려갔다.

"문 열어라."

낮잠을 자고 있지 않다면 바깥 기척에 장지문이 열릴 만한 데도 고요했다. 그 한낮의 고요가 송씨의 성깔을 부추긴다. 단오가 기척을 하며 장지문을 열었다.

방 안 풍경이 요지경이다. 송씨는 기함할 듯 놀라 주춤거린다. 벌건 대낮에 병풍을 둘러친 방 안은 토굴 속같이 어두운데, 송씨가 그렇게 금하던 촛불까지 밝혀두고 있질 않나, 게다가 다 죽어가는 줄 알았던 며느리가 머리에 요상한 화관을 쓰고 물색 옷까지 차려입고, 보료방석 위에 나붓이 앉아 붓을 놀리고 있는 것이 아닌가. 방 안에 은은히 스민 지필묵 냄새에 송씨는 어지러운 머리를 가눈다. 무슨 딴 세상에 발을 들인 듯 아득하기까지 하다.

"이런 고얀 것이 있나, 송장이나 다름없던 아랫것들 말도 믿을 것이 못 되는도다. 내 이것을 당장 요절을 내리라."

송씨는 앞뒤 가릴 기분이 아니다. 고약하고 요상한 며느리를 물고라도 내지 않으면 분하고 억울한 심정이 가라앉을 것 같지가 않다.

"너 참으로 해괴하구나. 머리에 쓰고 있는 것이 무엇이더냐? 당장 벗어 던지지 못할까. 분수를 몰라도 유분수지, 집안에 되는 일이 하나도 없는 이 지경에 무엇이 그리 좋아 희희낙락 비단옷에 지필묵까지 희롱거리더란 말이냐?"

그미는 붓을 놓고 몸을 일으킨다. 조금도 서둘거나 당황함이 없는 여일한 몸짓이다. 그미는 머리 위에 쓰고 있던 화관으로 손을 올린다. 벗으려는 게 아니다. 송씨의 거친 손이 채뜨릴지도 몰라 두 손으로 공이고 있다. 담담하다. 시어머니는 이제 무섭다기보다는 오히려 측은하고 가여운 모습으로 다가온다. 육체의 고통도, 어떤 구속이나 압박도, 이제 그미의 영혼을 묶어둘 수는 없다. 그미는 모든 것을 훌훌 털어내버렸다. 현실적인 모든 것들, 허랑한 남편이나 시모의 추상같은 다그침도, 거미줄같이 옥죄어오던 법도나 규범으로부터도 그미는 자유로웠다. 오로지 그것들로부터 자유로워지기 위해서, 혼신의 힘으로 수렁 같은 시간들을 헤쳐왔다.

"미쳐도 단단히 미쳤구나. 대명천지에 부끄럽지도 않더냐? 나는 그 꼴 못 본다. 다시는 내 눈앞에 얼씬거리지 말거라."

세차게 열어젖힌 미닫이 한 짝이, 그렇지 않아도 아귀가 헐거워 틈새가 벌어진 문짝이 나가떨어진다. 송씨는 경탁이며 서책들을 마구 걷어차고 손에 잡히는 대로 찢어발긴다.

"이 요물이 집구석에 재를 뿌리는 게야."

송씨가 치맛바람을 일으키고 나간 후 그미는 벗어 던진 헌 옷처럼 얄팍한 몸피를 바닥에 누인다.

"아씨, 고정하셔요. 이러다가는 정말 건천동에도 못 가시고 몸져누우시겠어요."

단오는 떨어져나간 미닫이 문짝을 들고 틀에 고정시키려 안간힘을 쓰지만 잘 되지 않는다. 한참을 문짝과 씨름하던 단오는 병풍을 펴서 펑 뚫린 미닫이를 막았다. 방 안이 으스름해지고, 불벼락을 맞고 처참하게 뜯어발겨진 화관의 잔해만 방바닥에 널브러져 있다.

안채로 올라간 안방마님 송씨는 내일 날이 밝는 대로 당장 친정에 가라는 엄명을 내린다. 이제는 그런 괴기한 몰골을 하고 있는 며느리가 아들의 앞길을 막는 요물로밖에 보이지 않는다.

어긋난 것들

가마에 오른 그미는 건천동 친정으로 길을 돌렸다. 오매불
망, 한시도 잊은 적이 없는 친정이다. 큰대문을 들어서서 가마
발을 올리자 눈앞이 확 트인다. 캄캄한 오지항아리 속에 갇혔
다가 나온 기분이 이러할까. 남편 성립이 있고, 제 몸에서 태어
난 딸 소헌이 있는 옥인동 집은 꿈속처럼 아득하다.

"여기서 내려주게."

대문 앞에 이르러 그미는 가마에서 내린다. 사랑채 마당 가
두리에 심은 감나무와 오동나무 들이 기와 얹은 담을 따라 나
란히 키를 세웠다. 늘 꿈속에서 보았던 사랑방 쪽마루에 걸린
명주 발과 축담 위에 가지런히 놓였던 검정가죽신 한 짝도 보
이지 않았다. 텅 빈 사랑채, 어쩌자고 이렇게 황량해졌단 말인

가. 고개를 드는데 중대문이 열리고 그림자같이 홀쭉해진 어머니가 비실비실 걸어나온다.

"어머니……."

"이게 누구더냐?"

두 손을 마주잡은 모녀는 누가 먼저랄 것도 없이 소리 없는 울음을 삼켰다. 하루 동안 두 모녀는 마주 앉아 침묵을 끌어안아야 했다. 입을 다물고, 귀를 막고, 눈을 감아 세상을 비켜 가려 하지만 세상이 그들 모녀의 가슴에 무쇠덩이를 삼키라 한다. 쌓이고 쌓인 사연이, 한이 되고 아픔이 되어 입을 봉해버렸던가. 말하는 것도, 먹는 것도, 시들하고 부질없다. 이러다가 사람 잡지, 김씨는 분연히 일어나 앉았다.

"임영으로 가거라. 거기 가서 한여름 보내고, 해산할 즈음이면 내가 내려가마. 해산달이 구월이라 했지."

그미가 손을 내젓는다.

"어머니도 외갓집에 같이 가세요. 어찌 저 혼자 내려갑니까. 동생 올케도 신혼인데, 단출한 식구가 좋지 않을까요."

김씨가 고개를 끄덕인다.

"균이 다음 달에 과거를 보지 않더냐. 그것보다 모녀가 함께 내려가면 아무래도 사람들 눈에 거슬리지 않겠는가 싶어 말이다."

그미는 어머니의 깊은 심중을 헤아렸다. '그렇게 떵떵거리던 허씨 문중도 이제야 망해가는구나. 오래오래 많이도 해먹었지. 남편 앞세우더니 그렇게 거들먹거리던 자식 귀양까지 보내고, 낙향하는 행차가 요란하구나' 하는 소리가 귓전에 와 윙윙거렸다.

임영으로 가는 딸 곁에 신실한 사람을 딸려 보내야 했다. 잠시 난감해하던 김씨가 갑술이하고 머리를 맞대고 의논을 했다. 갑술이의 누이, 동지가 소박을 맞고 친정에 와 있었다. 함실댁이 죽는 순간까지 동지를 부르며 눈을 감지 못하던 딸이었다. 동지는 말이 어눌하다. 홍역을 앓고 난 이후 말을 못 하다가 나이 들면서 겨우 의사소통만 하게 되었는데, 그나마 시집이라고 갔지만 밤이나 낮이나 서방이라는 작자한테 두들겨 맞다가 기어이 도망쳐 나왔다. 그런데 갑술이가 장가든 후 동지의 거취가 아무래도 난감해져 있었다.

"착하니까, 동지를 딸려 보내면 어떨꼬. 그래도 한식구처럼 지내던 아이들이니, 낯가림도 안 할 테고."

안방마님 김씨의 말에 갑술이 황감하고 고마워 깊숙이 허리를 접었다.

"마님, 이 은혜를 어찌 갚아드릴지…… 동지가 제대로 아씨를 모시기나 할지, 오히려 짐이나 되지 않을지 염려가 됩니다만, 심성 하나만은 마님도 아시지 않습니까."

그미도 동지를 데려가면 마음이 든든할 것 같았다.

임영으로 떠나는 날, 조랑말 끌고 가는 마부가 한 사람, 교꾼 네 사람에 동지까지 그미에게 딸린 식구가 여섯, 모두 일곱이 다. 단출한 행보가 아니다. 김씨가 며칠을 두고 준비한 음식들을 조랑말 등에 실었다. 찰밥 한 말에 말린 북어무침과 겨울 동치미를 된장에 넣어둔 짠지무침, 입이 짧은 딸을 위해 대구포와 바싹 말린 굴비를 잘게 찢어 삼베보에 싸서 가마 안에 넣었고, 가마꾼들이 마실 단물은 말고삐 끄는 늙은이가 들었다. 가마 뒤를 졸졸 따라가는 동지는 한 손에는 제 옷보따리, 한 손에는 갈아 신을 짚신을 들었다. 가마 안에도 몸피 가벼운 그미보다 짐이 더 많다. 무게가 안 나가는 옷 몇 벌, 어머니가 요긴하게 쓰라고 넣어준 웅담하고 산삼 한 뿌리는 품에 고이 간직했다. 새 옷으로 갈아입은 동지는 새벽부터 동동거렸다. 한양을 벗어나면서부터, 사람들의 눈길이 한적한 곳에 이르면 그미는 가마에서 내려서 걸었다. 들바람에 가슴을 쓸어내리며 다리 아픈 줄도 몰랐다.

가마꾼들은 넉넉하고 후덕한 안방마님 김씨에게서 두둑하게 뭉칫돈을 챙긴 탓인지 발걸음이 가벼웠다. 바삭하게 마른 그미의 몸피가 무게감이 없는 탓이기도 할 것이다. 가다가 쉬고, 가다가 쉬면서 그렇게 나흘 밤을 길에서 보냈다. 대관령 고갯마루에 오르자 교군들의 숨결이 가빠왔다.

"동지야, 멈추라 일러라. 내 걷고 싶구나."

출렁, 가마가 멈추었다. 가마꾼들도 가파른 오르막길에 쉬어 가려던 참이었다.

가마 밖으로 한 발을 내딛자, 구름 위에 선 듯 세상이 가뿐하다. 동서남북이 활짝 트인다. 산바람 한 줄기가 구멍 뚫린 그미의 가슴속을 휘익 쓸어내린다. 산지사방으로 하늘과 구름과 산이다. 그것만으로도 살 것 같다. 가죽 당혜를 벗어버리고 짚신을 바꾸어 신자 날아갈 것 같다. 꽃신이 무겁고 버거웠던 것은 그만큼의 값어치가 지니는 무게감인지도 모른다. 그것이 바로 지체와 신분이 가지는 올가미라고, 오라버니는 늘 말하였다.

"사람들은 저마다의 올가미를 목에 걸고 살거니, 불자들이 말하더구나. 업보라고 말이다."

한때 오라버니 허봉은 불교에 빠져 불경과 승려들을 가까이 했다. 어느 날 오라버니가 건천동 집 앞을 지나가던 한 승려를 데리고 안마당으로 들어섰다. 스님은 대청 난간에 걸터앉아 미숫가루 한 대접을 마시고 곧장 일어섰다. 오라버니가 아무

237

리 마루로 오르라 간청하였지만 스님은 고개를 내둘렀다. 그리고 입 안에서 헛김 빠지는 것 같은 한숨을 내쉬며 혼잣말하듯 중얼거렸다.

"결박하는 것도 남이 결박하는 것이 아니고, 결박을 푸는 것도 남이 푸는 것이 아니라. 풀거나 결박하는 것이 남이 아니므로 모름지기 스스로 깨달아야 하느니. 얻고 잃음과 옳고 그름을 한꺼번에 놓아버리면, 놓아버릴 것이 없는 데까지 이르고, 놓아버릴 것이 없는 그것까지도 다시 놓아버려야 하는데……"

그러고는 스님은 홀연히 일어나 대문을 향해 걸어나갔다. 허봉이 달려가 스님의 장삼 자락을 붙잡았다.

"무슨 말씀인지, 귀청이 막혀 스님의 귀한 말씀을 알아듣지 못하겠습니다."

스님은 잠시 발걸음을 멈추더니 먼 눈길을 끌어당겨 허봉을 지그시 바라보았다. 그러고는 다시금 고개를 절레절레 흔들었다.

"강가에 있는 모래는 자라나 거북, 소나 염소가 짓밟고 괴롭혀도 개의치 않고 성내지도 않으며 나를 괴롭힌다는 생각도 않소. 강가의 모래는 땅을 떠나지 않으며 불이 대지를 태울지라도 대지는 달라지지 않음과 같지요. 모래는 물을 따라 흐르고 물을 거슬러 흐르지 않는답니다."

초당 허엽이 세상을 떠난 이후 안방마님 김씨는 장례에 온 그미에게 말했었다.

"그때 스님의 말씀을 이제야 알겠구나. 너희 아버님은 수만 가닥의 올가미를 목에 걸고 사셨지. 당신 스스로를 결박하고, 주변의 사람들까지도 한동아리로 묶어서 결박해놓고 가신 게지."

결박은 아버지 초당 허엽을 거쳐 이제 오라버니의 목에까지 친친 감겨 유배지로 내몰았다. 내가 신고 있는 가죽 당혜도 내 목에 걸린 올가미인지도 모르겠구나…… 중얼거리는 그미의 말간 이마의 잔머리털이 바람에 실려 흔들린다. 그날 이후, '강가의 모래처럼'이라는 그 말이 무슨 암시라도 되는 듯 그미의 가슴 한복판에 멍에처럼 박혔다. 아무리 짓밟혀도 아프다는 말 한마디 없이 성도 안 내고 물길 따라 밀려가고 밀려오는 모래알들. 그 말이 가지는 비유가 하루도 평안한 날 없이 볶아치는 그미의 일상을 담담하게 엮어가도록 했다. 도저히 견뎌내기 힘든 일이 닥칠 때마다 그미는 '나는 강가의 모래알이지' 하고 속으로 부르짖고는 했다.

빈 가마가 앞장을 서고, 그 뒤로 동지가, 맨 뒤로는 그미가 따랐다. 염려한 것만큼 몸이 쇠약한 것은 아니었던지 내딛는 발걸음에 힘이 실렸다. 너무나 오랫동안 방 안에만 갇혀 지냈으니 처음에는 종아리가 후들거렸지만, 이내 발 빠르고 정확한 걸음으로 되살아났다. 어릴 때부터 이슬밭을 밟으며 힘을 키워온 종아리가 아니던가.

밤낮을 걷고 쉬고 하면서 나흘 만에 대관령 고갯마루에 다다랐다. 길고 고단한 여정이다. 객사에서 마지막 밤을 보냈다. 저물녘 먼 산 너머에서 소금기 묻은 바람이 불어온다. 바람은 없고 하늘은 쾌청하다. 그렇게 길을 재촉해왔지만 피로하기는커녕 마음도 몸도 두둥실 날아갈 것만 같다. 비리비리 못 먹던 입맛도 임영에 도착하는 날부터 수저를 들었다. 낭창하고 여린 몸매 탓인지 누구도 그미가 임신 다섯 달인 줄 눈치 못 채었다. 그러나 외할머니만은 도착하는 날, 가는 눈매에 웃음기를 싣고 해산달이 언제냐고 물었다.

*

그렇게 그리던 임영의 외갓집, 외할머니를 보니 마음도 몸도 풀어진다. 칠순이 가까운 외할머니는 그미를 위해 쌀가루에 쑥을 버무려 떡을 찌고, 늙은 호박에 꿀과 대추를 넣어 중탕한 단물을 아침저녁으로 마시게 했다.

"아들을 낳아야지."

외할머니는 머슴을 갯가에 보내 생선과 미역을 사들였다.

그미는 툇마루에 돗자리를 깔고 드러누웠다. 매미 소리가 한창이다. 열어둔 장지문으로 사랑채 일각문에서 잘린 파란 하늘이 걸려 있는 게 보이고, 솔잎이 바람에 서걱대는 소리가 생생하게 들린다. 늘 몽환 속에서 환청처럼 듣던 그리운 소리다. 한시도 잊은 적이 있던가. 대소가들의 번잡한 출입이 이제는 느슨해졌다. 그미는 모처럼 혼자만의 편안한 시간을 누린다. 하지가 밀어올린 햇볕이 마당 가운데 짙은 그늘을 드리우고, 담 밖에 어우러진 소나무와 감나무 잎들은 물감을 먹인 듯 검푸르게 번들거린다.

동생 균이 태어나던 여섯 살쯤까지 그미는 임영에서 살았다. 어린 시절을 임영에서 보낸 그미의 감성은 푸른 바다, 솔바람 소리, 성난 파도 소리, 희디흰 모래톱에서 노니는 갈매기의 꿈으로 어룽져 있었다. 그미는 도착한 이튿날부터 장옷을 뒤집어쓰고 소나무 밭을 거닐었다.

"누가 볼라. 각별히 조심해야 하느니."

외할머니가 사람들의 눈이 무섭다며 염려했지만, 워낙 인가는 멀고 사람들의 내왕이 드문 외진 곳이라 발길이 가벼웠다. 바닷가에 나가 모래사장을 거닐어보고 싶은 마음을 제어

할 수가 없었다. 모래처럼 살라던 스님의 말이 떠올라 그 모래를 맨발로 밟아보고 싶었다. 불가하다고 외할머니가 고개를 흔들었다.

"안 될 말이지. 너희 시댁에서 알기라도 하면 어쩌려고."

눈에 넣어도 안 아픈 외손녀지만 시댁인 안동 김씨들의 입이 무서워 선뜻 허락할 수가 없다. 하지만 얼음 모자를 쓰고 살아온 날들, 그 규제와 억제된 삶의 한 모서리를 허무는 데는 그리 긴 시간이 걸리지 않았다.

그미는 동지를 앞세우고 대문을 나섰다. 할머니는 손녀에게 먹이려고 백숙을 끓이느라 누가 대문 밖으로 나가는지 알지 못했다. 대문 앞에 백일홍이 한창이었다. 손바닥으로 백일홍 나뭇가지를 만져보았다. 아기의 맨살처럼 매끄럽다. 원숭이도 떨어지는 나무라고 했다. 껍질이 없어 미끄러운 거야, 어린 날 들은 이야기였다. 백일홍은 맨살이다. 그래서 꽃 색깔이 저다지 진분홍인가. 있는 그대로 발가벗고 서 있는 나무…… 그미의 눈가에 눈물이 핑그르르 어린다. 겹겹이 감추고, 숨기고, 억압하고, 그것만으로도 부족해서 순수한 본성까지도 작은 틀속에 가두려는 제도와 인습이 문득 진저리쳐진다. 내 어찌 이땅에 아녀자로 태어나 이 작은 틀 속에 갇힌 신세가 되었던고. 죽어 다시 태어나면 저 너른 중원천지를 말 타고 달리는 남정네로 태어나리라.

"아, 아씨, 들어가셔요. 누가 보면 어쩌려고요."

동지는 걱정이 많다.

그미는 꽁꽁 묶였던 오랏줄에서 풀려난 듯 큰 숨을 쉬었다. 생각은 늘 오랏줄이 되어 그미를 결박한다. 옥인동 시댁에서의 삶이 그러했다. 아무것도 바랄 것 없는 나날들이었다. 세상에 두려운 것, 가지고 싶은 것, 먹고 싶은 것, 소망하는 것, 어느 한 가지도 그미의 마음을 정착시키지 못했다. 무채색의 세상은 덧없고 아프기만 했다. 예쁜 비단옷이나 보석도 그미의 마음을 채워주지 못했다. 마음을 가득 채워주는 것이 어찌 광에 가득한 나락이며 궤 가득 담겨져 있는 은전이며 보옥이랴. 덧없고 부질없는 허욕은 그나마 죽으면 그만 아닌가. 어린 시절부터 그미에게 귀중하고 아까운 것은 사람의 곱고 따스한 마음이었다. 정성, 그 마음이 인정받지 못하고 상처받으면 아프고 고통스러웠다.

"아씨, 저, 저기 보세요. 대나무가 넘, 넘어지고 있어요."

말 더듬는 동지가 호들갑을 떨었다. 대나무를 잘라내는 건가. 며칠 전 외할머니께서 무심히 말했었다.

"자승자박이려니. 얽히고설키며 더는 어쩌지 못하는 저 대나무 꼴을 볼 수가 없구나."

언뜻 무슨 말인지 알지 못해 가만히 있는 그미에게 외할머니가 설명을 덧붙였다.

"피골이 상접한 네 모습이 저 대나무 꼴이라, 무어라도 달게 먹고 건강을 회복해야 한다. 객사한 너희 아버지나, 귀양 간 네 오라비 걱정일랑 이제 접어두려무나. 제각각의 팔자대로 사는 게야. 집착을 버리면 세상이 밝아지고 근심 걱정이 덜어질 게야."

그미는 고개를 흔들었다.

"할머니, 마음속에 뒤엉켜 있는 원망이나 고까움이 잘 풀어지지가 않아요. 할머니의 시집살이도 쉽지만은 않으셨다지요. 어떻게 참으셨어요."

외할머니의 가느다란 눈에 설핏 물기가 어렸다. 아들이 없어 양자를 들였다. 그 세월 속에서 많이 울었고 많이 아팠었다.

"말하면 뭐 하니. 모두 팔자소관대로 사는 것을……."

말없이 눈물을 찍어내는 할머니가 그미의 손을 잡았다.

"그 사무침이 바로 애착이니라. 본디 네 심성이 옥같이 맑고 깨끗하지 않더냐."

그미의 고개가 설레설레 흔들렸다.

"그렇다면 할머니, 배불리 먹고 달게 자라, 하심도 삶의 애착이며 집착이잖아요."

"아니지, 그건 아니다."

운을 떼어놓는 외할머니가 잔기침을 꿀꺽 삼키었다. 무언가
긴한 이야기를 하겠다는 의중이 은연중 비친다. 고희를 넘긴
할머니의 머리카락은 백설이 분분하고, 단아한 몸피는 더 왜
소해져 한 손에 잡힐 듯한데, 아니라고 단정하는 어투는 단호
하다.

"사람의 목숨이 하늘에 있거늘, 목숨이 붙어 있는 그날까지
는 마음도 몸도 건강하게 다스리는 것이 옳은 일이라 생각하
느니. 젊은 것이 먹지 아니하고 자리보전하고 누워 있으면 그
청승이 부모에게 화를 주는 것이요, 조상을 욕되게 하는 것이
라, 먹기 싫어도 먹고 기운을 차리는 것이 사람의 도리가 아니
겠느냐."

그미는 수저를 들었다. 할머니가 정성껏 고아 온 닭죽이다.
입맛이 당기지 않았지만, 수저를 내려놓을 수 없었다. 할머니
는 아침부터 씨암탉을 잡아 가마솥에 인삼과 당귀와 대추를
넣고 삶았다. 다 삶은 닭을 건져내고 찹쌀과 밤을 넣어 끓인 닭
죽은 먹음 직 했다. 하지만 그미는 차마 그 닭죽을 달게 먹을
염치가 없었다.

'서슬 푸른 네 치맛자락이 남정네 앞길을 막는구나. 내일모

245

레 과거에 임해야 할 낭군을 밤마다 불러들이는 그 방자한 암 내를 어찌 할꼬.' 시어머니 송씨의 환청이 귓가에 와 스멀거리 면 자다가도 벌떡 몸을 솟구치며 귀를 틀어막는 그미의 가위 눌림은 이제 습관처럼 돼버렸다. 두 손으로 두 귀를 막고 그 자 리에 쪼그리고 앉아버리는 그미의 곁에 동지가 그림자처럼 따 라 앉는다. '요물이로다. 내 집에 운기가 쇠락해, 저런 것이 들 어왔지. 계집의 기가 하늘에 뻗쳤으니 어찌 한 지붕 아래 사는 남정네의 앞길이 창창 열리기를 바란단 말인가.' 어떤 꾸짖음 보다도, 어떤 지청구보다도 남자의 기를 꺾어 과거급제가 지 연되는 사유를 그미에게 덮씌우려는 것만은 억울하고 서러웠 다. 세상의 어느 아낙이 남편의 과거급제에 방해물이 되기를 바랄까. 그런 말을 들을 때마다 그미는 세상의 뒷전으로 구름 처럼 사라져버리고 싶었다.

어느 날은 불시에 구름을 타고 날아가는 꿈을 꾸기도 했다. 죽고 사는 것도 한결같고 얻고 잃음도 매한가지라는, 고요함 과 무위를 아우르는 정신세계에 그미는 깊이 침잠했다. 때때 로 몽환적인 공상에 빠지기도 했고, 학이 되어 구름마차를 타 고 하늘로 나르는 환상에 자신을 싣곤 했다. 나른한 낮잠에 몸 도 마음도 내려놓으면, 거기 다른 신선의 세상이 그미를 데리 고 간다.

눈부시게 흰 선녀 옷을 입은 그미는 사두마차를 타고 어딘가 흘러간다. 그것이 구름임을 깨닫는 순간, 저릿한 황홀감이 전신을 누빈다. 강을 건너고 산을 넘어 날아간다. 혼자가 아니다. 저만치 백마 타고 달려오는 남정네는 시인 두목지인가 했더니 어느 순간 이도사님으로 보이더니, 다음 순간 화관을 손에 들고 달려오는 사람은 최순치 그 사람이 아니던가.

최순치라니, 그미는 세차게 고개를 흔든다. 그 이름을 떠올리다니, 꿈이라 해도 망발이었다. 무겁게 내리누르는 눈꺼풀 저편에 구름이 흘러, 어느새 그미는 구름 위를 걸어간다. 바람이 옷깃을 날리고, 선연한 노을빛에 온 세상이 꽃밭이다. 동편에는 붉은 해가, 서편에는 노을빛 옷자락이, 먼 능선머리에는 백마 탄 기사가 달려오고 있다. 천년 세월 아쉬워 안타까이 기다리던 사람. 흘러간다. 흘러갔다. 몸은 무거워 한없는 수렁 속으로 빠져드는데 마음은 깃털보다 가벼웠다. 건천동 친정도, 옥인동 시댁도 마음먹기에 따라 하루에 몇십 번이나 드나들었다. 꿈이나 상상만의 것이 아니었다. 수정처럼 투명해진 그미의 의식은 모든 사물을 아낌없이 투사하고 투시하며 자유롭게 넘나든다. 완강하게 닫혀 있던 미닫이와 높고 높은 돌담을 벗어나 세상 밖으로 훌훌 떨치고 달아난다. 뼈가 으스러지는 듯한 굴욕과 모멸에 '내가 살아낼 수 있을까, 이 배 속에 든 아이를 온전하게 받아낼 수 있을 것인가' 하는 의구심과 불안이 이따금씩 그미를 담금질했지만 아프지 않다. 시가 있고, 천상에서 노니는 영혼이 있어 친정의 불운도, 어린 소헌을 두고 온 것도 견딜 만하지 않은가.

사람다운 삶, 빛나는 문장, 그리움, 그 모든 것들을 가슴 안에 보듬고 살았다. 그것 없이는 살지 못했다. 먹지 않아도 배고프지 아니하고, 욕을 먹어도, 눈흘김을 당해도, 시어머니 송씨의 모멸적인 언사도 그미에게는 한낱 덧없는 흐름으로 스쳐 지나갈 뿐이었다. 눈만 감으면 현실적인 존재감은 속절없이 무화되고, 선연하게 눈앞에 떠오르는 선경과 마주했다.

"아씨, 아씨……."

아, 동지의 목소리가 아니다. 저건 단오의 목쉰 소리가 아닌가.

"죽 한 술 뜨셔요. 내일이면 저 시집갑니다."

맥없이 늘어졌던 그미의 고개가 천천히 쳐들리고, 물기 젖은 눈가에 한 줄기 미소가 번진다.

"단오야, 네가 가고 나면 어찌할까. 하지만 가야지. 가서 부디 잘 살아야 하느니."

족두리에 연지곤지 찍어 바른 단오의 갸름한 얼굴이 그미의 무릎에 안겨온다.

"아니오, 시집 안 갈랍니다. 죽어서도 살아서도 아씨 곁에 있을 겁니다."

그미는 소스라쳐 눈을 떴다. 꿈이었다.

옥인동 시댁을 나설 때 따라 나서겠다는 단오를 시어머니가 극구 막아섰다. 안타까운 마음으로 배웅하던 단오의 절절한 눈빛…… 단오에게 무슨 일이 있는가.

그미가 임영에 내려온 사이, 단오는 시어머니 성화에 못 이겨 내쫓기다시피 시집보내졌다는 것을, 그미는 한참 후에야 알았다.

하지 (夏至)의 너울

명주 발 너머, 나직이 드리운 하늘은 부옇게 흐렸다. 오전 내
내 땡볕에 달궈진 사랑채 기와마루에 열기가 피어오르고, 오
동나무 등걸에 납작하니 달라붙은 매미가 피를 토하듯 울어댄
다. 툇마루에 앉아 부채질을 하던 그미의 눈앞에 건천동 친정
집 뒤뜰이 자박자박 걸어온다.

대나무 평상 위에 깊숙이 드리워진 감나무 그늘은 녹색 차
막 같았다. 갑술이와 깽깽이 놀음을 하다가 지겨워진 동생 균
이 평상에 오르면 그미가 읽고 있는『수호전』을 뺏어 서로 먼
저 읽으려고 바장이던 시간들은 너무 멀리 흘러가버렸다.

"누님, 언젠가는 나도 이야기책을 쓸 거야."

균의 말에 초희는 책을 치마 아래 감추고는 쫑알거렸다.

"그래서 지금 꼭 내가 읽고 있는 『수호전』을 먼저 읽어야겠 단 거야?"

열두 살 누이와 여섯 살 아우가 아우르던 기간의 무늬들이 다. 화문석 깐 사랑채 마루, 서안을 가운데 두고 균과 마주 앉 아 텅 빈 집 안의 정적을 깊은 숨으로 갈무리하던 정경…… 자 줏빛 오간지 댕기를 물려 땋은 댕기머리가 남빛 치마와 겨자 빛 저고리 입은 가냘픈 등을 가로질러 낭창하니 흐르고, 치맛 자락 아래로 살짝 버성긴 날렵한 누이의 버선코가 뭉실한 동 생의 버선코와 대비되어, 서로를 보며 깔깔거렸던 그 낭자한 웃음소리. 어머니 김씨는 다른 일을 하면서도 남매의 소곤거 리는 말소리에 귀 기울이곤 했다. 감나무 평상이 있는 뒤뜰에 는 어머니의 시간 때움질인 염색을 위한 도구들이 널려 있었 다. 집 안에 있는 놋대야들은 모조리 한곳에 모아졌고, 대접보 다 큰 사기 자배기에 오지항아리 뚜껑이 즐비하다.

치자를 두 쪽으로 갈라 사기로 된 커다란 수반에 대고 조물 조물 문지르면 놀랍도록 샛노란 물감이 방울방울 떨어진다. 물의 양에 따라 진하거나 연하게 색의 농도가 달라진다. 명주 의 끝자락을 대야에 담그고 지그시 눌러주면 어머니의 희고 도톰한 손바닥도 노랗게 물들었다. 쪼그리고 앉아 구경만 하 던 초희가 손을 내밀면, 어머니 김씨는 살갑게 뿌리치곤 했다.

"아서, 연한 손에 물들면 흉하니라."

어머니 김씨는 부리는 아랫사람들한테도 물색 옷에 인색하지 않았다. 쪽나무 잎을 따서 가마솥에 끓인 물에 넣어 삶아내면 깨끗하고 진한 청색 물감이 우러났다. 색이 날아가지 않도록 하기 위해 어머니는 특별한 비법을 썼다. 견공장이라는 염색 방에 사람을 보내어 어렵게 알아낸 기술이었다. 귤껍질을 장작불에 구워, 식기 전에 재로 덮어 며칠씩 놓아두었다가 그것을 가는 체로 내려 물들일 때 넣고 삶아주는 것이 비법이라 했다. 그러면 옷감이 낡아질 때까지 선명한 색깔을 지닌다고 했다. 가을이면 감으로 물감을 얻었고, 고운 황토를 가지고도 물감을 일궈내어, 사시사철 흰옷 빨래에 넌더리를 내는 여자들의 품을 덜어주곤 했다.

시집가기 전날에도, 그미는 저녁상을 물린 후 동생 균과 뒤뜰 감나무 아래 평상에 앉아 이야기를 나눴다. 구월 열이틀, 만월이 차기에는 조금 모자라는 달이 그나마 구름에 가려 반쪽의 반쪽만 떠 있었다. 바람 끝이 서늘했다. 참으로 오랜만에 마주하는 남매였다. 문득 균이 누님, 하고 불렀다.

"제가 시 한 수를 읊어볼게요."

균의 해맑은 입술에서 한 줄기 시가 흘러나왔다.

한 줄기 싸늘한 물 맑고도 깊숙해

산 돌고 들 뚫어 한가로이 흐르네

출렁출렁 스스로 가야 할 곳 알아

예로부터 지금까지 가고 멈출 줄 모르네

"영허 스님의 글인데, 언문으로 돼 있어 아녀자들에게도 널리 알려진 모양이에요. 막힌 산이면 둘러가고 뚫린 들이면 바로 질러가는 것이 물의 속성이라는 이 대목이 마음을 잡아당겨요. 어느 곳을 흘러가더라도 궁극에는 바다를 근본으로 삼는 것이 흐름의 속성이라 하지 않아요."

그미는 겨우 아홉 살인 균이 단숨에 풀어내는 시의 깊은 뜻에 감동했다.

"그럼, 모든 것이 흐르지 않고 고여 있다면 어떻게 될까. 물도 세월도 사람도 흐르지. 하지만 그 흐름의 시작도 끝도 알 수 없어. 다만 거스르지 않는 흐름에 대한 동생의 해석은 아주 독보적이야."

균의 지나치게 조숙한 망기(忘機)의 정취가 예사롭지 않게 느껴졌다. 그미는 덧붙여 말했다.

"사람이 사람을 길들이기 위한 제도, 생이불유(生而不有)의 큰 뜻을 거스르는 일이 분명하다고, 낳되 낳은 결과를 내가 소유하지 아니한다고, 이도사님이 늘 말씀하셨어. 생은 끊임없는 생성의 과정이기에, 그 긴 노정 속에서 누군가에게 소유되는 순간, 생 그 자체가 멈추게 되는 것이라고. 그건 이미 생이 아니라 죽음이라고 하셨어. 조선의 아낙들을 두고 하신 말씀 아닐까."

그미의 얼굴을 보며 균이 말했다.

"누님, 너무 많이 생각하면 세상의 모든 이치가 곤두박질친답니다. 주어진 대로 받아들이고, 시키는 대로 따르는 것이 지혜로운 생이 아닐까 싶어요. 물처럼 거스르지 않고 흘러가면, 바다에 이른다지 않아요."

"바다에 이르면, 그곳이 영생불멸하는 근원이라 함인가, 나는 모르겠네."

건천동 집 후원에 앉아 동생 균과 나누었던 말들이 새삼 생생한 기억으로 떠올라 코끝이 짠하다.

*

"아, 아씨, 손님 오셨습니다요. 어, 얼른 나가보셔요."

동지가 손짓발짓해가며 누가 왔노라고 수선을 피웠다. 그미는 분연히 일어나 입고 있던 안동포 적삼을 벗어내고 모시 치마저고리로 갈아입는다. 겨자색으로 물들인 노르스름한 치마에 하얀 적삼이 삽삽하다. 희고 투명한 속살이 얼비치는 적삼이 아무래도 너무 비치는 것 같아 그미는 다시 모시 적삼을 벗어내고 모시 깨끼저고리로 갈아입는다. 거울이 보고 싶으나 거울이 없다. 거울을 보려면 거울이 있는 외숙모님 방까지 올라가야 하는데 내키지 않았다.

시집오기 전까지 그미는 거울을 좋아했다. 오라버니 허봉이 수신사로 일본에 갈 때 무얼 사다 줄까 물어보자, 그미는 거울이라 했다. 어머니 김씨가 쓰던 구리거울도 물려받았다. 아주 어릴 때부터 그미는 거울 속의 얼굴과 말을 나누었다. 거울은 그미에게 있어 사유의 우물이었고 기다림의 자화상이기도 했다. 그런 거울을 놓고 산 지 몇 년이던가. 나를 버리고, 나를 팽개치고, 나를 숨기고, 나를 가두고 살아온 세월이었다. 촉촉이 물기를 머금었던 뺨은 거칠어졌고, 검푸르던 삼단 같은 머리채도 솎아낸 상추밭처럼 성글었다. 모든 것이 시들하고 덧없었다. 얼굴에 지분은 물론이고 녹두비누로 세수 한번 제대로 하지 않았다. 아침에 일어나 차가운 맹물로 이맛전을 훔치는 것으로 스물세 살, 푸른 세월을 접어두고 살지 않았던가. 머리에 동백기름을 발라 가다듬고 그미는 일어선다. 내 모양이 영락없는 촌부로다, 치마 끝자락을 오른쪽으로 모아잡고 댓돌을 내려서면서 그미는 혼잣말하듯 중얼거린다.

아까부터 방문 앞에 서서 아씨를 지켜보고 서 있던 동지가 고개를 흔들었다.

"아씨, 누, 눈이 부셔요."

동지가 한 손을 이마 위에 얹은 채 멍하니 해바라기를 했다. 하지의 해가 중천에서 자글자글 피어오른다.

그미는 사랑채로 나가려던 발길을 돌려 안채로 들어간다. 대나무 평상에 마늘을 부어놓고 고르던 할머니가 반색하고 일어났다.

"네 어미도 모시옷이 잘 어울렸느니라. 알맞은 몸피를 하고 있어 옷맵시는 아무도 따르지 못했었지."

알맞은 몸피라고 했지만 어머니를 닮아 낭창한 키도 시어머니는 "아녀자가 너무 거하면 좋을 것이 없느니" 하며 못마땅해했다. 그미의 하나서부터 열까지 송씨의 눈에는 가시가 되어 찌르는 모양이었다. 그미는 불시에 두 손으로 귓부리를 감쌌다.

부엌에서 밀가루 반죽을 하고 있던 외숙모가 고개를 내밀고 내다보았다. 그제야 그미는 두 손을 내리고 만삭의 몸으로 뒤뚱거리는 외숙모에게 다가갔다. 동지가 거들고, 부리는 아랫것들이 있는데도 외숙모는 앉아서 밥상을 받지 않는다. 끼니때마다 부엌에 나가서 손수 채비를 해야 직성이 풀리는 깔끔한 성미여서, 아무리 말려도 낮잠 한번 곤히 자는 걸 보지 못했다.

"외숙모님, 이리 더운데 무얼 하시는지요."

외숙모가 밀가루 묻은 손을 털고 나왔다. 동지가 부엌으로 달려간다.

"아이고, 마님. 쇤네가 한다고 그랬는데 그새를 못 참으시고 바지런을 떠십니다요. 오늘 점심은 햇감자 수제비를 쇤네가 맛나게 끓이겠습니다요."

외숙모가 우물에 가서 손 씻는 걸 보고서야 할머니가 나직이 그미에게 일렀다.

"원주에서 손님이 오신 모양이야. 혼자가 아니시더라. 부인네하고 함께 오셨더구나."

"네, 할머니. 사랑에도 점심상 내주세요. 전 나가보렵니다."

그미가 사랑채 샛문을 열고 들어서자 쪽마루에 앉아 있던 여자가 소스라쳐 몸을 일으켰고, 저만치 마당가를 서성이던 최순치가 갓끈을 매만지며 한 발짝 다가섰다. 만감이 어렸으나 그미는 나직이 고개를 숙여 보이는 것으로 반가움을 덜어낸다. 동행한 여인네가 달려와 두 손을 잡는다.

"난설헌 아씨를 여기서 뵐 줄이야, 수연이라 합니다."

"방으로 오르시지 않고…… 어서 드시지요."

먼저 방으로 올라간 그미는 안채로 향해 난 쪽문을 열어 통풍을 하고, 아랫목에 깔아둔 왕골 돗자리 말고 윗목에 세워둔 화문석 두 장을 겹쳐 편다. 최순치는 저만치 서 있고, 같이 온 여인만 먼저 방 안으로 올라 그미가 정좌하자 나붓이 절을 올린다.

"난설헌 아씨, 인사드립니다."

절을 하고 일어서던 여인이 무릎걸음으로 다가와 그미의 치마폭에 고개를 묻는다.

"아씨, 실례가 되는 줄 알면서도 염치불구하고 달려온 것을 용서하세요."

그미는 여인의 어깨를 부축해 일으키며 손을 잡았다.

수연이라 했던가, 오라버니를 사모하여 스스로 기적에 올랐다는 말을 들었다. 어느 벼슬아치 첩실의 소생이었던 수연은 한강 뱃놀이를 나갔다가 우연히 봉의 모습을 보았다. 그녀는 자신의 신분이 한 남자에게 정착할 운명이 아니기에 망설임 없이 기적에 몸을 던졌다. 하나 수연은 마음의 낭군인 허봉 이외의 남정네를 받아들이지 아니하였다.

"잘 오셨습니다."

대나무 발 밖에 있던 최순치가 두 손 마주 잡은 채 고개를 숙여 인사를 한다.

"경황 중에 사람까지 대동하고 온 사람을 너무 탓하지 마세요."

그미는 일어나 손수 대나무 발을 걷어올린다.

최순치의 의관이 깔끔했다. 늘 기우듬히 일그러진 갓에 때 묻은 도포를 입고 다니던 사람이 안동포 고의적삼에 모시 두루마기를 단정하게 입었고, 반듯한 갓까지 차려입은 풍채는 생기가 있었다. 스스로 자신을 비하시키며 애써 질박한 행색으로 스스로를 가둔 이전의 모습이 아니다. 최순치를 바라보는 그미의 눈가에 한 오라기 시름이 설핏 엉긴다. 하지만 그런 감정을 엿보여서는 아니 될 말이었다. 그미는 고개 드는 야윈 감정의 오라기를 깊숙이 갈무리한다.

"이리들 오르세요. 햇볕이 따가운데요."

옥색 모시 치마에 분홍 모시 적삼을 받쳐입은 수연은 곱다. 스물네 살, 앳되고 고운 맵시, 속쌍꺼풀 진 고운 눈매에 희고 고른 치아, 맑은 육색이다. 그미는 불시에 콧등이 시려온다. 갑산 오지에 갇혀 있는 오라버니 생각에 오롯이 목이 메인다.

"수연이라, 그런데 어찌하여 최 선비님과 동행할 생각을 했을꼬?"

수연이 살짝 웃는다.

"소첩이 최 선비님께 매달렸습니다. 진작부터 난설헌 아씨를 한번 뵙고 싶었지만, 감히 아씨의 시댁에는 기웃거릴 엄두를 못 내고, 임영에 내려와 계시다는 말씀을 듣고선, 이때라 생각되어 떼를 썼습니다. 한 번만 뵈면 죽어도 여한이 없겠다고 매달렸더니, 못 이기는 체 들어주셨습니다."

두 여인의 말이 어우러지는 걸 본 최순치가 그제야 건넌방으로 들어와 좌정했다. 방과 방이 겹쳐지는 가운데 장지문 두 짝이 활짝 열렸다. 남녀가 유별한 시대였다. 문지방 한 칸 너머지만, 그 하나의 경계가 큰 의미를 지녔다.

수연이 말을 이었다.

"소첩이 더 떼를 쓰고 있답니다. 하곡 서방님이 가 계시는 갑산으로 데려다 달라고요. 그런데 최 선비님이 막무가내로 불가하다고 말도 못 꺼내게 하질 않습니까. 아씨께서 각별히 간청해주시면 최 선비님도 몰라라 하지 않을 것이기에……."

첩첩산중 어느 바위머리에 기대앉아 하늘바라기를 하는 오라버니의 모습이 눈앞에 어른거린다.

"그 먼 곳에 어찌 가려고……."

그미의 고개가 흔들린다.

최순치가 입을 연다.

"아니 됩니다. 가기도 힘들 뿐 아니라, 사람들의 눈도 있고, 머지않아 귀양이 풀릴 텐데 지그시 기다리는 것이 그분을 위하는 길이라는 생각입니다."

잠시 뜸을 들인 후 최순치가 말을 잇는다.

"이조판서에 오른 이율곡 대감이 아량을 베풀라고 간언을 드렸으나 무산되었고, 예조판서가 된 유성룡이 또 한 차례 사면을 간했지만 역시 아직은 불가라 했답니다. 마지막 희망은 영의정 노수신 대감이 하곡을 위해 백방으로 정성을 기울이고 있어요. 머지않아 유배에서 풀려날 것으로 생각됩니다."

그미의 얼굴에 화기가 돈다. 수연은 실망의 빛이 역력하다.

"죽은 사람 소원도 풀어준다는데, 우리 서방님 귀양이 풀려 많은 사람들에게 둘러싸여 있으면 소첩에게 오시기 어렵고, 외롭게 산중에 계실 때라야 소첩의 낭군이 되지 않겠는지요."

수연이 미련을 버리지 못하고 애소했으나 최순치의 고개는 더 세차게 흔들릴 뿐이다.

"기다림 속에 절절함이 있는 게 아니겠소."

최순치는 슬며시 그미를 바라본다. 수연이 임영에 가고 싶다는 이야기를 듣자 내심 반가웠다. 마음이 일렁였다. 기생과 먼 길을 동행하는 일이 쉽지는 않은 일이지만, 그미의 얼굴을 볼 수 있으리라는 기대를 그대로 접을 수 없어 길을 나섰다. 지난 초당 허엽의 장례 때 먼발치에서 본 그미는 부쩍 수척해져 있었다. 그미의 얼굴을 보니 여러 감정의 파고가 물밀듯이 밀려왔다. 그미는 여전히 눈이 부셨다.

그미는 최순치의 상기된 눈길을 피하면서 얼른 수연에게로 화제를 돌렸다.

"내가 듣기로는 수연이 거문고와 시에 능하다고 알고 있네만, 언제 한번 거문고 소리를 듣게 해주게나."

그때 동지가 미숫가루를 타가지고 들어왔다.

"이제 곧 점심인데, 미숫가루를 드시면 어떡하나."

그미의 염려와는 달리 수연이 얼른 미숫가루 보시기를 들고 한 입 마신다. 입가에 엉기는 맛이 개운하다. 최순치도 제 앞에 놓인 보시기를 들고 한 입 달게 머금었다.

"이 댁 미숫가루는 특별한 맛이군요. 찹쌀 말고 다른 곡식이 섞인 게 아닌지요."

수연이 남은 한 모금을 음미하듯 입 안에서 궁굴린다. 찹쌀 미숫가루는 먹은 후 명치끝에 신맛의 망울이 생기지만, 외가댁 미숫가루는 소화도 잘되고 미숫가루 특유의 텁텁한 맛도 없이 상큼하다.

"보리 가루와 마 가루를 섞어 갈증이 가시게 한답니다."

동지가 빈 그릇을 들고 물러가고, 수연은 안타까운 기색으로 말을 이었다.

"하곡 서방님께서는 이따금씩 소첩의 누옥에 드시면 미숫가루를 찾으셨어요. 어린 날, 외가댁에서 잡수신 미숫가루 향

수가 혀끝에 남아 있었던 것을, 소첩은 그것도 모르고 찹쌀 미숫가루만 타드렸지요."

최순치는 잠시 말을 고르다 그미에게 조심스레 물었다.

"건강은 어떠신지요?"

그미를 바라보는 최순치의 눈가에 연민인지 애틋함인지 모를 묘한 주름기가 건듯 지나간다.

웃음기를 물고 그미는 말했다.

"야윈 귀신 거울 앞에 앉았네, 라는 시를 한 수 지었지요."

수연의 얼굴이 파래진다.

"야윈 귀신이라니요, 조금 야위시긴 해도 맑고 단아한 모습이 너무나 정갈하고 아름다우세요."

갈대밭 자락이 흔들린다. 정수리 위에 곤두섰던 하지의 햇볕이 서편으로 많이 기울었다. 소금기 어린 갯바람이 시원하다. 최순치의 고개가 천천히 끄덕거려진다. 농익고 나른한 그미의 모습은 처연하도록 아름답다. 잠시 침묵이 어리고 세 자반의 좁은 공간이 허허한 벌판처럼 두 사람 사이에 가로놓인다. 최순치의 눈길이 허공에서 잠시 허룽거린다. 더 이상 그미의 얼굴을 바라볼 수가 없다. 저 연약함, 저 섬세함, 저 도저함을 김성립이라는 작자가 어찌 넘나들었을지 생각만 해도 가슴이 저며든다. 질투 어린 마음이 아니다. 그 자리를 넘보는 심사는 더더욱 아니다. 단지 그미가 남편과 더불어 나누어 가질 만한 화두가 있기나 했을지, 생의 근원이 무엇인지, 어디에 있는지, 생의 목표를 어디에 두고 있는지 말과 말을 통하거나 시를 읊으며 소통이 가능했을지 그 답답했을 삶이 슬프다. 한편으로, 늘 그런 생각으로 머릿속이 와글거리는 자신도 답답하기는 매한가지다. 어째서 밤이나 낮이나, 심지어 제 자식의 목욕물을 데우면서도 청솔가지 매운 연기에 가슴을 태우곤 하는가. 못나고 변변찮은 인생, 공허하게 웃어 뱉으면서도 그는 늪에서 허우적대듯 반평생을 그렇게 보냈다. 사나이 대장부가 이게 무슨 못난 짓이란 말인가, 늘 되뇌면서도 그미 앞에서는 한 오라기 지푸라기처럼 왜소해지고 만다.

최순치가 말머리를 엉뚱하게 돌린다.

"파도가 사나운 모양입니다."

꿈에서 깨어난 듯 그미는 가없이 던져둔 마음을 얼른 다잡아 들인다.

"바다가 지척이랍니다. 그래도 오늘은 바람이 없어 소나무 소리가 잠잠하군요. 갯바람이 몰아치면 파도 소리에 어우러져, 소나무 비벼대는 소리가 여간 사납질 않지요."

동지와 늙은 찬모 유월이가 점심상을 들고 나왔다. 햇감자를 썰어 넣어 만든 수제비, 더운 밥에 나박김치, 게장, 콩나물

무침으로 소박한 점심상이다.

*

하지의 저물녘, 대나무가지 사이로 들이친 발간 노을빛이 주
렴 발에 걸러져 불을 물고 있는 긴 장대 같다. 선혈처럼 붉은 노
을빛을 받고 두 여인이 앉아 있다. 빛을 향해 앉은 쪽은 기생 수
연이고, 그미는 남쪽을 향해 한쪽 무릎을 세운 모습이다. 아직
도 열기를 문 빛살에 얼비친 두 여인의 뺨에는 홍조가 어렸다.

누각의 기둥 밑으로 연꽃 조각이 둘러쳐졌고 사방이 막힘
없이 탁 트였다. 햇볕이 두터운 여름날, 그늘이 아쉬워 외할머
니가 궁리해 사방 기둥에 못을 박아 대나무 발을 늘어뜨렸다.
울울한 대나무 밭을 등진 북향에는 밤낮 없이 대나무 발이 늘
어졌고, 남쪽과 서쪽, 동쪽에는 필요에 따라 대나무 발이 걷어
지거나 늘어지게끔 천장에 발 집게 장치를 해두었다. 둘둘 말
아올린 발에 튼실하게 꼰 매듭이 묶였다. 외숙모의 솜씨일 터
다. 온종일 쨍쨍한 햇볕이 사그라지자 길게 늘어뜨렸던 대나
무 발을 걷어 올렸다.

저녁상을 물린 후 모래사장을 거닐겠다고 나간 최순치는 아
직 돌아오지 않았다. 외숙모가 시켰는지 동지가 차반을 들고

와 내려놓았다. 분홍빛으로 우러난 오미자차와 노란 송화다식이 물색빛 다기에 정갈하다.

쌍옥가락지 낀 수연의 오동통한 손이 오미자차 다기를 들어 그미에게 건넨다. 주인과 객이 뒤바뀐 모양새 같아 그미는 웃는다.

"어째 웃으십니까. 제가 너무 주제넘지요."

그미가 고개를 흔들어 수연의 무안함을 풀어준다.

"겉도 곱고 속도 고운 사람이라, 절로 웃음이 나온 거라네."

물색 옷을 벗고 그미의 모시 치마저고리를 빌려입은 수연의 분위기는 낮의 그것과는 많이 다르다. 비록 기방에 몸을 담고 있다지만, 작게 속살거리는 낭랑한 목소리에 안존한 행동거지가 사대부집 규수와 크게 다르지 않다. 오미자차 한 모금을 마신 후 다기를 든 수연의 눈에 물기가 어린다.

"하곡 서방님께서 즐겨 드시던 오미자차를 저 혼자 마시니 목이 메요. 갑산이라는 곳이 관북의 땅으로 골 깊고 산세가 험해서 낮은 짧고 밤은 길어 추위가 극심한 곳이라 하더이다."

한결 짙어진 저녁 으스름에 침묵이 녹아내린다. 대나무 발에서 걸러낸 어둠의 입자에는 소금기가 묻었다. 손에 만져질 듯 싱그러운 갯바람, 이미 쭉정이처럼 삭았다고 생각한 육신의 감각이 되살아나는 것 같아 그미는 앉음새를 고쳐 앉는다.

살갗이 소리를 느끼고, 바람의 기미에 민감해진 몸의 언어가 그미의 마음 깊숙이 호미질을 해댄다. 두 여인이 동시에 손을 올려 희고 긴 목덜미를 쓸어내린다. 바람이 일어, 추를 단 대나무 발이 쿨렁거린다. 긴 침묵을 쪼아대는 긴 한숨 소리, 문득 그미의 입에서 한숨처럼 토해지는 한마디.

"마음 같아서는 배낭 메고 삿갓 쓰고 우리 오라버니 계시는 갑산으로 달려가고 싶을 뿐이라네."

아직까지 아무에게도 그런 마음의 틈을 보인 적이 없다. 오라버니가 귀양길에 오른 뒤부터, 그미의 눈앞에는 검고 두터운 휘장이 가로막힌 심정이었다. 가슴속에는 새까맣게 탄 누룽지의 더께만 쌓였다. 사방이 벽이었고, 사방이 캄캄하였다. 차라리 허허하니 트인 벌판의 솟대가 되고 싶은 심정이었다.

수연이 다가와 그미의 손을 잡는다.

"한양에서 갑산까지 대충 오백 리가 넘는다고 들었습니다. 그 멀고 험한 길을 이 몸을 하시고 어떻게 엄두나 내시겠는지요. 제가 아씨 대신 불원천리 다녀오려 한다지 않습니까."

그미의 두 뺨을 적신 눈물이 말라간다. 흐르는 눈물을 닦을 생각도 안 한다. 흐르는 모든 것들, 강물도, 세월도, 바람도, 그렇게 흘러가면서 스스로 세상에서 묻힌 땀기를 씻어내고, 더러움을 발라내어 정화하는 게 아니던가. 오로지 그미 자신만이 흐르지 못하고 이 좁은 울타리 속에 갇혀 있는 답답한 목숨, 그미는 어느새 목소리가 솟구쳐 올랐다.

"내가 동행하면 안 될까. 남장하면 누가 알겠는가."

그미의 눈은 어둠 서린 대나무 발 너머 아득히 걸려 있고, 야윈 두 뺨으로 하염없이 흘러내리는 눈물은 투명한 유리구슬 같다.

수연이 그미의 두 손을 꼭 잡고 시구를 읊조리듯 노래했다.

"아름다워라. 아침에는 찬이슬 푸른 향기로, 햇볕 중천에 기운 한낮에는 투명한 얼음기둥 같은 귀품과 청정함으로, 노을 가시고 어둠살 내리는 박명 속의 그대는 한 떨기 수국이라, 대나무 주렴 발에 걸러낸 달빛 한 몸에 받아내며 숨죽인 그대 모습은 이승의 아녀자가 아닌 선녀의 자태라, 이렇게 요요한 황홀함을 받아줄 헌헌장부가 이승에 어디 있을꼬……."

대나무 발에 기대어 앉아 있는 난설헌은 그림자 같다. 잠들었는지 숨소리도 들리지 않는다. 무슨 꿈을 꾸는지 입매에 서린 미소, 눈시울에 실린 자잘한 떨림이 수연의 눈에 보인다. 수연도 이따금씩 번하게 뜬 눈으로 꿈을 꾸었다. 이승과 저승의 문턱이라 말하는 꿈속에서는 허봉의 품에 안겨 시를 읊조리고는 하였다. 허봉이 갑산으로 떠나던 지난 봄, 그날 밤에는 꽃샘바람이 드세게 불었다. 밤새 후드득거리던 비바람에 문풍지가 울었고, 막 망울을 터뜨리던 목련이 피지도 못한 채 떨어졌다.
수연은 밤새 목련나무 아래서, 툭툭 떨어지는 목련꽃을 온몸
으로 받아냈다.

"밤이 늦었는데 선비님은 어디 가셨을까요."

두 여인은 동시에 바람 소리에 귀 기울였다.

문득 수연이 혼잣말하듯 나직이 중얼거렸다.

"난설헌 아씨는 아시는지요? 가슴앓이하시는 최 선비님을
곁에서 뵙기가 힘듭니다."

하나 그미는 말을 잇지 않았고, 말을 꺼낸 수연 역시 입을 다
문다.

그 시각, 최순치는 소나무 길을 거닐고 있었다. 간절한 마음
을 누를 길 없다. 같이 거닐자고, 술렁거리는 파도와 소금기 묻
은 갯바람에 몸과 마음을 실어보자고, 순치는 염치 불구하고
난설헌에게 청해볼까도 생각했다. 지붕과 벽이 없는 곳에서
난설헌과 함께 하늘과 별을 보며 목소리를 나누고 싶었다. 두
사람의 호젓한 모습이 남우세스럽게 보인다면 수연이나 동지
라는 아이를 대동해도 무방하리라. 하나 어둠 속에도 눈이 있
고 귀가 있어, 난설헌의 삼엄한 언저리를 뚫고 들어갈 수가 없
다. 소나무 밭이 끝나는 갯마을까지 오 리(里)나 걸었을까. 버

선목에 모래가 차서 몇 번이나 짚신을 털어냈다. 용기도 기백도 없는 자신의 무력함에 내리 한숨이 나왔다. 더 욕심을 내지 말자고, 한 번 그미의 얼굴을 보는 것만으로 견딜 수 있지 않겠느냐고 복잡한 마음을 다잡았다. 최순치는 그미의 거처로 발길을 돌렸다.

어느새 밤이 깊었다. 사랑채 누대에 앉아 있던 그미와 수연은 자리를 걷고 일어나던 참이었다. 동지가 사랑채 큰방에 이부자리를 펴는 것을 보고 그미는 선걸음에 안채로 올라왔다. 갯바람을 묻히고 어둠 속에서 성큼 모습을 드러낸 순치를 보는 순간, 그미는 얼른 고개를 돌리고 말았다. 가슴속에서 무언가 터져 나올 것 같아 지그시 입술을 깨물었다.

혼자 사랑채에 남은 최순치는 쉬이 잠들지 못한다. 원주에 남아 있는 아내 주옥에게는 한양 다녀온다며 내친걸음이다. 숨결처럼 곱고 순한 주옥이지만, 그가 가슴에 품고 있는 여인을 만난 것을 안다면 심사가 편치는 못할 터였다. 순치는 주옥과 살림 차릴 형편이 아니어서 손곡의 거처인 향교의 건넌방에 신접살림을 꾸렸다. 손곡의 성화에 못 이겨 덕산에 있는 부모님께 주옥을 데리고 내려갔었다. 뼈대 있는 집안의 여식임을 안 부친도 크게 환대해주었고, 금싸라기 같은 논 삼백 석을 성큼 떼어주었다. 덕산에서 며칠 묵은 후 떠나겠노라고 나서

자 덕산에 내려와 살겠느냐고, 부친이 목메인 소리로 물었다. 순치는 한마디로 잘라 말했다.

"소자에게는 발 닿는 곳이 고향입니다."

그러고선 물러나왔다. 뒤돌아보지 않고 등성이를 넘었다.

쓸리고 밀리는 파도 소리에 귀 기울이면, 그네를 타듯 일정한 가락이 느껴진다. 차고 오르는 치맛자락이 바람에 부풀리듯 솟구치는 파도는 바람살을 내뿜으며 숨길을 잦힌다. 쑥 태우는 매캐한 연기가 자우룩이 피어오르고 모기 소리는 여전히 윙윙댄다. 밤바람이 그를 불러냈다. 무엇에 이끌려 나왔는지, 늘 자신의 의지와는 무관하게 끌려다닌다. 그것의 정체가 출신에 대한 비릿한 감정 때문인지, 아내 주옥에 대한 죄의식인지, 넘볼 수 없는 사람에 대한 절박한 그리움인지 헤아릴 수는 없었다. 바람맞이에 등 굽히고 한쪽으로 쏠린, 아무짝에도 쓸모없는 한 그루 못난 소나무가 내 모습이지 싶었다.

마루로 나와 앉은 순치는 순간 무언가 서늘한 느낌에 긴장했다. 안채의 불도 꺼졌고 사위는 바람 소리뿐인데, 사람의 기척이 살갗에 와 닿았다. 오랫동안 떠돌아다녀 외부의 낌새에 동물적으로 민감한 그였다. 댓돌로 내려서던 최순치는 문득 허전한 느낌에 아래를 굽어보았다. 댓돌 위에 벗어둔 신발 한 짝이 없다. 그가 날쌔게 몸을 굽혀 마루 아래를 휘저으니 검은 덩치가 이끌려나왔다. 소란을 피워서는 안 될 것이다. 잔뜩 몸을 오그리고 벌벌 떨고 있는 덩치를 순치가 발길로 걷어찼다. 채 몇 번 걷어차기도 전에 그 덩치는 죽을 듯이 비명을 질러댔다.

"무엇 하러 이 댁 주변을 어슬렁거리더냐. 누가 시켜서 한 일인지 실토하지 않으면 오늘 내 손에 뼈도 못 추릴 줄 알아라."

납작 엎드린 덩치가 두 손을 싹싹 빌었다.

"죽을죄를 지었습니다요. 목숨만 살려주시면, 이제부터 도사님께 이 목숨 바치겠사옵니다. 제발 살려만 주시기요."

그 덩치가 붙안고 있는 것을 잡아채보니, 그 안에는 자신의 신발 한 짝과 그미의 당혜 한 짝이 가지런히 들어 있었다. 눈앞이 하얘졌다. 덩치의 멱살을 거머쥔 순치의 손에 힘이 가해진다. 노여움이 일었다. 이런 놈을 가만히 두면 다시 무슨 화를 불러올지 모를 일이다. 최순치는 몸에 지니고 다니던 장도 칼을 꺼내 들었다. 순간 덩치를 잡았던 손이 느슨해졌는지, 그는 거세게 떠밀리며 정강이가 허물어지고 말았다. 눈앞에 벌건 불티가 일면서 정신을 놓았다. 순치의 머리와 등허리에 대고 절구공이를 수십 번도 넘게 내려친 덩치가 훌쩍 담을 넘어 어둠 속으로 사라졌다.

잠을 이루지 못하고 뒤척이던 그미는 그때 토닥거리는 소리에 눈을 떴다. 장지문을 열고 나서는데 퍽 하고 넘어지는 둔중한 소리. 그 순간, 담을 뛰어넘는 검은 덩치를 보았다. 그미는 신발을 꿰차고 사랑채로 나선다. 아니나 다를까, 그미의 머릿속을 후비고 지나가던 섬뜩한 예감이 맞아떨어졌다. 섬돌에 머리를 처박고 꼬꾸라져 있는 사람은 다름 아닌 최순치다. 찬물을 뒤집어쓴 듯 온몸에 소름발이 일었다. 어디부터 손을 써야 할지 그미는 허둥댔다. 수연을 깨울까, 동지를 부를까 망설였다. 하지만 지체할 수 없다.

널브러진 순치 앞으로 몸을 숙여 살핀다. 상투가 풀어지고 피투성이가 된 순치의 입에서 억누르는 신음 소리가 흘러나왔다. 그미가 그의 머리를 가만히 보듬어 일으켰다. 피가 흥건하다. 금세 그미의 얇은 인조견 속옷에 핏물이 배고, 순치의 무게감만이 오롯이 가슴에 얹혀왔다. 어떻게 해서든지 그미는 혼자서 처리하려 했다. 외숙모님 눈치를 안 볼 수가 없다. 한 다리 건너면 삼천리라 하지 않았던가.

속치마 말기를 후드득 뜯어낸 그미는 피로 뒤범벅된 순치의 얼굴을 닦아낸 후, 머리를 가만히 땅에 내려놓았다. 그러고는 사랑채로 들어가 등잔불에 불을 밝혔다. 누비이불에 씌운 소청을 뜯어내고 찢어서 피가 나는 순치의 머리를 동여맸고, 나

머지로는 몸을 감쌌다. 새벽바람이 차다. 들고 나온 물 대접을 순치의 입에 갖다대니, 그제야 겨우 정신이 드는지 그가 몸을 웅숭그린다.

"정신이 드시는지요. 부축해드릴 테니 우선 방으로 드셔야 합니다. 움직일 수 있겠는지요."

최순치는 혼자 일어나보려고 버둥댄다.

"못난 꼴을 보여드려서…… 이제 괜찮습니다."

하나 발목 어딘가를 삐었는지 순치는 제대로 일어서지 못한다. 그미가 순치의 상체를 일으켜 세우고 걸음을 옮길 수 있도록 부축한다. 겨우 모기장 안까지 다다랐다. 그미는 순치를 요 위에 눕혔다. 순치의 왼쪽 귀 뒤에 피가 밴 게 보인다. 머리에 묶은 옥양목 소청이 금세 벌겋게 젖었다. 다시 소청을 길게 찢어서 피나는 부위에 대고 친친 동였다.

순치는 눈을 반쯤 감은 채 가만히 있다. 이대로 세상의 끝에 도달한다 해도 여한이 없을 것 같았다. 이 여인에게 자신의 몸뚱이를 맡기고 있지 않은가. 이 여인이 하는 대로 둘 작정이다. 순치는 문득 목구멍 가득 치밀어 오르는 서러움을 깨문다. 순치의 감은 눈시울에 물기가 흘러나왔다.

"초희 아가씨……."

그미는 움직이던 손을 멈추었다. 초희라 불렀는가, 그립고 서러운 그 이름…… 아련했다. 그날, 함이 들어오던 이튿날 새벽, 부친에게 쫓겨 대문 밖으로 나가던 그의 외롭고 쓸쓸한 뒷모습을 지켜보면서 그미는 눈물을 삼켰다. 긴 골목길 모퉁이를 돌아가면서 불현듯 뒤돌아보던 그의 눈과 마주쳤을 때, 그가 발걸음을 멈추었고 목쉰 소리로 그 이름을 불렀다.

"초희 아가씨……."

그가 지금 혼미한 상태에서 그 이름을 부르고 있다.

"피가 많이 흐릅니다. 가만 계세요."

눈꺼풀이 열리고 그의 크고 물기 젖은 눈이 그미를 어루더듬는다. 최순치는 일어나려고 몸을 움직거린다.

"면목 없습니다."

들썩이려는 그의 어깨를 그미가 지그시 누른다. 그미의 손 위로 그의 손이 겹쳐진다. 겹쳐진 그의 손이 뜨겁다. 그미는 불에 덴 듯 손을 빼내려 했지만, 어느 결에 몸을 일으킨 그가 엇비스듬 앉아 있는 그미의 한 손을 살포시 잡았다. 멀리, 밀려온 파도가 바위를 치고 흐트러질 때마다, 새하얀 물거품들이 구름처럼 피어올랐다. 구름 속에 포개진 두 사람은 이승인 듯 저승인 듯 아스라이 유영한다. 긴 비단 옷자락 바람에 나부끼고, 속세에서 그렇게 거추장스럽던 무거운 육체는 한 줌의 물거품이 되어 사뿐히 날아오른다. 멀리, 세상 끝 어디라도 두 사람만

이 안거할 수 있는, 구름장막 가려주는 투명한 공간이라도 있다면…….

"움직이면 아니 됩니다."

그미는 가까스로 그 한마디를 끌어올린다. 그러나 그는 그미를 더 끌어안았다. 그의 완강한 팔이 가슴을 조여왔다. 이래서는 안 된다고, 그미의 속마음이 도리질 친다.

어디선가 개 짖는 소리가 들려왔다. 그제야 그미는 허리에 감긴 단단한 근육을 풀어낸다. 너무 시간을 지체했다는 생각이 들었다.

"바로 누우셔야지요."

어느 정도 지혈은 되었지만 그것만으로 치료가 된 것은 아니다. 물 묻힌 소청으로 순치의 얼굴에 묻은 피를 닦으려다가 그미는 문득 정신이 들었다. 피를 훔쳐내는 일보다 의원을 부르는 일이 급하다.

"잠시 다녀올 테니 가만 계세요."

그미는 방을 나섰다. 번하게 동이 트이고 있었다. 밤새 뒤척거리던 파도 소리가 조금 가라앉은 듯하다. 하루 중 파도가 제일 잔잔할 시각이다. 건넌방에서 자고 있는 수연을 깨우려다가, 속치마 입은 자신의 몰골에 눈길이 갔다. 얼른 방으로 들어가 겉치마를 걸치고 풀어내린 머리에 비녀부터 꽂았다. 배가 살살 아파왔지만 수연을 흔들어 깨웠다.

"아씨, 벌써 일어나셨어요."

머리에 비녀를 꽂으면서 수연이 갑자기 코를 킁킁거렸다.

"아씨 이게 무슨 냄새인가요. 피비린내가……."

그미는 얼른 검지손가락으로 입술을 막는 시늉을 했다.

"선비님이 칼을 맞았어. 자네가 나가서 선비님 보살피게. 의원을 불러와야겠네."

급하게 방을 나가려던 수연은 말끝을 흐리는 그미를 뒤돌아보았다. 백지장같이 창백한 얼굴에 손이며 속치마가 온통 피투성이다.

그미는 수연을 순치의 방으로 들여보낸 후 동지를 깨우러 안채 건너로 올라갔다. 부연 새벽빛 속에 외할머니의 방 장지문에 그림자가 얼비쳐 보였다. 그미는 소리 기척을 안 내고 외할머니 방으로 들어갔다. 자초지종을 말하고 용한 의원을 불러달라고 외할머니에게 간곡히 부탁했다. 대충 사태를 짐작한 외할머니는 민첩하게 대처했다. 잽싸게 머슴방으로 달려가 임영에서 제일 잘한다는 의원을 불러오게 했다. 의원이 올 동안 외할머니는 초저녁부터 해산 기미가 있어 용틀임하고 있는 며느리가 눈치챌세라, 귀하게 보관했던 웅담이랑 산삼 뿌리를 찾아두었다. 더운 물을 끓여 웅담을 개고, 산삼은 약탕에 넣어

숯불에 얹었다.

그미는 외할머니가 건네주는 약 보시기를 들고 사랑으로 나갔다. 세숫대야에서 물수건을 짜고 있던 수연이 근심스러운 얼굴로 그미를 바라보았다. 수연이 약 보시기를 들고 웅담 몇 수저를 최순치의 입에 밀어넣는다. 약효가 있었는지, 충격이 그다지 심하지 않았던지, 최순치는 금방 눈을 떴다. 그는 바로 곁에 쪼그리고 앉은 수연 뒤에서 두 손 모아잡고 서 있는 그미에게 눈이 가 머물렀다. 마침 대문 열리는 소리가 들리고 마당을 가로질러 들어오는 발자국 소리에 그미는 순치의 방에서 물러났다. 얼굴을 보여서 좋을 것이 없을 것이었다. 그미는 사랑채 뒷문을 열고 안채로 들어갔다.

한 식경이 지난 뒤 그미는 할머니가 끓여준 잣죽을 받아들었다. 잠시 채반을 마루 끝에 놓은 그미는 외할머니의 작은 어깨를 살포시 안았다.

"할머니, 이 가없는 정성, 이 무거운 고마움을 제가 어찌 되돌려 드릴 수 있을지요."

"못 하는 말이 없고나. 네 어미의 여식인 너는 내 손녀이고, 내 핏줄이 아니겠니. 그런 소리 하는 거 아니다. 얼른 환자분께 죽이나 드시도록 해라."

돌아서서 안방으로 올라가는 외할머니의 뒷모습에서, 그미는 문득 친정어머니를 떠올렸다. 곧고 바르며, 거짓과 가식을 용납하지 않는 반듯한 삶이 고스란히 담긴 뒷모습…… 그미의 가슴에 자잘한 물이랑이 흔들거린다.

최순치가 누워 있는 사랑방으로 들어가자 수연이 엉거주춤 일어났다.

"의원이 다녀가셨어요. 선비님은 이제 겨우 잠드셨고요. 전신에 피멍이 들었다 하는군요. 말씀은 안 하시지만 절구공이로 두들겨 맞으셨다는데 온전한 데가 있겠어요."

"자네가 잘 좀 지켜주시게나. 나는 들어가봐야겠어."

자신의 거처로 들자마자 그미는 요 위에 쓰러지듯 누웠다. 피로가 몰려왔다. 삼베이불을 어깨까지 끌어당긴다. 외할머님이야 이해한다고 해도 만삭이 된 외숙모님께는 무어라 말씀드려야 할지 난감하다. 소란을 피우게 된 것은 순전히 자신이 여기 와 있기 때문이다. 서울 손님을 둘씩이나 불러들이게 된 것도 자신이 와 있는 까닭이다. 그미는 갑자기 누워 있는 자리가 불편하고 가시방석 같다. 이런 경황 중에도 졸음이 몰려왔다. 잠시 눈을 붙이는가 싶었는데, 어디선가 어린애 울음소리가 들렸다.

동지가 달려왔다.

"아씨이, 외, 외숙모님이 옥동자를 순산했어요."

"그런 소동 중에 해산을 하셨더란 말이지."

그미는 한결 마음이 놓인다. 의원이 그리 빨리 온 것도 해산 덕이라 겸사겸사 잘된 일이었다.

*

닷새나 침을 맞고 한약으로 다스린 탓인지 순치의 신관은 말끔해졌고, 수족을 놀리는 데도 불편해 보이지 않았다. 내일 신새벽에 길을 떠나기로 했다. 기어이 가는 데까지, 라는 단서 를 달고 수연이 같이 가기로 했다.

해묵은 감나무 맨꼭대기에 설핏, 열이레 달이 교교하다. 바 람이 부는가. 여리게 흔들리는 대나무 발이 달빛을 걸러내어, 흰 모시 치마저고리 입은 그미의 세운 한쪽 무릎 위에, 가지런 하게 올려놓은 희고 섬세한 손등에 어룽대는 달그림자…… 순 치의 눈길이 바람 따라 흐느적댄다.

"갑산까지 안 가셔도 됩니다. 그 근처까지만 데려다주시면, 오라버님을 만나본 연후에 한양에 올라갈 것입니다."

최순치의 고개가 천천히 흔들린다.

"안 될 말씀입니다. 난설헌 아씨 말씀이라면 어떤 일이라도 마다하지 않겠지만, 귀양 가 있는 피붙이를 찾아가는 건 나라

법에도 어긋나는 일이고…… 그리고 그 먼 곳이 어디라고, 안
될 말씀입니다."

딱 부러지게 안 된다고 말하고 있지만 순치는 그미를 데려
가고 싶다. 갑산이 아니라 지옥이라도 그미와 함께라면 마다할
리 없다. 하지만 그건 그미를 위하는 길이 아니다. 그렇게 할 수
가 없다. 말 사이사이에 침묵이 엉긴다. 수연은 어디 갔는지, 동
지를 앞세우고 나간 지 한 식경이 넘었는데도 나타나지 않았다.
달빛을 밟으며 소나무 밭이라도 거닐고 있는 모양이었다.

최순치의 고개가 아래로 떨어진다. 어째서 오늘 밤 함께한
자리가 이다지 불편한지 알 수 없다. 이제 내일이면 떠나야 한
다. 이 댁에 너무 오랫동안 신세를 진 것도 그렇지만, 오월 말
까지 원주에 있는 스승 손곡에게 가기로 약조한 일도 마음에
걸린다. 오늘 밤이 마지막이 될지도 모른다는 사실에 비장감
마저 감돌았다. 달그림자가 한 뼘은 물러갔다.

한참 만에 최순치가 입을 열었다.

"아무래도 그날 밤, 놓쳐 보낸 그 덩치가 화근이 되지는 않
을는지 걱정이 됩니다. 무슨 오해를 받을지, 마음을 단단히 잡
수시고……."

그미의 고개가 천천히 흔들린다.

"상관없습니다. 내가 와 있는 이곳에 선비님이 오셨다는 것

만으로도 무슨 엄청난 일이라도 있는 것처럼 말씀들 하시겠지요. 출부(黜婦)를 당하지 말라는 법도 없지 않겠지만, 두렵지 않습니다. 그보다, 아직 쾌유도 안 되셨는데 길을 재촉하셔도 되실런지요."

대나무 발에서 들이친 여린 달빛이 그미의 얼굴에 빗금무늬를 만들었다. 눈을 내리깔고 입술 한 귀를 치아로 베어문 저 표정을 언제 보았던가. 안타까움이, 만감이 서린 저 얼굴을 어찌 잊을 수 있단 말인가. 언제나 생각 속에 떠오른 그미의 얼굴은 입술 한 귀를 일그러뜨린 애잔함이었다. 도도하고 자신감 넘치는 그미에게 저렇게 수굿하고 아린 표정이 숨어 있었단 말인가. 그가 두 사람 가운데 놓여 있는 서안 앞으로 다가앉았다. 무얼 쓰기 위해서라기보다 그미를 향한 마음을 달래면서 먹을 간다. 그미와의 자리에는 언제나 은은한 묵향이 함께했다. 건천동 초당의 사랑방에서 처음 그미를 만났을 적에도, 향기 그윽한 묵향이 어우러졌었다.

최순치의 손놀림에 힘이 들어간다. 그미가 붓을 들어 무얼 쓰려는가 생각하는 순간, 순치의 약지에서 한 줄기 검붉은 피가 솟구쳤다. 그미가 무어라고 하기도 전에 순치가 흰 명주 수건에 휘갈겨 쓰고 있는 글귀, 곁에서 바라보고 있는 그미의 입에서 가느다란 탄식이 흘러나온다.

가을 하늘의 한 조각 달 (一片秋天月)

한밤중에 이는 머나먼 시름 (中宵生遠愁)

강남의 외로운 길손이 있으니 (江南有孤客)

역변 다락엔 달빛 비치지 마소 (休照驛邊樓)

　"이달 스승님의 「등역루」이지요. 이 명주 수건은 십여 년 전 폭설이 내리던 날, 건천동 담장 안에서 초희 아가씨가 주신 수건입니다."

　최순치의 손가락에서 흐르는 피가 방바닥에 떨어져 몇 방울 얼룩을 만들었다. 피 흐르는 약손가락, 그 붉은 멍울 위에 두 사람의 눈이 모아진다. 정작 쓰고 싶었던 절박한 그리움의 마음은 접어두고 이도사님의 시 한 수를 쓰고 있음은 얼마나 부질없는 헛손질인가. 그미가 손을 내밀어 붓을 쥔다.

어두운 창가에 촛불 나직이 흔들리고 (暗窓銀燭低)

반딧불은 높은 지붕을 날아 넘는구나 (流螢度高閣)

고요 속에 깊은 밤은 추워지는데 (悄悄深夜寒)

나뭇잎은 쓸쓸하게 떨어져 흩날리네 (蕭蕭秋葉落)

산과 물이 가로막혀 소식도 뜸하니 (關河音信稀)

오빠 생각 이 시름을 풀어낼 수가 없네 (端憂不可釋)

청련궁에 계신 오빠 멀리서 그리워하니 (遙想靑蓮宮)

텅 빈 산속 담쟁이 사이로 달빛만 밝아라 (山空蘿月白)

붓을 놓고 그미는 물러앉는다. 더운 숨결이 느껴진다. 최순
치는 입 속으로 그미의 시를 질긴 칡뿌리를 씹듯 음미한다.

"저물어가는 가을 텅 빈 산속, 멀리 계신 오빠를 그리는 절
절함이 빈 가슴에 획을 그은 듯 아려드는군요."

그미는 무슨 말을 하는 대신 최순치가 피로 쓴 명주 수건 끝
자락을 찢어냈다. 핏물로 얼룩진 명주 수건으로 그의 왼손 약
지를 감싸쥐었다. 피가 도는 손, 따뜻하고 정감 어린 손…… 그
손에서 맺혀진 글귀들이 그의 마음이라고, 그의 절절한 그리
움이라고 그미는 짐작했다. 애조 띤 거문고의 선조 가락이 멀
지 않은 곳에서 들린다.

"거문고를 어디서 구했을까요?"

"초당마을에 들어서기 전에 수연이 갯가에서 술청 하는 기
생 벗님네한테 들러 잠시 이야기를 하고 나오더군요. 조금 전
에 술청 심부름하는 총각이 거문고를 들고 오는 걸 보았습니
다. 난설헌 아씨에게 장기자랑을 할 요량이었던가 봅니다."

은은하고도 애조 띤 거문고 소리가 소금기 묻은 갯바람을

흔들었다. 세상이 캄캄하다. 먼 파도 소리, 대나무잎 스적거리는 소리, 머리 위에 쏟아지는 별무리들, 어느 순간 별똥별 하나가 최순치의 언저리를 감돌더니 어딘가로 흘러내린다.

"하늘의 강……"

그미의 입에서 무심코 흘러나온 그 한마디가 그의 입으로 이어져 하늘의 강…… 하고 탄식처럼 뱉어진다. 거문고의 둔하고 아스라한 가락이 달빛과 파도 소리에 어우러져 불시에 그미의 가슴을 흔든다. 앞에 누가 앉아 있다는 생각을 잊은 채 그미는 절로 눈이 감긴다.

푸른 노루 등에 올라타고 봉래산으로 오른다. 봉황은 꽃밭에 앉아 피리를 불고, 황금 술잔에 서린 달빛이 눈부시다. 그미가 그토록 갈망하던 신선들의 어우러짐이 거기에 있음이라. 한 손을 들어 무언가 붙잡으려 허우적댄다.

순간, 앞에 앉아 있는 순치의 존재를 느끼며 그미는 감은 눈을 뜬다. 깊은 밤, 먹빛 어둠 속에서도 순치의 앉음새는 흐트러짐 없이 반듯하다. 고운 체로 걸러낸 듯한 어둠의 여린 막이 푸르스름한 기운을 드리웠다. 적막한 밤의 한가운데를 파도 소리가 장단 맞추듯 모래벌을 쓸어내리고, 그렇게 시각이 흘러간다. 해묵은 감나무에 대롱대롱 매달린 작은 풋감들의 당찬 생명력이 풋풋한 새벽을 품고 있는가. 하지만 두 사람 사이에 가로놓인 아스라한 침묵의 강은 메워질 줄 모른다. 섬돌 아래에서 쓰르라미가 울어댄다. 수연의 거문고 소리가 점점 멀어진다. 밤 파도 소리만 드높아지고, 달빛 기운 하늘에 별들이 그제야 제 빛을 머금고 반짝거린다.

"난설헌 아씨……."

불현듯, 최순치는 무릎걸음으로 다가가 그미의 손을 잡는다. 그의 손과 팔이 그림자처럼 얄팍한 그미의 어깨를 보듬었다. 그미는 가만히 몸을 사린다.

"이러시면 아니 됩니다."

그러면서도 그미는 뿌리치지 못한다. 순치의 팔이 떨리다가 어느 순간 완강한 쇠줄처럼 그미를 끌어안았다.

오색구름 위에 몸을 싣고 흘러간다. 하늘과 땅 사이, 오만 가지 꽃들이 흐드러지게 피었고, 흰옷 입은 신선들이 유유자적 거닐고, 최순치, 그 사람도 길고 화사한 흰옷을 입고 황금 띠로 허리를 둘렀다. 미소를 머금은 단아하고 준수한 얼굴이 그미를 향해 아낌없이 열려 있다.

"선비님, 우리가 와 있는 이곳이 어딘지요? 너무나 아름답습니다."

"영생하는 곳이랍니다. 죽음도 삶도 비껴가는 억겁의 세상이지요."

"억겁이라 하셨는지요."

애조 띤 거문고 소리가 격렬히 부서진다.

"이생에서 못다 한 인연, 서리서리 한허리에 감고 억겁의 강으로 흘러갈 것입니다."

바닷바람이 대나무 발을 흔든다. 그미는 저고리 앞자락을 여미며 물러선다. 그미의 각진 몸짓에 최순치가 팔을 풀었다. 종이 한 장처럼 가녀린 사람…… 그미를 안은 것이 죄라면 그 죄를 달게 받으리라, 그는 생각을 머금었다.

이튿날 새벽, 그미는 대문 안에서 인사를 했다. 보리미숫가루, 찰밥, 밑반찬이 든 뭉치와 오라버니를 위해 마련해두었던 솜 바지저고리를 넣은 묵직한 보퉁이를 건넸다. 봇짐을 등에 진 최순치는 앞만 보고 걸었다. 두 사람 모두 입을 다문 채 굳은 뒷모습이었고, 그미 또한 굳이 묻지 않았다. 그미는 눈물을 흘리지 않았다. 몸뚱이는 여기 그대로 있지만, 그미의 마음은 그들을 따라 그들보다 앞서 걸었다.

골목 어귀에서 순치는 참지 못하고 뒤돌아보았다. 대문이 열려 있었지만 그미의 얼굴은 보이지 않았다. 가던 발걸음이 멈춰졌다. 수연이 덩달아 발걸음을 놓았다.

"선비님, 앞길이 먼데 이러고만 있을랍니까. 저 혼자 먼저

갈 테니, 올 생각이면 따라오고, 오고 싶지 않으면 그만두시지요."

수연이 종종걸음으로 앞서 걸었다. 순치의 심중을 모르지 않았다. 누군가를 가슴에 품안고 연모하는 일, 그것도 넘보지 못할 사람을 담아두는 일…… 어찌 그 가슴이 온전할 리가 있을까. 천 리 길 마다 않고 허봉 서방님을 만나러 가는 내 심정도 그리 설레는 것을. 그렇게 하루가 이틀로, 한 달이 두 달로 건너뛰고 있는 것을.

*

호젓하고 조용한 날들이 지나갔다. 그미의 배가 불러왔고, 숨길이 거칠어졌다. 구월 스무하루, 아직 산달이 한 달 반이나 남았는데 산기가 시작되었다. 잘못되고 있는 건가, 걱정이 앞선다.

날짜를 짚어본다. 진통이 점점 격렬해진다. 조이고 풀리고 비틀고 짜는 진통이 온몸을 작두질해댄다. 딸 소헌의 작은 얼굴이 눈앞에 어른거린다. 임영에 내려온 지 여섯 달이 지났다. 손녀라고 허술하게 대하지는 않겠거니, 그리고 단오가 돌보고 있겠거니, 그미가 마음을 다잡는다. 진통이 점점 간격을 좁혀왔다.

이틀 동안의 자지러진 진통 끝에 그미는 아들을 순산했다.

한양으로 달려간 머슴 돌쇠를 앞세우고 김성립이 달려온 것은 해산한 지 여드레 된 날 저녁이었다.

"수고, 했소."

수렁같이 깊은 단잠에 빠져 있던 그미는 귀에 익은 목소리를 듣고 눈을 떴다.

"그래, 몸은 좀 어떻소."

성립이 일어나 앉으려는 그미의 어깨를 지그시 눌러 자리에 눕혔다.

"여기까지 오시느라 고생 많으셨지요. 과거 날짜가 임박하였을 터인데, 어머님께서 허락을 하셨는지요?"

성립이 입가를 허물리며 웃는다.

"어머님이 가보라 하셨소. 그나저나 아홉 달 된 아이가 여간 충실하지 않아요. 부인을 빼닮은 것 같아 선풍도골이요."

그미는 살포시 웃었다. 처음 들어보는 말이다. 시어머니 송씨가 그렇게 모지락스럽게 닦달만 하지 않았어도, 다정하고 자상할 수 있는 사람이었다. 부부는 모처럼 아이를 가운데 두고 잠자리를 같이했다.

"제헌이라, 부르기도 좋고 함축하고 있는 뜻도 좋습니다. 서방님께서 지으셨는지요."

자는 아이를 안고 성립의 입이 있는 대로 벌어진다.

"내 첫 아들인데, 밤을 지새워 공부 좀 했소. 나는 과거 일정 때문에 아무래도 내일 올라가야 하겠소. 부인은 조금 더 조리를 하고 올라오시오. 어머님께는 내가 말씀드릴 테니 걱정 말고."

임영에서 백일을 지내고 올라가면 좋겠지만, 그 무렵엔 눈이 많이 내려 길이 막힐 염려가 있었다. 해산하고 달포 남짓 몸조리를 하고, 한양 옥인동 시댁을 향해 출발할 채비를 했다. 사람 치송만 해도 힘들고 어려운데, 외할머니는 이것저것 손녀의 시댁으로 들고 갈 물품들을 장만하느라 정신없이 움직였다. 몇 달 전부터 사람들을 시켜 마련해둔 송이와 꾸덕꾸덕 말린 황태, 오징어에 가자미 등을 바리바리 말에 실었다. 할머니가 손수 깎아서 말린 곶감 두 접이 제일 묵직하다.

"이건 시댁에 갈 물건이고, 푸른 보에 싼 것은 건천동 너희 친정에 보내도록 하여라. 잘 살펴보고 나누어야 하느니. 이제 널 떠나보내면 언제 또 보게 될지 아득하구나. 부디 몸 보살피고, 잘 살아야 한다."

한 마장이나 따라나온 외할머니는 시종 옷고름으로 눈물을 찍어낸다. 이제 중늙은이가 다 된 딸, 손녀의 어미가 시집가던 날에도 이쯤에서 발목이 잘린 듯 움직이지 못했다. 울컥 눈물이 볼을 적시며 온몸의 물기가 눈으로 빠져나오는 듯 흘렀다. 나라님 곁에서 벼슬아치로 살아가는 사위였어도 전실 자식이 셋이나 되는 후처 자리였다. 멀리 고갯마루로 사라져가는 딸 일행의 후미를 하염없이 바라보고 섰던 그녀는 어느 순간 땅바닥으로 후르르 쏟아져내렸었다.

긴 한숨을 깨문 채 할머니는 이번에도 두 손 모아잡고 이별을 아쉬워하는 손녀딸의 얼굴에서 눈길을 돌린다. 이 늙고 삭은 육신을 떠나 제 살길 따라, 저마다 세상 시름 붙안고 떠나는 길을 누가 붙잡고 말릴 수 있단 말인가.

"할머니, 들어가셔요. 숙모님과 제 해산 뒷바라지에 얼마나 고단하셨어요. 그새 얼굴이 반쪽으로 홀쭉해지신걸요."

임영마을 동구에 이르러서야 비로소 제헌을 안고 그미가 가마에 올랐다. 동지 등에 업혀 있던 아기는 잠이 깨면서 칭얼대기 시작했다. 가마 안에는 아기 기저귀에 포대기며, 며칠이 걸릴지 모르는 먼 길 떠나는 준비물로 가득했다. 홍삼을 꿀에 절인 정과와 송화다식, 껍질 벗긴 팥으로 속을 채운 인절미, 식혜 단지까지 외할머니는 살뜰하게 디밀어주었다.

대관령 바람이 사나웠다. 게다가 눈도 아닌 비가 지짐대기 시작했다. 임영에서 출발할 때만 해도 날씨는 쾌청했다. 날을 잘못 잡았던가, 가마도 가마꾼들도 흠뻑 젖었다. 짚신이 흙탕

291

물에 푹푹 빠져 한 몸 걷기도 힘든데, 가마꾼들의 노고에 그미
는 좌불안석이었다. 이틀 넘게 토닥토닥 대관령을 넘어 원주
에 당도할 무렵부터 흩뿌리기 시작한 찬 빗줄기는 저물도록
기세를 더해갔다. 기어이 원주 객사에서 하룻밤을 더 묵어가
야 했다. 며칠 내내 좁은 가마 안에서 운신도 못 하고 흔들리
기만 한 탓인지 객사 방에 들어서자마자 그미는 이불 위로 쓰
러졌다. 칭얼대는 제헌에게 젖을 물렸지만 맏딸 소헌이 적부
터 젖이 풍족하지 않았기에, 아기는 밤새 젖을 물고 보챘다. 배
불리 젖을 빨지 못한 제헌은 동지가 등에 업어서 재워야 했다.
이튿날 신새벽에 국밥으로 요기한 일행들은 원주 객사를 부지
런히 출발했다. 제헌은 누비솜 포대기를 두르고 머리에는 그
미의 명주 장옷을 둘러씌워 동지가 등에 업고 걸었다. 흥인문
(興仁門) 안으로 들어서면서부터 바람이 불어 한기까지 들었다.
해시가 넘어서야 당도했다.

옥인동 시댁 대문 앞, 가마 발을 올리고 아기 안은 그미가 가
마에서 나오려는데, 지키고 서 있던 시어머니 송씨가 아기를
받아 안았다. 첫 손자를 안은 송씨도 입이 함박만큼이나 벌어
진다.

"에고, 내 새끼, 먼 길 오느라고 고생했구나."

산고를 치르고 먼 길 달려온 며느리는 안중에도 없는 송

씨다.

"제헌이는 유모를 들였느니라. 네 자식이기 이전에 김씨 문중 장손이니라. 어설픈 어미 노릇 할 생각 말고 네 몸이나 충실하게 건사하도록 하여라."

유모라는 아낙이 제헌을 받아 안고 안방으로 들어가는 것을 보고, 그미는 대문 기둥을 잡고 후루루 온몸이 쏟아져내린다. 텅 빈 몸뚱이에서 간헐적인 쇳소리가 비어져 나왔다.

닫힌 문

그미의 앞에 천길 절벽이 가로막은 기분이었다.

"대문 걸어잠그라 했거늘……."

시어머니의 녹슨 목소리가 대문 틈새로 흘러나왔다.

두 손으로 온몸으로 대문을 밀어보았으나 꿈쩍도 안 한다. 대문 안에서 주고받는 모자의 말이 그대로 들린다.

"어머니……."

"아서, 너는 상관하지 말거라."

시어머니의 껄끄러운 목소리에 이어 남편 성립의 간곡한 목소리가 들려온다.

"어머님. 남우세스럽게, 왜 이러십니까. 일단 대문 안으로 들게 한 연후에 자초지종을 따져보시지요."

속이야 어떻든 타인의 시선에 더 급급해하는 남편 성립이다.

"시비를 가려서 어쩔 작정인고. 남의 남정네와 정분이 붙어 먹은 천한 것을, 어찌 조상님들 면전에 두고 볼 수가 있겠는가. 당장 건천동으로 가라 일러라."

발소리가 멀어지고, 대문 안은 이내 조용하다. 온몸이 미역처럼 흐느적거린다. 임영에서 있었던 한 장면이 눈앞에 어른거린다. 최순치의 짚신 한 짝을 품에 숨기고 달아난 그 덩치…… 몰매를 맞고 골병이 든 최순치는 나흘이나 외가의 사랑채에 머물렀다. 그 자체를 부인할 수는 없다. 닫힌 대문 앞에서 그미의 가슴을 무두질해대는 촉수는 원망이 아닌 슬픔이다. 대문 안과 대문 밖의 그 경계가 의미하는 것은 무엇일까. 폐쇄된 공간에서 몸이라는 허물만 고이 간직하는 것으로 생을 마감하는 많은 여인들을 세상의 남자들은 열녀라는 이름으로 칭송한다. 그 몸이 문제라면, 그미는 온전한 몸을 여기까지 끌고 오지 않았던가.

밤새도록 대문 앞에 쪼그리고 앉아 있는 걸 이웃들이 본다면 무슨 구설이 나돌지, 상상만 해도 소름발이 인다. 일단 자정까지는 버텨보리라.

오스스 한기가 들어 절로 어깨가 오그라들었다. 자시가 넘었는가, 순라군들의 딱따기 소리가 멀리서 들려오고 귀뚜라미

소리가 처량하다. 어두운 담 모퉁이에서 불빛이 보인다. 관솔불을 높이 쳐들고 달려오는 순돌이 뒤로 시숙모 영암댁이 빛그늘을 안은 채 나붓이 걸어오고 있다. 내가 또 폐를 끼치는구나, 그미는 절로 나온 한탄을 입술로 깨물었다.

"이 사람, 고생이 많네. 갑자기 날씨가 차가워져서 춥지. 지금 당장은 자네 시어머니의 하늘 같은 노여움을 삭일 방도가 없을 것 같네."

질부가 왔다는 소식을 듣고 큰댁으로 건너온 영암댁은 소란스러운 집 안 공기에 마음이 덜컥 내려앉았다. 어른들은 어른들대로, 아랫것들은 아랫것들대로 수군거리며 대문 쪽에 신경줄을 걸고 있었다. 물어보나 마나 빤한 이야기였다. 금실이라던 적선동 술청 계집이 드나들며 집안 대소사에 입김을 불어넣고 있음을 영암댁도 모르지 않았다. 무슨 억하심정이 있기에 사사건건 질부의 뒤를 쫓아다니며 염탐질을 하는지…… 하긴 그 아이한테 주막집을 차려준 것도 조카 성립이라 하지 않았던가. 차라리 기생의 머리를 얹어줄 일이지 천한 주막집 계집을 집에 들이다니, 영암댁은 자신의 애간장이 다 타들어가는 듯했다.

저녁상을 물린 후 질부가 어떻게 되었는지 궁금해 다시 큰댁으로 건너갔다. 초저녁잠이 깊은 큰동서는 저녁밥 수저 놓기가 바쁘게 잠이 들었고 성립이 혼자 마당을 거닐고 있었다. 영암댁이 먼저 질부의 이야기를 꺼냈다.

"송장 칠까, 두렵구먼. 몸도 약한 사람을 밤새 대문 앞에 세워둘 생각은 아니지 않은가."

그제야 성립이 잔기침을 하며 영암댁을 돌아보았다.

"주무시지 않고 뭐 하러 올라오셨어요."

영암댁이 큰마음 먹고 한마디를 더 찔렀다.

"이 사람 조카, 조강지처한테 그러면 안 되네. 그 사람이 누굴 만났든지, 함부로 마음이나 몸을 굴릴 사람 아님을 자네도 잘 알지 않는가. 무슨 오해가 있는지 직접 당사자한테 물어볼 일이지, 한갓 뜨내기 염탐꾼의 이야기만 믿고 생사람 잡으면 안 되지."

"그렇다고, 어머님 허락도 없이 대문을 열어주라는 말씀은 아니겠지요."

영암댁이 바짝 다가섰다.

"우선 내 집으로 데리고 갈 터이니, 뒷감당은 자네가 하게나."

"아니 됩니다, 숙모님. 그러면 저 사람을 우선 친정에 보냈다가 훗날 봐서 데리고 오도록 하지요."

성립이 머뭇거렸다. 조카 성립의 나약한 성격을 아는 영암댁은 조금 더 버텼다.

"내가 대처할 터이니 걱정 말게."

그러고는 대문 밖으로 달려나온 길이었다. 찬 빗줄기에 골목길도 담도 사람도 모두 축축하니 젖은 모양이 안쓰럽기 그지없었다.

"마음 같아서는 지금이라도 숙모님 따스한 방으로 들어가고 싶지만, 하룻밤 한데서 몸고생 하는 것도 제 소임인 듯합니다."

영암댁의 손이 스르르 풀어졌다. 송씨가 진노하는 빌미는 만들지 않는 게 좋은 일이기도 했다.

"대신 겹저고리를 내보낼 터이니 껴입게. 밤이 차다네."

영암댁은 돌아섰다. 순라군들의 딱따기 소리가 멀어지고 있었다.

얼마나 지났을까. 빗발이 성글어지면서 어둠이 한기를 몰고 왔다. 시숙모가 보내준 장옷을 머리에 쓰고 대문 문설주를 의지해 쪼그리고 앉았던 그미는 불시에 큰대문 빗장이 풀어지는 둔중한 소리에 몸을 일으켰다. 대문 틈새로 순돌의 얼굴이 보였다.

"아씨, 들어오세요. 서방님께서 대문 열라 하십니다."

그미의 별채 거처는 통풍이 되어 있고 이부자리까지 얌전하게 깔려 있었다. 영암댁의 지시로 이틀 전부터 군불을 지폈고, 이부자리까지 말렸노라고 순돌이가 말했다.

이튿날 신새벽에 달려온 영암댁이 숫 목소리를 죽였다. 찰밥하고 미역국을 손수 들고 왔다.

"순라군들의 입질이 보통 무서운가? 그래도 자네 신랑이 생각이 아주 없지는 않으이. 내려오면 치하하게나. 여기서 기척도 말게. 점심 저녁은 내가 챙겨줄 터이니 자네는 일어나지 않는 게 좋을 듯하이."

안방마님 송씨는 그미가 별채에 있는 줄 알면서도 며칠 동안 모르는 척했다. 대문 닫아걸며 나가라고 소리치던 이틀 전 기세하고는 다른 모습이다. 그럴 만한 까닭이 있었다는 걸, 그미는 느지막이 알았다. 적선동 금실이 산만 한 배를 안고 들이닥쳤노라 했다. 김성립이 아이 아비라며 술청에 오는 알 만한 남정네들한테 공공연하게 나발을 불고 다닌 모양이다. 듣다 못해 안방마님 송씨가 궁리한 것이 금실을 집으로 불러들인 것이었다.

금실은 이틀에 한 번꼴로 안채에 들락거렸다. 그미는 개의치 않았다. 집 밖에 있든, 집 안에 있든 이차피 평생 남편 성립에게 딸린 식구일 터였다.

이틀이 지나고 성립이 내려왔다. 그미가 얼른 몸을 일으켰다. 그가 보료 위에 앉자 그미가 상반신을 숙여 반절을 했다.

"서방님이 선처해주신 덕에 고생은 안 했습니다. 제헌이는 젖이나 잘 먹는지요?"

말끝을 흐리는 그미를 성립은 흘깃 쳐다보았다.

"지금은 아무 말도 하고 싶지 않소만, 안채 출입은 삼가시오. 제헌이 소헌이 걱정은 접어두시고."

잠시 침묵이 어리고, 성립은 불시에 추달하듯 뇌까렸다.

"부끄러운 줄 아시오."

"부끄러운 일은 하지 않았습니다."

선문선답이 오간다.

"부끄러워해야 할 경계를 모르시는 모양이구려. 남녀가 유별한데, 어찌 한집에 그런 무람한 낭인을 거둘 수 있단 말이오?"

그미는 입을 다문다. 속절없고, 터무니없고, 부질없는 일이다. 남의 남정네의 손을 잡았고, 그의 가슴에 안겨 온기를 느꼈음을 부인할 수는 없다. 심줄이 불거진 성립의 목덜미에 힘이 들어 있다. 눅눅한 찬 기운이 열린 문으로 들이친다. 사선으로 빗긴 빗줄기가 댓돌을 지나 마루 발치를 적셔놓았다. 그미는 방바닥에 붙박인 듯 서 있다. 왼쪽 발목이 시큰거린다. 영암숙모가 찬밥에 왕소금 버무린 것을 옥양목 행주에 싸서 발목에 붙여보라고, 손수 만들어주었다. 긴 치맛자락에 가려져서 보이지 않았지만 소금밥 붙인 발목이 두루뭉술해 버선도 못 신었다. 그미는 문틀에 손을 짚고 몸을 지탱하고 있었다. 그런 그미의 불편함을 눈으로 보면서도, 성립은 앉으라는 말을 하지 않는다. 앉으라고 하지 않아서 앉지 않는 것은 아니었다. 방 안에 마주 앉으면 숨통이 죌 것 같아 그미는 그냥 서 있다. 열 손가락으로도 허물어내지 못할 단단한 침묵이 청솔가지 타는 연기처럼 방바닥에 맴돈다. 그미는 너무 지쳐 있다. 끊고 맺음이 분명치 않은 성립의 나약함이 오늘따라 그미의 신경줄을 팽팽히 잡아당긴다.

성립은 낮은 담장 앞에 앙상한 가지만 남은 백일홍을 흘겨본다. 껍질 없는 맨가지에 잎만 무성한 백일홍을 성립은 좋아하지 않았다. 꽃도 천박스럽고 지저분했다. 그미가 임영에서 제법 큰 나무를 싣고 와 별채 마당에 심어놓고 좋아라 했을 때, 하필 백일홍이냐고, 성립은 퉁바리를 놓았다.

"꽃도 꽃 나름인데, 천한 품격이오. 당장 뽑아버리시게."

성립의 말에 그미는 정색하고 말했다.

"나무껍질이 없는 것은 백일홍만이 가지는 결곡함, 깨끗함, 감싸지 않는 남루함의 또 다른 아름다움이 아니겠는지요."

성립의 입가에 냉소 한 자락이 깨물렸다.

"부인의 사설이 너무 장황하구려. 작부같이 흐드러진 꽃이 뭐가 결곡하고 아름다워? 부인의 그, 말을 위한 말들이 어머님의 심기를 건드린다는 걸 모르시오?"

성립은 등이 시려왔다. 북향인 그미의 방에 불이 들지 않아 그러는 것만이 아니다. 흠잡을 데 없이 매끈한 말솜씨, 경탁 아래 차분히 쌓여 있는 서책이나 지필묵, 어머니 송씨의 서슬퍼런 감시에도 줄줄이 써내려가는 그미의 시어들이 그를 서늘하게 만들었다. 그미를 맞이하고 벌써 여덟 해를 자신은 과거에 거듭 실패해 허송세월했다. 그미는 과거 낙방에 대해서 한 번도 언급하지는 않았다. 그러나 자신을 바라보는 그미의 곧은 눈길이 섬뜩할 때가 한두 번이 아니다.

"이번에도 낙방이니 내가 한심하게 보이겠구려."

성립이 느물거렸지만 그미의 반응은 뜻밖이다.

"급하게 서둘지 마세요. 올해 못 하면 내년이 있지 않습니까. 지름길보다는 멀리 외돌아가면, 먼 길 가는 동안에 많은 것을 보고, 익히고, 보탬이 되는 게 아닐까요."

성립은 벌컥 역정이 솟구친다. 한마디도 수긋이 듣고 지나는 일 없이 말끝마다 자신의 소신을 풀어내는 그미의 태도가 끔찍하고 진절머리가 난다.

성립이 자리를 차고 일어서며 일갈한다.

"날 능멸하는 거요. 참으로 당신이라는 여자는 가증스럽구려."

말로 그미를 능치지 못할뿐더러 문장이라면 더더욱 넘볼 수 없는 경지임을 알기에 성립은 울화가 치밀었다. 무겁고 침통한 침묵이 두 사람 사이를 가로막았다.

"어째서 최가라는 작자가 나흘이 넘도록 임영 부인의 외가에 머물렀는지, 어서 말해보시오."

성립은 비로소 빗줄기를 바라보고 있던 눈길을 방으로 끌어들인다. 그 눈길이 한 차례 그미의 아래위를 사납게 훑어내린다. 치자물 들인 명주 치마에 자주 끝동을 물린 미색 저고리 자태가 화사하다. 성립은 본능적으로 움츠러들려는 어깨에 힘을 실었다. 저 앙상한 어깨로 받치고 있는 가늘고 흰 목에 철사라도 박은 모양인가, 여전히 미동도 하지 않고 대답 없이 서 있는 그미의 침묵이 성립을 견딜 수 없게 만든다.

"세상 사람들이 무어라 하는지 아시오."

성립으로서는 최대한 감정을 자제하는 듯한 목소리다. 이미 부부의 관계가 끝자락에 이르렀다는 체념과 통한이, 그로 하여금 냉정함을 찾게 했다.

그미가 고개를 든다. 순간 두 사람의 눈이 좁은 허공에서 사납게 부딪쳤다가 어긋난다. 하나 그미의 눈빛은 온유하고 고요하다. 성립은 찔러도 눈 한 번 깜짝 안 하는 그미의 그 고요함이 목을 죄고 담금질하는 것 같아 갑자기 얼굴에 열기가 오른다. 굴욕과 모멸감을 다져 누르며 참아내려고 안간힘 쓰는 성립의 표정을 이슥히 바라보던 그미가 천근의 침묵을 깨며 입을 열었다.

"최 선비가 수연이라는 기녀와 함께 오라버니가 가 계시는 갑산으로 가던 길에 임영에 잠시 들렀습니다. 어머님께 말씀드린 그대로입니다. 밤에 도둑이 들었는데 최 선비가 그 도둑한테 몽둥이질을 당했지요. 피를 많이 흘렸고 상처가 깊어 며칠 동안 정양하느라 갑산 떠나는 길이 늦어진 것입니다."

성립이 그미의 말을 가로챈다.

"무얼 도둑 맞았는지 말해보시오."

"아무것도 손대지 않았습니다."

성립이 자리를 차고 일어섰다.

"그 시각까지 그 작자하고 방 안에 함께 있었다는 말이 아니겠소."

별당에 오기 전 약주를 하고 왔는지 거친 말투와 함께 뿜어내는 그의 숨결이 시큼하다. 성립이 그럴수록 그미의 가슴 문은 더 닫혀버린다. 말해서 무엇 하나, 해명하는 일도 지친다.

바람에 실린 빗줄기가 쪽마루에까지 여린 물보라를 흩뿌린다.

여느 아낙들보다 많은 것을 느끼고 감응하는 그미의 심중을 성립이 모르지는 않았다. 가만히 생각해보면 초당 허엽이 세상을 떠난 후 연거푸 어려운 일을 당한 그미다. 유산을 했고, 하늘같이 생각하는 오라비도 귀양을 떠났다. 불행한 일이었다. 솔직히 성립은 그미를 내치거나 욕보일 생각은 추호도 없다. 겉보기에는 차갑고 냉해 보이지만 가슴에 안으면 깃털처럼 가볍고 정갈한 온기를 가진 아내다. 그미의 말대로 다른 허다한 물건들을 제쳐두고 짚신만 달랑 들고 나온 도둑의 정체가 궁금하기도 했다. 어머니 송씨가 시킨 일이 아니라고 장담할 수가 없었다.

그렇다 해도 세상이 잠든 한밤중에 두 사람이 좁은 방 안에 함께 있었다는 사실만으로도 치가 떨리는 일이다. 그것도 아들 제헌을 다스리던 시기가 아닌가. 성립은 장지문 문턱을 넘어서며 말했다.

"당분간 건천동에 가 있으시오. 어머님 화가 풀리시고, 어느 정도 누그러지면 무슨 조치가 있으실 게요. 어머님께선 이틀째 물 한 모금 마시지 않으시는데, 미련스럽게 앉아 있는 부인의 심사를 헤아리기 어렵구려. 지금 당장 채비하도록 이르겠소."

성립의 다그침이 그미의 가슴에 날아와 풍덩 가라앉는다. 결국 내쫓김을 당하는구나. 이렇게 등을 떠밀려 나가는구나, 그미의 눈에서 주르륵 눈물이 흘러내린다.

성립은 별채를 나서며 불현듯 뒤돌아본다. 여전히 등이 시리다.

"내 사람, 아니다."

한숨처럼 터져 나온 그 한마디가 오래도록 그의 가슴속에 옹이처럼 박혀 있었다.

치미는 오열

갑자기 잠자던 제헌이가 깨어나 칭얼거리기 시작한다.

"아이고 내 새끼, 기저귀가 젖은 모양이로구나."

"어미한테 맡기세요. 젖도 그만하면 풍족한 것 같고, 건강도 좋아졌던데요."

영암댁의 말에 송씨의 얼굴이 벌겋게 달아올랐다.

"젖 때문에 유모를 들이자는 게 아니질 않아. 어미 구실이나 제대로 하겠느냐 말이지. 마음이 안존해야 자식을 맡기든지 말든지 하지. 자네는 나하고 무슨 억하심정이 있기에 사사건건 그 애를 싸고도는지 모르겠구먼. 다시는 내 앞에서 제헌 어미 이야기는 꺼내지 말게. 자네 집 담에 울타리 치기 전에 얌전히 있으시게."

칭얼거리던 제헌을 영암댁이 안자 금방 새근새근 숨소리가 고르다. 송씨가 두 팔을 내밀었다.

"제헌이 이리 주고 앉아봐."

"금세 잠들었는데, 앉으면 또 보채요. 말씀하세요."

"입조심하게. 입나발 불어서 좋을 거 하나 없네."

잔기침에 버무려 뱉어낸 말이 송씨 자신도 조금은 쑥스러운지 방을 나간다. 무슨 말인지 영암댁은 모르지 않았다. 무당 굿거리를 한 일이나 덕실이 내왕한다는 이야기를 함구하라는 우격다짐이다.

무당굿을 하고 허접한 객주집 여자들이 들락거리던 한동안 그렇게 챙기던 아들 성립의 과거공부도 시들해졌다. 누가 무슨 말을 하든, 삼시 세끼 밥은 물론 사이참으로 챙기는 주전부리로 두리두리한 송씨의 몸피가 더 불었다.

손자 챙기는 것도, 방긋방긋 웃고 재롱부릴 때만 내 새끼, 내 강아지일 뿐 울고 보채기 시작하면 송씨는 냉큼 유모에게 떠안겨버렸다. 한두 달을 못 채우고 바뀌는 유모 탓인지 제헌의 통통하던 볼이 홀쭉해지면서 밤낮으로 울어댔다. 아이가 밤새 울고 보채도, 아이 어미가 방문 앞에 서서 안절부절못하는 걸 번히 알면서도, 송씨는 그미에게 제헌이를 맡길 생각은 절대로 하지 않았다. 약골로 태어난 제헌이는 철마다 감기를 앓았다. 그래도 두 돌이 지나면서부터는 재롱이 늘고 말도 또렷해졌는데 제 어미를 보는 눈길은 데면데면하다. 그미가 한 번만이라도 안아보려고 찬방에 나가 손을 내밀면 제헌은 삐죽대다가 돌아선다. 제 자식 가슴에 한번 안아보겠다고 애달아하는 모양새를 보면서도 누구 하나 그미를 거들어주지 못했다.

제헌이야 그렇다고 해도 송씨는 딸 소헌이까지 별당 출입을 금지시켰다. 살림은 뒷전이고 서책이나 팔랑거리며 기녀들처럼 시나 나불대는 어미에게 물들지도 모른다는 가당찮은 노파심을 들이댔다. 한 울타리 안에 살면서도 제 살붙이를 마음놓고 안아보지도 보살피지도 못하게 하는 그 엄혹한 규제를 아무도 탓하거나 제지하지 못했다. 가뭄에 콩 나듯 들르는 남편 성립에게 간청해보았으나 여일하게 거절했다.

"제헌이 소헌이 걱정은 마시오. 어머님이 만사 제쳐두고 오로지 손자손녀에게 정성을 쏟아붓는 걸 감사하게 여겨야 하지 않겠소. 그래야 당신의 시작도 수월할 터인데, 웬 안달이오."

자식이 어미를 따르고, 어미가 자식을 아끼는 것이 인지상정인 것을 그 뜨겁고 세찬 본능의 흐름을 막자고 드는 게 정녕 정성이란 말인가, 그미는 이해가 되지 않는다. 눈물이 줄줄 흐른다. 아이들 얼굴만 떠올려도 빗물처럼 흐르는 눈물이 눈을 가려 그제도, 어제도, 내일도, 모레도, 지금 서 있는 이 자리도 보이지 않는다. 세상에서 가장 억울하고 분하고 슬픈 일이 이것 말고 또 무엇이 있을까 싶었다.

*

금방 비가 쏟아질 듯 바람 부는 저녁나절에 두레네가 소헌을 업고 별당으로 내려왔다.

"마님께서 애기씨를 데려가라 하십니다."

두레네가 얼른 소헌이를 그미에게 안겨주고는 부리나케 올라간다.

소헌의 몸이 불덩어리 같다. 입이 새까맣게 타고, 작은 가슴이 가쁘게 벌렁거린다. 요 위에 눕히고 물을 수저에 떠서 입술에 댔건만 삼키지 못한다. 어찌 이 지경이 되도록 방치했더란 말인가. 원망하는 마음이 하늘을 찌른다. 모든 걸 제 탓으로 돌려 생각하고, 어떤 고통이나 절망도 안에서 갈무리하려던 그미의 작심이 일순간 무너져내린다.

아기가 먹다가 남은 미음이라며 두레네가 작은 보시기에 호박죽과 미음을 들고 왔다. 소용이 없다. 미음 한 수저라도 먹여보려고 수저를 입으로 가져가면 하얗게 마른 입술 어디에 그런 앙칼진 힘이 있는지, 도리질하며 눈을 감는다.

시어머니 송씨도 겁이 났는지, 당장 친정으로 가라고 채근
하던 때와는 달리 아이를 내려보냈다. 송씨는 손녀 소헌의 얼
굴에 홍역 열꽃이 피고 곡기를 끊는 순간 등허리에 얹히는 시
린 느낌을 숨기지 못했다.

엄마 품에 안긴 소헌이 그제야 살포시 눈시울을 밀어올린
다. 까맣게 말라붙은 작은 입술이 달싹거렸다.

"어머니……."

그미는 아이를 안고 토닥인다. 울컥 치미는 오열, 붉은 피눈
물이 눈앞을 가린다.

"소헌아, 소헌아, 내 딸 소헌아."

언제나 냉기가 돌아 차갑게 숨죽여 있던 그미의 잿더미 같
은 가슴에 불길이 치솟고 열꽃이 피어오른다. 소헌과 함께 불
덩어리가 되어 활활 탄다. 그때 어디선가 흰 날개옷 입은 선녀
들이 날아와 그미의 가슴에 안긴 소헌을 받아 안았다. 그리고
는 말없이 휘이휘이 날아간다. 우리 아가 소헌아, 하는 부르짖
음이 입을 찢고 터져 나오는 순간 그미는 흰 날개옷의 환영에
서 깨어난다. 끊어질 듯 가물거리는 소헌의 얼굴에 그미의 얼
굴이 겹쳐지고, 거스러미 인 아이의 입술에 숨길을 불어넣었
다. 할딱거리는 아이의 작은 새가슴이 식어간다. 손을 넣자 보
드라운 살갗이 섬뜩하다.

"아가, 우리 소헌아. 이걸 먹어야 사느니라."

소헌의 작게 오므린 입술이 벌어지지 않는다.

두레네가 그미의 손에서 수저를 받아 다반에 놓고, 소헌을 받아 요 위에 눕힌다.

"이제 곧 이 의원이 오실 겁니다. 아씨, 옷 갈아입으셔야지요."

그미는 움직일 수가 없다.

"어찌하여 이 어리고 가여운 몸에 병이 침노하는가, 차라리 내 이 몸 부서지고 찢어져 아이를 대신할 수만 있다면……."

그미는 옷고름을 풀고 치마허리를 끌어내려, 자신의 젖무덤 속에 아이를 품었다.

"아씨, 의원님 오셨습니다요."

의원이 왔다는 두레네의 목소리를 들었건만 그미는 옷매무새를 풀어헤친 그대로 가슴에 품은 아이를 내려놓지 못한다.

"아씨, 의원님 드십니다."

그제야 그미는 검정색 무명저고리를 벗어놓고 자줏빛 생명주 저고리로 갈아입는다. 그미가 벗어둔 검정색 무명저고리를 두레네가 얼른 장롱 속에 집어넣었다.

윗방 장지문이 열리고 들어선 이 의원은 요 위에 반듯하게 누워 있는 소헌의 손을 잡았다.

"외풍이 워낙 심해서, 병풍을 애기씨 머리 위에 두르게 하시고……."

소헌의 가느다란 손목을 잡고 진맥을 하던 의원의 고개가 설레설레 흔들린다.

"우리 아기 살려주셔야지요. 이대로 보낼 수는 없소. 내 이렇게 부탁드리지 않소."

두 손을 마주 잡고 고개 숙이는 그미의 절절한 애원을, 의원은 차마 바라보지 못한다.

"두레네한테 일렀습니다. 탕제를 달여 먹여보도록 하시겠습니다만 워낙 상태가 급박해서……."

그미가 의원에게 간절하게 부탁한다.

"방법이 없다는 말씀은 하지 마시오."

"아기씨도 아기씨지만, 아씨께서 탕제를 드셔야 하겠습니다. 건천동 마님께서 탕약을 지어 보내셨지요."

그미는 몇 날 며칠 동안 앉아서 날밤을 지새웠고, 낯을 씻지도 않고 머리도 빗지 않았다. 소헌이를 바라보는 일 말고 무슨 일을 할 수 있단 말인가. 손도 대지 않은 밥상을 물릴 때마다 두레네가 소리 없이 울먹거렸다.

"우리 아기가 곡기를 끊었는데 내 어찌 혼자 살자고 입에 쌀알을 씹을 수 있겠느냐."

소헌이 별당으로 내려온 다음부터 그미는 통시에 가는 일 말고는 한시도 아이 곁에서 떠나지 않았다. 가쁜 숨길을 내뿜으며 잠든 소헌이 곁에서 잠시 무거운 눈꺼풀 덮으면, 가닥가닥 찢어발긴 녹의홍상의 참혹한 자락들이 눈앞에서 자맥질을 치곤 한다. 그게 저주의 자락이었는가.

번히 새벽이 밝아오고 있다. 수저에 물을 떠서 거스러미가 인 소헌의 마른 입술에 대준다. 꼼짝도 하지 않는다. 숨을 쉬기는 하는지, 코밑에 손을 대보지만 훈김이 느껴지지 않는다.

"아가, 눈 좀 떠보렴."

아이의 등에 손을 넣어 일으키려는데 요 밑이 축축하다. 한 돌도 되기 전에 오줌을 가린 소헌이다. 소헌아…… 입에서 터져 나오는 한마디는 아이의 이름 두 자뿐이다. 계집아이한테 무슨 이름이냐고, 말도 꺼내지 못하게 하는 것을 그미는 헌(軒) 자 항렬에 소(素)자를 넣어 소헌이라 이름 지었다. 아무도 그 이름으로 아이를 불러주는 사람은 없었다. 모두들 애기씨로, 시어머니 송씨도 아가라고 불렀다. 소헌아라고, 그미 혼자만의 부름이 이제 미미한 숨결로 멎으려 한다. 임영에서 올라오던 날, 대문 밖에서 큰절을 올리는 어미를 향해 아장거리며 달려나오던 내 아이…… 시어머니가 막아서며 덜미를 잡는 바람에 어미에게 채 다가오지 못하던 소헌의 그렁한 눈이 잊혀지지 않는다.

"엄마……."

말라붙은 소헌의 작은 입술에서 열기가 배어 나온다. 문갑 속을 뒤지자 친정에서 보내온 우황청심환이 그나마 남아 있다. 손톱 크기만큼 청심환을 잘라내 물에 개어 먹이려 했지만, 아이는 약을 삼키지 못하고 입술 밖으로 흘린다. 화로를 안은 듯 절절 끓는 아이를 안은 채 그미는 처음으로 세상을, 사람들을 한없이 원망했다.

소헌이 덮고 있던 요 위에 그미는 그대로 몸을 부려놓는다. 대엿새 동안 열꽃을 피우며 땀 흘렸던 소헌의 살냄새가 아직도 생생하게 코끝에 남아돈다.

"아씨 정신 차리세요. 이러시면 아니 되십니다. 건천동 마님께서 탕제를 끓여 보내시었는데, 한 모금이라도 잡수셔야지요."

그미를 일으켜 세우는 부들이를 안채에서 찾는 목소리가 희미하게 들린다. 부들이가 미닫이를 닫고 나가자 그미는 탕제를 요강에 들이부었다. '어머니, 죄송하옵니다. 하지만 제 자식 앞세운 이 마당에 보약을 먹을 수 있겠습니까…….'

*

이월 초이렛날, 늦추위가 몰아붙였다. 안채 출입이 금지된
그미는 먼발치에서 제헌이 자지러지게 우는 소리를 들었다.

그날 시어머니 송씨는 몸소 제헌을 업고, 작은동서 집에 나
들이하고 오던 길이었다.

"마님, 대감마님 퇴청해 오셨는데, 마님 찾으십니다요. 애기
씨는 쉰네가 안고 갈 테니까 속히 사랑채로 내려가보시지요."

송씨는 등에 업고 있는 손자를 두레네한테 맡겼다. 잘 먹고
잘 놀던 제헌이 그날따라 몸이 편치 않았던지 성가실 정도로
보챘다. 마침 아이가 또 울며 징징거리는 바람에 얼른 두레네
한테 안겨줬던 송씨는 사랑채에 다녀온 후 제헌이 우는 소리
가 별채에서 들리자 득달같이 달려가서 제헌을 자신의 품으로
거둬들였다. 며느리에게 제헌을 한시도 맡기고 싶지 않았다.
송씨는 아이가 우는 게 그미 탓이라는 듯 물고늘어졌다.

"생때같은 아이한테 무얼 먹였기에 이렇게 숨을 잦히는 게
냐."

제헌을 뺏어 안고 송씨는 안채로 사라져버렸다.

아이는 밤새 보채면서 열을 내었다. 그미는 아이 우는 소리
를 듣고도 시어머니의 방으로는 한 발짝도 들여놓지 못했다.

순돌이를 시켜 최 의원을 데리고 오도록 하고, 더운 꿀물을 타서 올려보냈다. 그러나 그 밤이 새기가 무섭게 아이는 여름 볕에 뽑아둔 채소처럼 푹 숨을 죽였다.

뒤늦게 시어머니 송씨의 방으로 찾아드니, 세 돌 지난 아이의 몸은 삭정이같이 말라 있었다. 차갑게 식은 아이를 품에 안은 그미는 눈물도 나지 않았다. 제헌을 품에 안은 채 그미는 버선발로 별채로 돌아왔다. 거처로 내려오고 나서야 그미는 솟구쳐오르는 오열을 토해냈다. 오만 가지 서러움이 복받쳐올랐고, 온몸이 갈기갈기 찢어지고 부스러지는 것만 같았다. 어느새 해가 지고 밤이 내렸다. 촛불도 켜지 않았다. 문 밖에서 두레네가 인기척을 냈지만 그미는 아무런 대꾸도 하지 않았다.

밤이 기울도록 죽은 아이를 끌어안고 있던 그미는 불현듯 아이를 요 위에 눕히고 장롱을 열었다. 오라버니 허봉이 중국 걸음에서 선물로 주고 간 비단을 꺼냈다. 황금색 바탕에 제 색깔로 무늬를 아로새긴 비단을 마름질하기 시작했다. 제헌의 키보다 길게 홑두루마기를 지었다. 바늘에 실을 꿰고 한 땀 한 땀 이어가면서 그미는 딱 한 가지 생각, 이 어미도 금방 뒤따라갈 것이라는 생각밖에 없었다.

새벽녘에 기침 소리와 함께 남편 성립이 방으로 들어왔다. 방 안의 풍경에 잠시 멈칫거리던 성립이 요 위에 반듯하게 누워 있는 제헌을 보듬어 안더니 울먹였다.

"제헌아, 어찌 아비를 두고 간단 말이냐?"

눈물을 짜내던 성립이 그미를 돌아본다.

"이녁이 키워야 했거늘, 이녁한테 보내라고 그렇게 말씀드
렸건만……."

성립이 어깨를 들썩이며 울음을 토해냈다.

그미는 멀리 구름 타고 훨훨 날아가는 아들 제헌의 희고 투
명한 영혼을 본 듯하다. 작은 손 흔들며 환하게 웃는 아이는 행
복한 얼굴이다. 구름마차 타고 가는 저세상에는 근심도 분노
도 아픔도 없으리라.

성립은 밤새 그미가 지어둔 비단 두루마기를 제헌에게 입혔
고, 얼음기둥처럼 꼿꼿하게 앉아 눈 한 번 깜짝 안 하는 그미를
요 위에 눕혔다. 그미의 차가운 몸피에서 성립은 얼핏 죽음의
냄새를 맡았다. 코 밑에 손을 대보기도 했다. 어머니 송씨를 원
망하는 마음이 불쑥 깊어졌다. 소헌이를 떠나보낸 지 한 계절
도 지나지 않았다. 가을에 아이를 땅에 묻고, 그 땅에 아직 입
김도 가시기 전에 아들 제헌이까지 보내게 될 줄은 몰랐다. 아
이의 포대기를 안고 눈을 감자, 두 아이가 선연하게 다가왔다.
소헌이 제 동생 제헌의 손을 잡고 간다. 안타까운 손짓으로 아
이들을 부르자 아이들은 어느새 백일홍 나무 사이에서 모습을

감춘다.

*

　그미는 어린것들의 옷가지들을 만지작거렸다. 눈앞에 고물거리는 아이들의 모습을 지울 수가 없어 옷가지만이라도 한없이 만져본다. 문득 지난 설날, 소헌이가 입었던 명주 속치마가 손에 잡힌다. 그미는 먹을 찍은 붓을 들어 듬성듬성 접혀진 주름을 풀어내고 써내려간다.

　　지난해는 사랑스러운 딸을 잃었고 (去年喪愛女)

　　올해는 하나 남은 아들까지 잃다니 (今年喪愛子)

　　서럽고 서러워라 광릉고장에 (哀哀廣陵土)

　　두 무덤 나란히 마주 보고 만들어졌네 (雙墳相對起)

　　백양나무 쓸쓸타 바람이 일고 (蕭蕭白楊風)

　　도깨비불 소나무에 비추이누나 (鬼火明松楸)

　　지전으로 너희들 혼을 부르고 (紙錢招汝魄)

　　무덤에 맹물 한잔 부어놓는다 (玄酒奠汝丘)

　　너희들 남매의 가여운 혼이야 (應知弟兄魂)

　　생전처럼 밤마다 정답게 노닐고 있으리 (夜夜相追遊)

비록 배 속에 아이가 있다 하지만 (縱有腹中孩)

어찌 제대로 자라날 수 있으랴 (安可冀長成)

하염없이 슬픈 노래를 부르면서 (浪吟黃臺詞)

비통한 피눈물에 목이 멘다 (血泣悲吞聲)

한도 끝도 없는 눈물이 볼을 타고 흘러내린다. 새벽닭이 울도록 앉아 있노라면 어느새 육신은 제 것이 아닌 양 날아오른다. 해 질 녘만 되면 마음이 저려든다. 두 아이를 저세상으로 보내니 사는 것이 사는 게 아니다. 먹는 일도 잠자는 일도 덧없고 부질없다. 안 먹고 안 자며 찬 냉기가 등에 스미는 냉돌에 몸을 부려놓는다. 입 안에 무언가를 넣고 우물거린다는 게 혐오스럽다. 눈을 감으면 정처없이 부유한다. 구름밭인지, 허공인지, 이승인지, 저승인지 경계가 허물린다. 저기, 소헌이 제헌이 나의 아이들이 오색 구름밭에서 논다. 이름을 부르면 먼 발치에서 생글생글 웃는다. 아이들의 얼굴이 토실토실하고 행복해 보인다. 꽃이 흐드러진 화원에 꽃사슴들과 함께 어우러진 아이들…… 두 손을 휘저어 붙잡으려 하면 조금 전까지 온기로 느껴지던 아이들의 모습이 온데간데없이 사라진다. 손에 잡힐 듯 다가오지만 손가락 사이로 물처럼 새나가버리는 아이들이 그미의 가슴에 사무친다. 후드득, 뺨을 적시는 눈물을 닦을 생각도 않고 그미는 눈을 뜨고 일어나 서안을 끌어당긴다. 어느새 먹물이 말라버린 붓은 빗금 한 획도 그리지 못하고 마른다. 물처럼 새고, 먹물같이 사위는 것들…… 뜨겁고도 세찬 한숨이 토해진다.

한밤중에 장지문을 흔드는 기척에 문을 열었더니 단오가 서 있다.

"시어미, 신랑은 어쩌고 이 야밤에 출타할 생각을 했는가?"

그미의 치맛자락에 엎드려 단오는 소리 없이 흐느낀다. 그 곱던 얼굴에 기미가 까맣게 올랐다. 서방 춘삼이 잠이 깊어 몰래 빠져나왔노라 한다. 창신동 꼭대기에서 옥인동까지 이십 리가 넘는 거리를 그미 걱정이 밟혀 달려온 단오다.

단오의 몰골이 말이 아니다. 뽀송하던 볼은 패고, 손은 떡두꺼비처럼 거칠어졌다. 그미도 단오도 소리 없이 흐느낀다.

"더 이상 못 살겠어요. 하루에도 몇 번을…… 혀 깨물고 죽으려고……."

단오는 쌓아둔 넋두리를 쏟아낸다.

"서방이라는 것이 밤이나 낮이나 술타령에, 꼼짝도 안 하고 방구석에서 빈둥거립니다. 제가 철철이 가꾼 야채를 목 빠지게 머리에 이고 장안에 내다 팔아서 근근이 연명하는 처지랍니다. 하루 오십 리를 무거운 것을 머리에 이고 자하문 고갯마루를 넘나들면서, 제 사납고 박복한 팔자를 저주했답니다. 머리 깎고 절에 가고 싶어요. 그저 표연히 사라지고픈 마음이에요."

"이 불쌍한 것……."

그미의 가슴이 저리고 쓰리다.

"단오야, 내 죄가 크구나. 애초에 날 따라오지 않고 건천동에 있었으면 갑술이하고 혼례 올리고 잘 살았을 것을…… 미안하구나. 한 번뿐인 생인데, 머리 깎고 절에 가든, 기방 정지간에서 허드렛일을 하든, 마음 가는 대로 훌훌 날아가거라."

그미는 장롱 깊숙이 숨겨둔 남색 보자기 속에서 은전 몇 닢과 금 쌍가락지를 꺼내 한지에 싸서 단오의 손에 쥐여주었다.

"이거 가지고 가거라. 내가 너한테 해줄 수 있는 게 고작 이정도구나. 훌훌 털고 멀리 떠나든지, 밭 사고 땅 일구어 못 이기는 체 살든지 해라. 하지만 단오야, 어디를 간들 인간사 고행을 벗어나지 못하는 것, 잘 생각해서 결정하려무나."

단오의 등을 밀어 보낸 후 그미는 명주 손수건이 젖도록 눈물을 닦아냈다.

"아씨, 금실이라는 술청 계집이 안방에 와 있습니다요. 내일 모레 해산한다며 법석을 떨지 않아요."

마침내 올 것이 왔다는 생각이 들었다. 하루 이틀 안채에서 날아오는 소문은 낯 뜨거워 귀에 담을 수가 없었다.

"글쎄, 아씨, 그것이 안방에까지 더운 소세 물을 떠다 바치라, 두레네한테 호령호령 하드라지 뭐예요. 마님도 너무하셔요. 그런 천한 것을 안방에 모셔다 앉혀놓고 나이 든 우리 어미한테 그런 시중까지 들게 하다니, 정말 야속합니다요."

부들이가 분하고 억울해 죽겠다는 시늉으로 어깨까지 들썩거리며 조잘거렸다.

섣달그믐 날 자시, 안방에서 어린애 울음소리가 들리고, 고추 대장부가 태어났다는 송씨의 카랑한 목소리가 장지문을 밀고 넘어왔다. 아들이라, 그미는 가슴을 쓸어담았다.

이튿날, 부들이가 기별을 했다.

"아씨, 예쁜 기생이 찾아왔는뎁쇼."

장지문을 열자 수연이 환한 얼굴로 서 있다. 축담에서 절을 하고 일어서는 수연을 그미는 방으로 오르라고 부축한다. 나붓이 절을 하고 앉는 수연이 소복 차림새다. 웬 소복이냐고 묻는 그미의 눈물음에 수연이 다소곳이 고개를 숙여 보인다.

"소첩이 금강산에 갔다 오는 사이 늙은 기생어미가 세상을 떠났답니다. 그나저나 아씨, 이를 어찌한답니까. 이야기 전해 듣고 얼마나 가슴이 아팠던지…… 인명이야 재천이라 하지 않던가요. 난설헌 아씨께선 아직 젊으시고, 이렇게 건강이 좋아지시는데 너무 상심하지 마셔요."

"이제는 인간사에 목을 매지 않을 작정이라네."

수연이 다가와 그미의 손을 잡는다. 퍼런 실핏줄이 불거진 그미의 가늘고 흰 손이 차갑다. 수연이 나직이 읊조린다.

"그 심정 어찌 모르겠습니까만 세상에 자식 말고도, 남편 말고도, 살아갈 가치는 있는 것이잖아요. 아씨에게는 그것 말고도 또 다른 무한한 세계가 있지 않아요. 절대로 마음을, 손을 놓아서는 아니 됩니다. 살아 숨쉬는 시어들이 줄줄 흘러나오는 그 귀한 보석함에 자물통을 채우시면 안 됩니다, 난설헌 아씨."

"오라버니에게 다녀온 것은 어찌 되었는가."

수연이 무릎 위에 늘어진 긴 옷고름 한 가닥을 들고 눈물을 찍어낸다.

"아씨, 하곡 서방님을 만나보았다면야 어찌 그 소식을 뒤로 미루겠습니까. 갑산이라는 곳이 실제로 이 세상에 있기나 한

곳인지, 가도 가도 끝이 보이지 않는 길바닥에서 소첩은 그만 주저앉고 말았지요. 함흥인가 하는 곳의 객주집에서 소첩은 기다리기로 하고 최 선비님 혼자 길을 떠나셨어요. 하지만 엄동설한 겨울은 닥쳐오고, 제 입성이 워낙 추위를 이겨낼 옷이 아니었기에 기다리지 못하고 소첩만 올라왔습니다. 용서하세요."

"용서하고 말고가 어디 있겠는가. 그렇게 먼 곳에 계시는 것을……."

멀리서 부엉이 우는 소리가 들린다. 안채에서는 부침질하는 기름 냄새가 진동했고, 점심때가 다 기울었는데 누구 한 사람 별채에 와 얼굴을 드미는 사람이 없다.

"무슨 잔치가 있는 모양이지요. 조금 전에 떡살 빻는 소리가 들리던데요."

"그럴 일이 있다네."

"어린애 우는 소리 아닌지요. 설마, 그것이 이 댁 문턱을 넘어 들락거리지는 않겠지요."

수연의 말에 그미는 그저 묵묵히 말을 아낄 따름이었다.

며칠 전, 그미는 하나 남아 있던 금비녀를 안채에 올려보냈다. 그냥 금비녀가 아니다. 기화요초를 칠보한 큰 비녀는 한 냥이 넘게 묵직한 것이었다. 손수 들고 갈 마음은 아무래도 일지 않았다. 순돌이를 시켜 사랑채에 있는 성립을 잠시 들르라 일 렀었다. 성립이 장지문 밖에서 기척을 알렸다. 한 지붕 아래 살 아도 돌아누우면 남남이라 했던가 원수라 했던가. 성립이 방 으로 들어설 기미를 보이지 않자 그미가 마루로 나섰다. 성립 은 붉은 비단보를 손에 들고 문턱을 넘어서는 그미를 흘긋 쳐 다보았다. 치자물 들인 명주 반회장저고리에 연한 물색 치마 를 받쳐 입은 그미의 수척해진 얼굴에 애잔함과 슬픔이 깃들 어 있었다.

"무슨 일이오?"

성립은 마주 대하기 딱하고 민망스러워 짐짓 얼버무리듯 퉁 명스럽게 말을 건넸다. 성립도 안채에서 일어나고 있는 일들 이 그리 마음에 들지는 않았다. 덕실의 아이를 끼고 도는 어머 니나, 안방에 깔고 앉아 해산 뒷바라지해달라고 능청을 떠는 덕실이나, 하나같이 성립의 어깨를 짓눌렀다. 글방 친구들 사 이에서도 뒷말이 무성했다. 하나 자신이 저지른 일을 나 몰라 라 회피할 만큼 뱃심이 두둑하지도 못했다. 이래저래 심사가 편치 않다. 육신이라는 껍데기만 들쓰고 있는 것처럼 텅 비어 있는 느낌이다.

그미는 들고 온 비단 보자기를 성립 앞으로 밀어놓았다.

"금비녀하고 명주 한 필 마련했습니다. 그 아이한테 전해주시지요."

한숨도 냉소도 아니다. 한차례 눈발이라도 날릴 듯 얕게 내려앉은 하늘이 무겁다. 성립이 눈길을 피하면서 훌쩍 돌아선다.

"그런 건 이녁이 손수 건네는 것이 좋지 않겠소."

말을 해놓고도 성립은 잠시 난감하다. 아무리 넉넉하고 투기심 없는 여자라 해도 씨앗이 아이를 낳았다는데 멀쩡한 얼굴로 금비녀를 안기는 여자의 마음은 무엇이란 말인가. 성립은 그미로부터 홍보를 받아든다. 그리고 신음처럼 한마디를 툭 내뱉는다.

"몸은 어떻소."

그미는 말없이 장지문 안으로 넘어선다. 몸이 어떠냐는 그 무심한 한마디가 그미의 잠자던 감성을 건듯 스쳐 지나간다. 얼마 만에 들어보는 말인가. 비록 입에 발린 말이라 해도, 말이란 마음의 잔이랑이 아니겠는가. 안개 발 같은 서러움을 그미는 가만히 끌어안는다.

몽환

푸른 산과 붉은 집이 드높은 하늘에 잠겼는데 (青苑紅堂鎖沈漻)

학은 단사 고는 부엌에서 졸고 밤은 아득만 하다 (鶴眠丹竈夜迢迢)

늙은 신선이 새벽에 일어나 밝은 달을 부르고 (仙翁曉起喚明月)

바다 노을 자욱한 건너에서 퉁소 소리 들린다 (微隔海霞聞洞簫)

써내려가던 붓이 멎고, 창호지보다 얇은 그미의 어깨가 경탁 위로 엎어진다. 머릿속에 가득 떠오르는 시구들, 눈앞에 어른거리는 영롱한 오색 구슬들, 백설보다 더 희고 눈부신 신선들의 옷자락, 두둥실 춤사위에 너풀거리는 선녀들의 화려한 옷자락이 눈앞에 선연하게 다가오건만 그미는 더 이상 아무것도 쓸 수가 없다. 진액이 빠지고 곧추세운 등뼈가 흐물거려 바로 앉아 있지 못한다.

달은 떠 있고 퉁소 소리 들리는 선궁의 모습이 선연하다. 요 위에 몸을 누이고 눈을 감으면 깊고 그윽한 흔들림이 몸을 실어간다. 외가가 있는 임영 바닷가의 솔바람 소리, 일렁이는 푸른 파도, 그미는 파도를 딛고 걸어간다. 두 발이 수면을 밟는다. 깃털처럼 날렵해진 몸에 어떤 저항도 없다. 어딘가에 닿아 몸을 부려놓으면 거기에는 눈부신 오색 구슬이 창연한 곤륜산이 된다. 굽이굽이 외돌아친 첩첩한 봉우리, 그 산자락마다 붉은 철쭉 어우러지고, 하얀 물보라를 튀기며 쏟아져내리는 폭포수 한줄기는 마치 하늘에서 내려온 흰 명주 너울 같다. 폭포수를 타고 내려온 푸른 무지개 옷 입은 선녀, 붉은 노을색 옷을 입은 선녀들이 보인다. 천상의 아름다움이 저런 것인가. 어떤 시어로도 표현할 수 없을 것이다. 두 선녀가 그미에게 손짓한다. 선녀들을 앞질러 공작새와 학들이 길을 안내한다. 산꼭대기에 다다르자 가없이 너른 바다와 하늘이 하나로 맞닿아 있다. 한 선녀의 말소리가 들려온다. '여기는 신선들이 노니는 곳이랍니다. 아름다움의 총아와 같은 이곳에 당신을 오시게 한 것은 전생에 신선의 연이 있음이지요. 그대의 시가 절묘하다 하니, 어디 한번 이 신선 세계의 아름다움을 듣고 본 대로 읊어

보세요.' 그미의 입에서 망설임 없이 시구가 흘러나온다.

맑은 이슬 촉촉한데 계수나무 달이 밝다 (露濕瑤空桂月明)

꽃 지는 하늘에는 흥겨운 통소 소리 (九天花落紫簫聲)

옥황님께 조회하는 금 호랑이 탄 동자 (朝元使者騎金虎)

붉은 깃의 깃대는 옥청궁으로 올라가네 (赤羽麾幢上玉淸)

그미가 읊어내린 시에 대한 화답 소리가 메아리치듯 들려온
다. '기상이 따뜻하고 의취가 뛰어나다. 광망은 곱고 시어는 담
백하도다. 그 아름다움은 잘 차리고 맑게 단장한 여인의 그것
과 같고 그 따사로움은 봄볕이 화초를 비추는 것 같고, 그 맑음
은 찬 물줄기가 큰 골짝을 씻어내리는 것 같으며, 그 형형한 밝
음은 하늘의 학이 오색구름 밖을 방황하는 것 같도다. 그것을
당겨보면 노을이 비단처럼 곱고 바람이 잔잔한 듯하고……'
순간 그미는 눈을 뜬다.

"아씨, 일어나셔요. 미음 한 수저 드셔야지요."

하나 다시 요 위에 몸을 누인다. 눈을 감으면 살포시 밀려오
는 졸음기, 감은 눈시울에 어른거리는 오색의 구슬산과 망망
한 수평선…… 선연했던 선녀들의 옷자락이 나풀거린다.

그렇게 밤을 지새우는 날이 많아졌다. 그미는 촛불 대신 무

명실로 심지를 꼬아 들기름 먹인 기름종지에 불을 댕겼다. 심지 끝에 작게 매달린 여린 종짓불이 한결 아늑했다. 초와 지필묵과 혼자 될 수 있는 시간만이 이제 그미에게 남은 바람인지도 몰랐다.

*

그미는 버선발로 댓돌로 내려가 동생 균을 맞이한다. 잠시 동안 남매는 마루에 선 채 맞잡은 손을 풀지 못했다. 그미는 몇 년 만에 동생을 보자 만감이 서려 목이 메고 손끝이 저려들었다. 열아홉 살, 헌헌장부가 된 균의 당당하고 의젓한 모습은 대견스럽고 믿음직스럽다.

열다섯 살에 안동 김씨를 신부로 맞아들인 균은 어머니를 모시고 건천동에서 살고 있었다. 잡힐 듯 가까운 이웃이건만 천리만리 떨어져 사는 듯 왕래가 소원했다. 친정집 나들이가 그미에게는 쉬운 일이 아니었다.

"이게 몇 년 만이냐……."

목울음을 삼키는 그미의 어깨가 잘게 흐느적거렸다. 그미의 그림자같이 여린 모습에 균의 눈가에 금세 물기가 어렸다.

"누님, 어쩌자고 그리 상하셨는지요. 꼭 백지장 같지 않습니까."

손을 맞잡고 방으로 들어온 남매는 말을 잊은 채 서로 바라보고만 있었다. 만감이 서리고 가슴이 저렸다. 그미는 병풍에 기대앉는다. 무어라도 기대지 않고서는 바로 앉아 있을 수가 없다. 그런 누이를 바라보는 균의 마음은 쥐어짜듯이 아파왔다. 백옥같이 희고 윤기 나던 그 육색과 깊은 물을 담고 있는 듯 맑게 반짝이던 눈매에는 근심과 우수가 먹물같이 어려 있고 움푹 팬 눈시울 아래로 기미가 슬었다. 북향인 탓인지 한낮인데도 채광이 안 좋은 방 안 분위기는 스산했다. 방 아랫목에 깔아둔 이부자리는 오랫동안 햇볕을 쬐지 못해 눅눅해 보였다. 균은 고운 때 묻은 이부자리를 만져보다가 울컥 서러움이 복받쳐오른다.

"어머니는……."

그미가 묻는다.

"어머님 곁에는 제가 있으니까, 염려 놓으세요. 누님이 기운을 차리셔야지…… 아예 함께 집으로 가십시다. 이러다가는 큰일 나세요."

그미의 고개가 절레절레 흔들렸다. 올케까지 있는 친정에 이 남루한 육신을 끌고 들어갈 수가 없다. 분위기가 어느 정도 가라앉자 균이 입을 열었다.

"그래도 좋은 소식입니다, 누님. 형님이 귀양에서 풀렸어요. 형님하고 홍문관 동기인 유성룡 대감도 애를 쓰신 모양입니다. 영의정에 오르신 노수신 대감이 몇 번이고 간하여 유배 삼년 만에 풀린 겁니다. 한데 형님은 한양으로 오시지 않고 백운산으로 들어가셨다 합니다."

그미의 눈이 순간 생기를 되찾은 듯 반짝한다. 오라버니가 깊은 백운산으로 은둔한 뒷자락에는 권력의 무상함이나 부질없음에 대해 깊이 느낀 바가 있을 것이라고 그미는 생각했다.

균은 누이의 눈매에서 예사롭지 않은 적막감을 느낀다. 어떤 말로도 해갈이 안 될 목메임일 것이었다. 예민하고 첨예한 감수성과 수많은 밀어를 간직했던 누님이 아니었는가.

"이제 형님이 복직되시고, 아직 제 나이 어리니 기필코 누님 앞날에 어둡고 서러운 날만 있게 하지는 않을 것입니다."

말없이 고개를 끄덕이는 그미, 그 막연하고도 헛된 바람이 매캐한 연기처럼 가슴을 메워온다. 다시는 되찾을 수 없는 것들, 죽음 저편에 버려둔 아이들이, 이 쇠락한 육신이 다시 꽃을 피울 수 있더란 말인가…… 그미의 눈이 방 안이 아닌 먼 곳에가 어룽거린다. 균은 누님의 눈길을 잡으려 잔기침을 한다. 한곳에 못 박힌 그미의 눈은 미동도 하지 않는다.

"그동안 얼마나 상심되는 일이 많았습니까. 제헌이 소헌이다 보내놓고 누님이 어찌 세월을 보내시는지, 어머님 가슴앓이가 눈물겨워서……."

그미는 마른 침을 삼키고는 입 안에 맴도는 말을 끌어낸다.

"내 어찌 그 절절한 이야기를 내 입으로 다 할 수 있겠니. 내 모질고 독해 이날 이때까지 숨쉬고 밥 먹고 잠자고 하긴 하지만 내 혼은 늘 아이들 곁에 있다네."

균이 누이 곁으로 다가가 뼈만 앙상한 누이의 어깨에 손을 얹었다.

"건천동 어머님을 생각해서라도 부디 몸을 돌보셔야지요."

다시 침묵이 이어지고, 그미는 구들장 아래로 자꾸만 빨려 들어가려는 몸뚱이를 한사코 힘주어 버티고 있다.

"저는 이 길로 곧장 금강산으로 가서 형님을 찾아 모시고 올 생각입니다."

순간 그미도 떠나고 싶다는 간절함이 목젖까지 차오른다. 어디론가 훌쩍 떠나버리고 싶다는 간절한 갈망이 어찌 남정네들에게만 있는 특별한 감정이든가. 이 울울한 담 안에 갇혀 살아온 세월의 이끼가 온몸에 슬었다.

"찾는 거야 어렵지 않겠습니다만, 염려되는 것은 형님이 영영 한양으로 돌아오지 않겠다고 고집 부리시면, 그 고집을 누가 꺾을 수 있겠습니까."

윗방 장지문이 열리고 단오가 다반을 들고 들어온다. 닷새에 한 번꼴로 단오는 그미의 거처에 들르곤 한다. 신랑 춘삼이는 지난 여름 학질로 고생하다 기어이 세상을 떠났다. 아들 앞세운 단오의 시어미는 서방 잡아먹은 팔자 드센 계집이라며 단오를 닦달하는 모양이었다. 그래도 지난번 그미에게서 받은 패물이나 무명필이 있어, 시어미 봉양에는 소홀함이 없는 단오였다. 방으로 건너온 단오가 살포시 윗목에 앉으며 묻는다.

"서방님께선 평안하신지요? 마님께서도 무탈하시지요?"

단오는 떨리는 손으로 작설차 주전자를 들어 찻잔에 따랐다. 단오와 균은 동갑내기였다. 둘은 누가 뭐라 하지 않았는데도 나이 들면서 서로를 멀리서 바라보며 가슴 졸이는 세월을 살았다.

"단오가 예뻐졌구나. 머리 얹은 걸 보니 시집은 갔을 테고, 그래 아이는 몇이더냐?"

옛 기억을 떠올리듯 균의 눈가에 그리움이 서린다.

"그런데 웬 소복이더냐? 누구 상이라도 당했더란 말이더냐?"

그미가 대신 말을 꺼낸다.

"지난해 신랑이 학질로 앞서갔지. 그러지 않아도 건천동 어머님께 좋은 데 알아봐주시라고 부탁드리려던 참이니, 자네

가거들랑 단오 걱정 좀 해주게나."

장지문을 열고 나가는 단오의 소복 입은 처연한 뒷모습에 균의 눈길이 따랐다.

"서방도 없는 시집살이가 살점을 뜯어내는 듯하니 가엾고 안됐어. 낮에 잠시 들러서 내 시중을 들어주고 간다네."

긴 한숨 자락이 윗방에 있는 단오의 귀에까지 스몄다.

"어찌하여 우리 식구들이 이렇게 뿔뿔이 헤어져 살게 되었는지……."

균은 어머니 앞에서 참고 억눌렀던 분함과 서러움이, 누님과 마주하고 있자 봇물처럼 터져 나왔다. 그미는 울먹이는 동생 균의 손을 맞잡았다. 만감이 피어오른다. 동생 균하고는 여섯 살 터울이지만 벗처럼, 문우처럼 나란히 앉아 시를 읽고 시를 지었다. 여느 가정에서의 동기간 우애하고는 달랐다. 글맥을 통해서, 시정을 통해서 맺어지고 소통하는 동기간이 아니던가. 그 소통이야말로 그미에게는 공기와 같았고, 하루하루를 지탱해나갈 수 있는 숨구멍이기도 했다.

어떤 욕심도, 허세도 말라붙어버린 듯한 누이의 초탈함이 처연하다. 백양나무 가지처럼 얄팍한 손이 살을 베듯 시리다. 잠시 동안 남매는 심상에 그려지는 적요의 그림자를 헤아린다. 그 고요함은 한 시절 형형히 빛나던 명예의 부질없음을, 또

한 만남과 헤어짐의 그 아린 속살의 아픔을 사무치게 했다. 문득 균이 그미의 기색을 살피면서 무겁게 입을 열었다.

"이런 말 입에 담기도 망설여집니다만, 전에 집에서 부리던 덕실이라는 아이를 매형이 들어앉혔다던데, 사실입니까."

"명헌이라고 아이를 낳았다네."

나직하게 뱉어내는 그미의 말에 균은 끓어오르는 심화를 터뜨린다.

"그리 천한 계집을 집안에 들이다니, 매형도 참 딱하십니다."

그미의 손이 설레설레 흔들렸다. 어제 낮, 겨우 망울을 틔웠던 자목련 화판이 후드득 들이치는 빗방울에 떨며 낙하한다.

*

균이 생원으로 급제했다는 희소식과 함께 그미의 가슴에 메울 수 없는 구멍으로 자리한 비보가 날아든다. 금강산 대명암에서 수양하던 오라버니가 병을 얻어 의원을 찾아가던 도중, 금화에서 객사했다는 소식이었다. 균이 허봉의 시신을 수습하기 위해 달려갔고, 그미는 건천동 친정으로 갔다. 불도 안 켠 컴컴한 한밤을 모녀가 마주 앉아 지새웠다. 그미는 어머니의 손을 잡은 채 나직이 시구를 읊조렸다.

고가라서 낮이건만 인적도 없고 (古宅晝無人)

뽕나무 위에서 부엉이만 우네 (桑樹鳴鵂鶹)

까칠한 바위 옥 층계에 돋고 (寒苔蔓玉砌)

참새가 빈 다락에 깃을 쳤다네 (鳥雀樓空樓)

전에는 말과 수레 머물더니만 (向來車馬地)

지금은 여우의 소굴이 되어 (今成狐兔丘)

달관한 분의 말씀 이제 알겠소 (乃知達人言)

부귀는 나의 몫이 아니란 것을 (富貴非吾求)

어머니 김씨가 딸의 야윈 어깨를 얼싸안았다. '초희야. 너무 영민함도, 너무 다정함도, 지나친 나약함도 이 세상에 배겨나지 못하는 것을, 어쩌자고 머릿속에 촛불을 켜고 산다더냐.'

*

단오의 정성이 가상하다. 늦은 밤 달려와서는 가마솥에 물을 데워 그미의 방으로 들고 왔다. 더운 물에 몸을 담근 채 그미는 만감이 서린다. 몇몇 얼굴들이 순서 없이 떠올랐다가 사라진다. 부연 김서림에 얼굴을 내미는 오라버니와 아이들······ '이제 그만 저도 오라버니 곁으로 가렵니다. 목욕재계하고 비

단옷 차려입고 꽃당혜 신고 나붓나붓 걸어가렵니다. 이제야
겨우 당도했군요. 이렇게 지척에 계신 것을, 그렇게 멀고 아득
하기만 하더니, 이제 험한 길 걸어서 여기까지 왔지요. 제헌이,
소헌이. 이제 어미랑 함께 살자. 너희들 곁으로 달려가마.'

자우룩한 김을 헤치고 최순치의 옥골 같은 얼굴도 떠오
른다. '먼저 갑니다. 부디 더 이상 헤매지 마시고 정착하시기
를……' 그미의 야윈 어깨가 가만히 들썩인다.

"아씨……."

단오가 무명수건으로 그미의 어깨를 감싼다. 삼월인데도 장
지문 틈새로 들어오는 꽃샘바람이 차다. 옹기 자배기 안의 물
은 반도 안 찼다. 드러난 어깨 가슴을 무명수건으로 감쌌지만
오스스 소름발이 인다. 늘 정주간에서 하던 목욕을 오늘은 윗
방에 목욕 자배기를 들여놓고 하고 있다. 몸에 묻은 먼지를 씻
어낼 작정이다.

며칠 전 잠시 들른 단오에게 그미는 큰마음 먹고 청했다.

"목욕을 하고 싶은데, 궁리가 나질 않는구나. 영암숙모님은
병환이 깊으시고, 수연에게나 연락을 해주면……."

해시가 넘어서야 단오가 살그머니 찾아왔다. 단오는 소리
기척 없이 별채 아궁이에 불쏘시개를 만들어 불부터 지폈다.

"아씨, 몸도 성치 않으신데 어쩌자고 목욕을 하시렵니까. 그

곱던 몸매가 피골이 상접하시네요."

수건으로 등을 밀던 단오가 참지 못하고 울음을 터뜨렸다.

"울지 말고 빨리 가라 하지 않더냐. 잠깐 너에게 줄 게 있다. 단오야…… 부디 잘 살아야 한다."

등 밀던 손을 멈추고 단오가 그미 앞으로 다가앉았다.

"아씨, 왜 그런 말씀을 하세요. 어디 떠나시기라도 하실 것처럼……."

그미는 단오의 물 묻은 손을 꼭 잡는다.

"이제 갈 때가 되었느니. 나를 붙잡을 것이 아무것도 없는데, 내 여기 더 머뭇거릴 까닭이 없질 않더냐."

단오의 어깨가 물살처럼 흔들린다. 몸에 묻은 물기를 닦아낸 후 단오의 시중을 받으며 그미는 한 번도 안 입고 넣어둔 속옷, 속치마, 속적삼을 입었다.

마치 수의로 몸을 감듯이 그미는 한 겹 한 겹 몸을 감싼다. 그미의 얼굴은 창백하다 못해 사기처럼 차고 시리다. '어머니, 용서하세요.' 뜨겁고 세찬 말들이 가슴속에서 소용돌이치며 입 안에서 잦아든다. 그미는 면경함을 끌어다 놓고 뚜껑을 연다. 거울에 뜬 낯선 얼굴 하나, 야위고 사원 젊음이 삼단 같은 머리를 무겁게 이고 있다. 그미는 거울을 덮는다.

하나 남은 면경함이다. 오라버니 봉이 일본의 수신사로 다녀오면서 사다준 매화문양 장식의 장미목 거울은 시누이 아심이 가져갔고, 중국의 성절사로 다녀오면서 선물한 연꽃 장식의 거울은 영암숙모에게 선물했다. 그리고 수연에게는 작은 분첩이 딸린 명나라 거울을 건넸다. 이제 하나 남은, 어머니 김씨가 쓰시던 이 오동나무 거울은 단오에게 주리라.

참빗으로 머리를 빗고, 비취 비녀로 쪽을 찐다. 비녀도 이것 하나만 남았다. 금비녀, 옥비녀, 자만옥비녀 모두 어디 갔는지, 임영에 다녀온 후 농짝을 열어보았더니 아무것도 남아 있지 않았다. 반지도 임영에 갈 때 손가락에 끼고 간 비취 쌍가락지 뿐이다. 삼층장과 화류장에 자물통을 걸어두었는데 모조리 뜯겨나가버렸고, 문갑 안에 두었던 보석함도 비어 있었다. 그미는 마음에 두지 않았다. 모든 것이 부질없었다. 한 줌의 흙으로 환원된다는 생의 덧없음이 그미를 사로잡았다. 두 아이를 잃은 후부터는 자신의 육신마저도 무겁고 거추장스럽다.

구름이나 이슬처럼, 강물이나 폭포수가 여름 뙤약볕에 달구어져 그 입김이 허공으로 피어오르듯, 그미는 한 점 티끌이 되어 상승하고 싶다. 눈만 감으면 먼 길 떠난 두 아이들, 오라버니와 마주하는 천상의 세계만이 그미의 혼을 사로잡았다. 이렇다 할 병도 없이 자리보존하고 누워 있는 그미에게 시어머니 송씨는 귀신 들린 신병이라며 억지를 부린다. 귀신이라도 좋고 요물이라도 상관없다.

　그미는 친정아버지 삼년상을 벗을 때 입었던 소복을 꺼내 입었다. 머리를 빗고 서안 앞에 앉은 그미는 단오가 꺾어준 흰색 철쭉으로 화관을 만든다. 한지로 배배 꼰 노끈을 두세 겹 엮어 머리 둘레에 맞춤한 둥근 테에 꽃을 꽂는다. 철쭉은 꽃잎이 여려 잘 떨어진다. 시집오기 이태 전, 최순치가 만들어준 부용꽃 화관이 떠오른다. 꽃보다 곱다 했던가, 사랑채 야트막한 담 너머에서 건너오던 그 말이 아직도 그미의 기억 속에 남아 생의 이면을 서성인다. 흰 한지 노끈에 하얀 철쭉은 그 자체로 처연하고 슬프다.

　"아씨, 제가 한번 해볼게요."

　단오의 말에 고개를 흔드는 그미, 살아생전 내가 한 일이 무엇이던고. 아무것도 없네. 열다섯 살에 시집와서 스물일곱 살 이때까지 그 열세 해 동안 무얼 하며 살았던고. 시어머니 송씨의 부단한 다그침을 삭이지 못해 복대기치던 날들의 아픔, 멍울멍울 피멍 든 가슴패기, 갈기갈기 찢어지고 부스러진 날들의 생채기들이 목줄기를 막아 밥 한 수저를 넘기지 못하였던 날들이 일 년 삼백육십오 일의 반을 넘지 않았던가. 그런데도 용케 갈무리하며 살았다. 아니, 모질고 독한 목숨 근근이 연명하며 지탱해왔는데, 이제는 더 이상 버텨내지 못할 것만 같다.

자식들을 앞세운 이 처지를 곤곤하게 이어갈 근거가 없다. 묘연했다. 여기가 세상의 끝, 한 발자국 더 나아갈 길이 없었다.

눈만 감으면 뿌연 빛무리 저편에서 손짓하는 사람들에 둘러싸여 어디론가 흘러간다. 거기에 영생이라는 또 하나의 세계가 있음을 그미는 보았다. 늙지도 않고, 병들지 않고, 아픔도 이별도 없는 곳, 춥지도 덥지도 아니하며 사시사철 만 가지 꽃들이 피어 있는 그곳에 가리라. 그미는 보름 남짓 곡기를 멀리했다. 며칠 동안은 속이 쓰리고 공복의 고통이 없지 않았지만, 이레가 지나자 차라리 홀가분해졌다. 어지럼증도, 골을 빠개는 듯한 두통의 징후도 말끔하게 가시었다.

"아씨, 소복이 비단옷보다 곱습니다."

목욕한 뒷설거지를 마치고 방으로 들어온 단오가 그미 곁에 바짝 다가앉는다. 우리 아씨가 어쩌자고 이러시는가, 하는 마음 뒷자락에는 아씨 따라 저도 그만 살고 싶다는 마음도 있었다. 촉새 같은 시누이에 노망든 시어머니, 유복자로 태어난 아들녀석은 네 살이 지났는데도 걸음마도 못 하고 수저도 못 쥐는 미숙아다. 그 아이만 아니라면 벌써 죽어도 백번은 더 죽었을 것이다.

"단오야. 네 배앓이로 낳은 자식만은 네가 잘 거두어라. 멍에가 아니겠니. 그건 네 눈이요, 귀요, 입이나 마찬가지야. 그것

없이는 못 듣고, 못 먹는 것처럼 그 자식이 네게는 살아내야 하는 끈이 아니겠느냐. 가거라. 너무 지체했구나."

그미는 단오의 손을 잡고, 낭자머리에 꽂았던 은비녀와 손가락에 끼었던 은 쌍가락지를 뽑아 준다. 단오가 손사래를 친다.

"내가 너한테 줄 것이 이것뿐이야. 부디 잘 살아."

단오가 그미의 치마에 얼굴을 묻고 흐느꼈다.

흰 철쭉 화관을 머리에 쓰고 그미는 요 위에 반듯하게 누웠다. 온돌바닥이 출렁 내려앉는다. 어지럼증이 머리를 쥔다. 그미는 그대로 허물어져 내린다. 몸이 절로 흔들린다. 가마 타고 대관령을 넘어갈 때 가슴을 술렁거리게 하던 그 아득한 멀미다. 온몸의 뼈가 탈골이 된 듯 나른하다. 이 한량없는 무력감이 바로 죽음이라는 너울이 아닐지, 홀연 눈앞이 가물가물해지면서 구름밭을 거닌다. 저기 저 우뚝한 산마루는 곤륜산이고 저 도도한 흐름은 구름인가, 강물인가, 바다인가. 바람이 불어 몸을 흔들었다. 흔들리는 것은 몸이 아니라, 그미가 몸에 걸치고 있는 흰색 너울이었다. 아니, 그네를 태우듯 흔들리는 꽃 너울이다. 정원 가득 흐드러지게 피어 있는 기화요초, 동서남북 어디를 돌아보아도 꽃세상이다. 구슬의 난간은 비단 무늬의 장막을 펼치고 보배로운 처마에는 노을빛 휘장이 나직하였다. 꿈을 바치는 왕벌은 옥을 달이는 집에 어지럽게 날고, 과일 머

금은 안채는 구슬 비치는 부엌에 든다. '드디어 올 곳에 오고
말았구나, 이렇게 눈부시게 아름답고 황홀한 것을, 어째서 망
설이며 훌쩍 달려오지 못하였던고.' 탄식과 함께 눈물이 뺨을
적시며 흘러내렸다. 어느 순간 두 뺨을 적시던 눈물이 차갑고
영롱한 옥구슬이 되어 손바닥 가득 쥐어졌다. 용의 여의주인
가, 하고 생각하던 순간 희고 고운 섬섬옥수가 다가와 그미의
손을 잡았다.

아, 신녀 서왕모님. 그미는 소스라쳐 쥐고 있던 옥구슬을 놓
치고 말았다. 늘씬한 키에 오똑한 코, 연지를 찍은 듯 발그레
한 입술, 호수를 담은 듯 깊고 그윽한 눈길…… 그미의 어깨를
가만히 토닥이는 손길에 그미는 온몸을 부려놓았다. 오색 무
지개를 거느리고 황금 띠에 붉고 푸른 구슬로 장식한 수레, 서
왕모님이 타고 온 그 수레가 눈이 부셔 바로 볼 수가 없었다.
수레 안을 기웃거리는 남정네는 누구시던가, 저 관옥 같은 얼
굴에 준수한 눈빛을 한 저분은 그렇게 그리던 최순치가 분명
한데, 입에서 말 한마디도 터져 나오지 않는다. 더는 버틸 수
가 없다. 어지럼증인지, 황홀함에 취한 건지, 온몸이 두둥실
실려간다.

"아씨, 내일 새벽에 오렵니다. 편히 주무셔요."

단오의 목소리가 아득히 멀어져가고, 그미가 탄 옥수레가

구름밭을 지나 어디론가 흘러간다. 선녀들이 마중 나와 있다. 두보도 이태백도 있다. 아, 오라버니가 두 팔 벌려 손짓한다.

귓가에 자자대던 모든 소리들이 멀어지고, 눈가에 어룽대던 등불이 꺼지자 캄캄해야 할 세상이 오히려 영혼의 불빛으로 밝아진다. 등을 붙이고 누워 있는 온돌바닥이 흔들린다. 이대로 눈 감으면 세상과 이어진 한 가닥 미미한 인연은 끊어지겠지, 그미는 무겁게 내려앉는 눈시울을 걷어올린다. 주변을 정돈하리라. 머리카락 한 오라기, 끼적이던 시어 한 줄 남기지 않으리라. 그미는 분연히 누워 있던 자리를 걷고 일어나 앉는다.

서안 아래 쌓아두었던 서책들을 꺼낸다. 중국 설화집 『태평광기』와 『수호전』은 영암숙모님에게 선물하고 싶어 따로 보자기에 꾸린다. 그리고 시를 써둔 한지다발 묶음은 어머니가 연꽃을 수놓은 남색 비단 보자기에 꾸린다.

숨쉴 기운도 없어 이불 위에 드러누워 있는데 섬돌 위에 신발 벗는 기척이 들린다. 장지문이 열리고 긴 치마 끌리는 소리, 물색 치마꼬리를 감아쥔 영암댁이 사뿐히 들어선다.

영암댁은 질부가 하던 말이 내내 마음에 걸렸다.

"숙모님, 아무것도 원망할 것이 못 돼요. 모든 원인은 자신에서 비롯된 것인데 누구를 탓하고 말고가 있겠어요. 처음 시집와서는 이것저것 마음에 걸리는 것들이 저를 아프게 했지만 지금은 아니에요. 이 좁디좁은 조선 땅에 태어난 것도, 여자로 태어난 처량함도, 남편을 만나게 된 것도, 원망하고 서러워했던 걸 부인하지 않아요. 하지만 이제는 아닙니다. 조선 땅에 태어남도, 여자로 태어남도, 김성립을 낭군으로 맞이한 것도 제게 주어진 운명이겠지요. 그 운명에 따르지 못하고 어긋나고 삐거덕댄 것은 지나친 애착과 미련이 더께 끼어서 그랬던 것이겠지요. 그걸 홀홀 털어내니 한결 세상이 밝아지고 홀가분해졌습니다."

영암댁은 누워 있는 그미를 안쓰럽게 바라본다.

"숙모님……."

그미가 얼른 몸을 일으키려는데 영암댁이 어깨를 지그시 눌렀다.

"지난밤에 자네를 보았다네."

영암댁은 간밤 꿈에 생시처럼 그미를 보았다. 연꽃으로 화관을 쓰고 연잎으로 허리띠를 맨 그미가 손을 흔들며 대문을 나서고 있었다. 구름옷 입은 선녀들에 둘러싸여 어디론가 훌훌 떨치고 날아가는 모습이 너무나 선연했다. 잠이 깨어 눈을 뜨는 순간 섬뜩했다. 기어이 이 사람이 가는 모양인가, 아침상을 물리자마자 달려온 참이었다. 군불을 안 들였는지 방 안이 썰렁하다.

"누워 있게, 이렇게 방이 추워서 어떡하나. 순돌이가 게으름을 피우는구나."

"아닙니다. 제가 그만두라 하였습니다. 이만하면 견딜 만해요."

그미의 어깨를 가만히 쓸어내리는 영암댁은 문득 손바닥에 닿는 감촉이 까칠하다. 흠칫 손을 치우고는 그미가 덮고 있는 이불깃을 살짝 들어올렸다.

"아니, 이 사람아……."

영암댁의 어깨가 자잘하게 굽이친다. 아직 봄기운이 먼 산마루 저편에서 멈칫거리는 삼월 매운 냉기가 방 안에 서리서리 감돌고 있는데, 홑겹 누런 광목 치마저고리가 웬말인가. 정녕 이대로 두고 볼 수만은 없는 일이다. 영암댁은 질부가 덮고 있는 이불을 화들짝 걷어낸다. 소복 입고 반듯하게 누워 있는 스물일곱 서러운 사람…… 영암댁은 치밀어오르는 서러움에 목이 멘다.

"일어나게, 질부. 이래서는 안 된다네. 나를 보게나. 나도 사는데, 젊은 나이에 저승을 불러들이다니, 이건 안 될 말이야."

영암댁은 윗방 문을 열고 삼층장에서 옷을 꺼내려 했다. 그런데 발부리에 차이는 여러 개의 보퉁이를 발견하고는 소스라쳐 그 자리에 주저앉고 말았다.

"참으로 몹쓸 사람이구나."

영암댁은 고개를 돌려 그미를 쳐다보았다. 소복에 철쭉 화관을 쓴 그미는 이승의 사람이라고는 여겨지지 않는다. 돌로 다듬은 듯 차갑고 매끄러운 때깔이 꿈에 본 그 선연한 모습과 다르지 않았기에 가슴이 더 아렸다. 영암댁은 달려와서 그미를 요 위에 눕혔다. 아무리 다그쳐도 이미 세상의 끈을 놓아버린 듯한, 그미의 그 아득한 눈길이 영암댁의 빈 가슴을 탕탕 두드린다.

"숙모님, 저것들을 없애주세요.『태평광기』는 숙모님께서 챙겨두시고, 제가 끼적거려둔 한지 묶음은 불살라주세요."

영암댁은 그미의 방을 나왔다. 그미가 없애달라는 서책과 그미의 육필이 담긴 보퉁이 두 개를 들고 낑낑거리며 대문을 나섰지만 아무도 눈여겨보는 사람은 없다. 머리 위에 별이 총총하다. 영암댁의 눈에서 눈물이 줄줄 흘러내린다.

부용꽃 스물일곱 송이

푸른 바닷물이 구슬 바다에 스며들고 (碧海侵瑤海)

푸른 난새는 채색 난새에게 기대었구나 (靑鸞倚彩鸞)

부용꽃 스물일곱 송이 붉게 떨어지니 (芙蓉三九朶)

달빛 서리 위에서 차갑기만 해라 (紅墮月霜寒)

　최순치는 소스라쳐 몸을 일으킨다. 생시 같은 꿈이다. 연못 위에 나붓이 앉아 있는 난설헌 아씨를 보았다. 부용꽃 한 아름을 가슴에 안은 채 누군가에게 한 송이 한 송이 가려내어 던지고 있었다. 가지 잘린 꽃망울들이 수록색 연못을 가득 덮었고, 손에 든 연꽃 잎새를 따내고 있는 섬섬옥수. 한 송이 두 송이, 어느새 스물일곱 송이…… 눈으로 그것들을 헤아리다가 벌떡 몸을 솟구쳤다. 최순치는 방문을 열고 나선다. 희붐한 하현달이 하늘가에 걸려 있다. 담 아래 작약이 붉은 망울을 달았고, 잎도 꽃도 더딘 백일홍 맨가지가 애처롭게 서 있다. 순치는 으흠, 잔기침을 하고는 안방 문고리를 잡아 흔든다.

"수연……."

며칠 전부터 그는 한양 청진동 수연의 집에 묵고 있었다. 기생방에서 적을 뗄 수연이 청진동에서 자그마한 국밥집을 열었다는 이야기를 들었기에, 서울에 온 김에 들렀던 것이다. 전 같으면 당연히 건천동 하곡 봉의 집에 들렀을 것을, 허봉이 세상을 떠난 후부터 자연 발길이 멀어졌다. 마땅히 유할 곳이 없는 최순치로서는 객주집을 찾을 수밖에 없었다.

안방 문이 열리고 속치마 바람의 수연이 머리를 손빗질하며 마루로 나선다.

"자네, 옥인동에 좀 다녀올 수 있겠나. 아무래도 뭔가 심상찮아……."

졸린 눈을 동그랗게 치뜬 수연이 순치를 올려다본다.

"이 오밤중에 무슨 일로 그러십니까?"

"오밤중이긴, 인시가 넘었다네. 난설헌 아씨께서 아무래도 심상치 않으이."

수연은 말없이 방으로 들어가 옷을 입고 나섰다. 어느새 최순치도 의관을 차리고 미리 마당에 나와 있다.

"선비님도 가시게요. 사람들 보면 어쩌려고, 가시더라도 그 댁 문전에 얼씬도 못 하실 분이. 그대로 기다리세요. 제가 얼른 다녀올게요."

최순치의 고개가 설레설레 흔들린다.

"아니네. 멀찌감치 따라갈 터이니 내 신경은 접어두게나. 아직 어두워 아녀자 혼자 다니기 어려우이. 앞장서게."

최순치가 대문을 열고 앞장선다. 순간 수연은 코끝이 시려왔다. 귀양 간 하곡 서방님을 찾아 갑산 가는 길에서도, 최 선비는 다정하고 넉넉한 길벗이 되어주었다. 수연의 발가락에 물집이 생겨 며칠 동안 함흥 객주집에서 유하는 동안 무던하게 기다려주었다. 기어이 더는 못 따라가겠노라고, 수연이 몸져눕자 최 선비는 혼자 길을 떠나며 "하곡 그 양반을 만나면 자네 이야기를 해드림세. 열녀가 따로 없노라고, 그 양반 여복이 많아 자네 같은 미색이 목을 걸고 갑산 천 리 길을 나섰다는 말을 전하리다" 하며 아쉬운 마음을 달래주기도 했다.

좁고 어두운 골목을 벗어나자 길이 조금씩 번하게 트여왔다. 수연이 말문을 열었다.

"간밤 꿈에 저도 난설헌 아씨를 뵈었습니다. 선비님도 꿈이 심상치 않았던 것이지요."

최순치가 걸음을 늦추었다.

"꿈에서 본 모습이 어떠시던가."

최순치와 수연이 나란히 서서 걸었다. 아직 사람의 왕래는
별로 없다. 멀리서 개 짖는 소리만 희미하게 들려왔고, 순라군
들의 방망이 소리도 끊어졌다.

"녹의홍상에 댕기머리를 하고, 화장을 곱게 하였더이다. 그
모습이 너무 처연했어요."

수연이 잰걸음으로 따라붙으며 말을 이었다.

"열흘 전에 가 뵈었을 적에도 몸을 가누지 못하시던데……
아직 꽃샘추위에 몸이 웅숭그려지는데 글쎄 아씨께서 삼베옷
을 입고 계시는 겁니다. 그것도 냉돌에서 말이에요. 그런데도
너무나 평안한 얼굴이었답니다."

순치는 입 속으로 숨을 삼킨다. 이 추위에 홑겹 소복이라니,
수의를 입고 있구나, 하는 생각이 들자 불시에 코끝이 멍멍해
졌다. 이렇게 잰걸음으로 재촉한들, 먼발치에서도 볼 수 없는
사람인 것을…….

서둘러 나왔는데도 옥인동 대문 앞에는 진시가 넘어서야 당
도 했다. 수연이 열려진 대문 안으로 들어서며 뒤돌아보았다.

"서방님, 집에 가셔서 기다리세요. 대문 앞에 서성이는 것도
흉하지 않아요."

최순치는 말없이 오른팔을 수연에게 들어 보이며 들어가라고 재촉한다. 대문은 열려 있었지만 집 안은 아직 물 속처럼 고요하다. 안채는 물론 별채도 불빛 한 점 새어 나오지 않는다. 수연이 별채 중대문으로 들어서는데, 정주간 쪽에서 장작을 한아름 안은 순돌이 나오고 있었다. 순돌이 얼른 장작을 내려놓고는 수연에게 알은 체한다.

"그렇지 않아도 오늘쯤 청진동에 달려갈 궁리를 하고 있던 중인데, 잘 오셨습니다요."

순돌이 별채아씨의 심부름으로 청진동 국밥집에 두어 번 들른 적이 있었다. 국밥집을 열던 날 순돌이 난설헌 아씨의 심부름이라며, 청보에 싸인 것을 들고 왔었다. 금가락지 한 쌍과 치자물 들인 명주 한 필이 서한과 함께 들어 있었다.

'이것밖에 달리 더 보탬이 돼주지 못해 안타까운 마음이네. 지나가는 나그네들 한시름 덜어주고 보태줄 그 아리따운 마음씨 불길처럼 일어, 초가지붕에 기와지붕 올리게나.'

수연은 그미의 깊은 마음에 감복했다.

순돌은 말없이 수연이 댓돌에 벗어놓은 꽃당혜를 대문 쪽으로 돌려놓고는 뒤란으로 사라졌다. 수연은 방문을 열고 들어갔다. 이상스레 방 안에 온기가 감돈다. 그림처럼 누워 있던 그미가 눈을 뜬다.

"난설헌 아씨, 수연 문안드립니다. 대문 앞에 누가 서 계신
지 아시는지요. 최 선비님께서 간밤 꿈에 아씨를 뵈었다며, 신
새벽부터 소첩을 닦달하지 뭡니까."

그미의 감긴 눈시울이 일렁거린다. 베개 위에 반듯하게 누
운 그미의 얼굴은 손으로 빚은 듯 결곡하다. 지분으로 다스리
지 않은 맨 살갗은 백옥 같고 그린 듯 반달 같은 눈썹, 조금 솟
은 듯한 콧부리는 양각해놓은 듯 선명하다. 자는 줄 알았던 그
미가 홀연히 자리를 걷어내고 일어나 앉는다.

"아씨, 그냥 누워 계세요."

울먹이는 수연의 목소리가 그미의 미간에 여린 빗금을 그었
다. 그미는 면경함 서랍을 열고 기름종이에 접어둔 참빗을 꺼냈
다. 한 번도 쓰지 않은 상아 얼레빗을 그미가 수연에게 주었다.

"이건 자네가 간직하게나. 소헌이 자라면 주려고 고이 간직
했던 얼레빗이네."

그 시각, 대문 밖에서 초조하게 서성이던 최순치는 문득 두
런거리는 발자국 소리에 뒤를 돌아보았다. 어딘가 귀에 익은
목소리다.

"도사님께서는 여기 잠시 계십시오. 제가 먼저 들어가 형편
을 알아보겠습니다."

최순치의 귀가 번쩍 열렸다. 그미의 동생 균과 이달이었다. 담에 붙어 있던 최순치가 문 앞으로 나섰다.

"이도사님, 여기까지 웬일이십니까."

이달이 웃는다.

"그러는 자네야말로 이 신새벽에 여긴 웬일이던고."

두 사람의 막역한 수인사를 보고 서 있던 교산 균이 앞으로 나섰다.

"여기서 최 선비님을 뵙다니 반갑습니다."

이달이 허균의 어깨를 두드리며 재촉했다.

"이야기는 나중에 하도록 하고, 어서 들어가보게. 한시가 급하다지 않았나."

균이 이렇게 신새벽에 누이를 보러 달려온 것은 어제 밤늦게 건천동으로 내려온 이도사님의 말 때문이었다. 균은 기인의 직감을 떨쳐버릴 수가 없었다.

그때 마침 순돌이라는 낯익은 머슴이 나타났다.

"건천동 서방님 아니신지요?"

균이 대문을 넘어서며 순돌이한테 물었다.

"아직 잠이 깊을 터인즉, 너무 소란 피우지 마라."

마음 같아서는 누이의 거처인 별채부터 달려가고 싶었으나 조급한 마음을 끌어내린다. 모든 일에는 순서가 있는 법, 사랑으로 일단 발걸음을 옮긴다. 눈치 빠른 순돌이 균의 앞을 가로막는다.

"서방님께서는 안방마님 간병하시느라, 안방에서 주무십니다."

순돌이 얼른 둘러댄다. 차마 적선동 금실이라는 첩실의 집에서 어젯밤 귀가하지 않았다고 곧이곧대로 말하지는 못했다. 요즈막에 들어 성립은 이틀에 한 번꼴로 적선동에 들렀다.

"그랬구나. 그럼 자네 얼른 밖에 계시는 두 분 어른들 사랑으로 모시게. 나는 별채로 가야겠다."

균의 목소리는 단호하다. 매형인 성립이 아직도 최순치를 보고 뜨악한 얼굴을 한다면 한번 따끔하게 찔러줄 생각이다. 이제 중년을 바라보는 나이가 아닌가. 불순한 마음으로 최순치와 누이를 엮으려 한다면, 매형 성립의 치졸함에 침을 뱉어줄 작정이었다.

그 시각, 수연은 별채 마당을 막 나서고 있었다. 마음 같아서는 조금 더 앉아 있고 싶었지만, 밖에서 기다리는 최순치를 생각해서 일어나야 했다. 동이 트기 시작한 동편 하늘이 희붐하게 밝아오고 있다. 수연이 문득 이끌린 듯 고개를 돌려 정지 쪽을 바라보았다. 날개를 쳐든 날렵한 차양 저편에 붉은 기운이 자우룩했다. 그런데 그 불그레한 운무를 가르며 깃털처럼 분분히 나르는 것들, 수연은 자신도 모르게 탄성을 지르며 꽃잎처럼 쏟아지는 별무리를 향해 두 팔을 벌렸다. 한 무리의 별들이 난설헌 아씨가 누워 있는 별채 지붕 위로 한도 끝도 없이 쏟아지고 있는 것이 아닌가. 수연이 눈을 비비며 정녕 이것이 생시인가 꿈인가, 중얼거리며 희붐한 새벽녘 속에서 두 팔을 펼친 채로 맴돌았다.

대문을 들어서던 균도 누이가 누워 있는 방문 앞에 어린 오색의 빛무리를 본 듯했다. 어느 순간 불그레한 빛의 기둥이 방 안으로 스며들고, 그 한가운데에서 한 여인이 두 팔을 펴들고 맴돌고 있었다. 균은 잔기침을 하며 일각대문 안으로 들어섰다. 마당에서 맴돌던 여인이 재빠르게 대문 밖으로 달려나갔고, 장지문이 열렸다. 순간 균은 오색으로 어룽거리는 빛의 지렛대가 문지방에 걸쳐 있는 것을 보았다. 세상에, 이런 현란한 광휘가, 균은 손등으로 눈을 비볐다. 그때 방 안에서 세숫대야를 들고 나오는 단오가 문턱을 넘어서며 균을 보았다.

"건천동 작은 서방님, 드십니다."

방으로 들어서던 균은 병풍을 뒤로하고 앉아 있는 그미의 둘레로 희고 투명하고 상서로운 기운을 보았다. 그 어느 때보다도 정갈하고 그윽한 모습을 하고 있는 누이를 균은 잠시 바라보았다.

"누님……."

균은 그미의 무릎에 쏟아지듯 달려들어 손을 잡았다. 희고 가느다란 손이 낙엽처럼 파삭하니 말라 있다. 모든 것을 놓아버린 텅 빈 맑음이, 균의 더운 가슴을 무두질해댔다. 이렇게 사그라지는 건가, 얼마나 덧없고 속절없는 인생인가, 누이의 나이 스물일곱, 아직은 꽃다운 시절인 것을…… 오열이 목구멍을 타고 넘는다.

"그러지 말고, 장지문이나 좀 열어보게."

균이 장지문을 열었다. 그 사이 동이 트여 북한산 산머리가 훤했다.

"그 문이 아니라, 뒤쪽 북창이라네."

장지문을 닫고 앉으려던 균이 뒤돌아보았다. 누님이 가리키는 곳에 전에 없던 작은 쪽문이 보였다.

"겨울 외풍이 심해 병풍과 궤로 막아두었었는데, 며칠 전에 개풍을 하였다네."

남쪽 장지문에 비해 절반 정도 되는 쪽문을 균이 열었다. 찬바람이 휘몰아 들이쳤다.

"누님, 아침 바람이 찹니다. 닫아야겠어요."

그미의 손이 아니라고, 천천히 손사래를 쳤다.

"저기 보게나. 선홍빛 빗줄기가 하염없이 내리는 것을, 조금

춥다고 저 고운 풍경을 외면할 작정인가."

"붉은 비라니요?"

고개를 들어 북창 너머 우뚝 솟아 있는 북한산을 바라보던 균의 입에서 탄성이 튕겨져 나왔다.

"아, 참으로 아름답소. 온 산이 발간 철쭉이군요. 이런 장관을 머리맡에 이고 계시는 줄은 미처 몰랐어요."

그미의 고개가 천천히 끄덕거려졌다.

"그래서 내 인생이 그리 볼품없지만은 않았다네. 여름이면 여름대로, 겨울이면 시리도록 처연한 눈발을 이고 선 소나무들이 있고, 가을이면 만산홍엽으로 눈을 아프게 해주었지. 하지만 이런 봄날, 새벽에 보여주는 붉은 빗방울은 아무도 보지 못한 절경 중의 절경인걸……."

"안개 발에 휘감긴 산자락의 철쭉 덤불이 빗줄기로 보이는 누님의 시심을 누가 무어라 탓하리오. 다만 한스럽고 안타까울 뿐입니다."

그미가 얼른 균의 말을 받았다.

"그런 말 말게. 어찌 육신의 사그라짐을 생의 끝이라, 한단 말인가. 내 이렇게 목욕재계하고 사멸하지 않는 영생의 길로 떠나려 하는데, 결코 내가 가는 길이 끝이라 서러워 말게. 눈만 감으면 세상의 오욕들이 물거품처럼 사라지고, 죽음도 고통도 없는 무한영생이 기다리고 있질 않은가. 나 이제 갈 시각이 된 것 같아. 그곳에는 나 혼자가 아니라네. 내가 좋아하는 귀한 것들로 가득하지. 꽃과 나무들, 강과 들판, 그리고 내 아들, 내 딸이 기다리고 있다네. 내 헐겁고 남루한 육신을 털고 일어서니, 이제야 한 점 부끄러움 없이……."

멍하니 북창을 내다보며 읊어대는 누님의 그 절절한 말들이 균의 가슴을 후벼판다.

그미는 훌쩍 방을 나선다. 눈앞에 끝간 데 없이 너른 세상이 활짝 열린다. 늘 답답하고 옥죄이던 그 소슬한 담도 장대처럼 버팅기고 섰던 솟을대문도 열려 있다. 천천히 걸어나간다. 동생 균을 뒤로하고, 돌아서서 훌쩍이는 단오와 영암숙모를 거쳐 중대문을 넘고 큰 대문을 나선다. 이도사님 그리고 대문 밖에서 서성이는 그 사람, 최순치의 곁을 지나며 그미는 잠시 걸음을 멈춘다.

'먼저 갑니다. 부디 평안하소서.'

그미의 육신이 홀연 깃털처럼 날아오른다. 천지간에 촛불이 켜지고, 디디는 발자국마다 부용꽃잎이 분분하다. 흐른다. 물처럼 흘러 세상을 돌고 돌아 끝 닿는 곳 거기가 무릉도원이라던가. 이슬 머금은 잔디밭을 사뿐히 지르밟는 하얀 맨발. 못다 한 것들의 아쉬움, 객사한 아버지와 오라버니, 제 명대로 살지 못하고 먼저 떠난 아이들, 그 모두를 가슴에 묻고 흘러간다.

　삼월 초아흐레, 꽃샘바람이 잦아든 건천동 후원 연못가, 밤새 추적추적 내린 비로 한두 잎 낙화한 목련 화판이 처연하다. 촛농이 되어 흘러내리는 붉은 눈물이 세상을 적시며 흘러간다.

『혼불』의 현대적 계승과 그 의미

투고작도, 심사 과정도, 그리고 이 모든 것의 백미에 해당하는 당선작도 모두 첫 번째 '혼불문학상'다웠다. '혼불문학상'은 전북을 대표하고 상징하는 작가 최명희의 문학정신을 기리고 현대적으로 계승하기 위해 제정된 상이다.

최명희의 『혼불』은 작가 최명희가 17년의 세월을 쏟아부은 작품으로, 김기림이 이상의 문학작품을 두고 한 표현을 빌려 말하면, 잉크로 쓴 소설이 아니라 최명희 그녀의 피와 혼으로 쓴 소설이다. 『혼불』은 일제말기를 시대적 배경으로 오랜 양반가를 홀로 일으킨 청상과부 청암부인의 곡절 많은 삶과 그 자손, 그리고 매안마을 사람들이 겪는 고단한 생활사를 민족사적으로 승화시킨 대하소설이다.『혼불』은 개인의 독창성이 한 시대의 사회적 구조를 변혁한다는 근대적인 인식론을 거부하고 대신에 사회적 구조가 인간의 모든 의식을 결정짓는다는 푸코식 역사지리지에 의거해 세상을 가로지르거니와, 이러한 특이한 세계관으로 인해 그야말로 독특한 세계를 발명해낸다. 『혼불』에는 인간 주변의 사물과 관습에 대한 여성 특유의 세밀한 관찰, 그러한 사물의 질서에서 헤어나오지 못해 괴로워하는 인간 심리의 세심한 묘사, 근대적인 것과 전통적이고 전근대적인 것이 길항하는 근대적 시공간의 창출 등 다른 소설에서는 볼 수 없는 특이한 요소들이 가득하다.『혼불』의 이러한 특성은 흔히 세상의 변화에만 주목하고 그 변화된 세계를 문제적인 개인들의 모험을 통해 서사화하던 한국문학 전반과 근본적으로 구분되는 요소다.『혼불』이 한국소설의 또 하나의 정점이자 한국문학 전반의 반성적 거울일 수 있는 것은 바로 이때문이다.

『혼불』의 이러한 압도적인 특성 때문인지 이번 '혼불문학상'에는 특히 과거 속에서 '현재적 의미로 충만한 시간'을 발견하려는 소설, 그러니까 역사를 다룬 소설들이 많았다. 해서 자연스럽게 심사도『혼불』의 정신을 현대적으로 계승한 작품을 찾는 쪽으로 모아졌다.

우리가 끝까지 주목했던 작품은 모두 6편이었다. 그중 박명애씨의 『꿈해몽사전』은 우리의 상징질서 바깥에 있는 주술의 세계 혹은 무의식의 세계를 귀환시켜 현대적 의미를 부여하고자 한 의욕적인 소설이었다. 그러나 소설 속의 꿈 해몽, 혹은 꿈 분석이 현대인의 존재 형식과 큰 연관 없이 너무 자주 반복되어 소설적 밀도를 느끼기 힘들었다. 다음, 정윤씨의 『패치워크 패밀리』는 제목 그대로 '두 가족이 흩어지고 다시 모여 이루어진 한 가족'에 대한 이야기였다. '엄마'와 '아빠'의 이혼과 또 다른 결혼으로 인해 어쩔 수 없이 '새엄마' '새아빠' '새동생'을 만나면서 경험하는 이야기가 활달하고 유머러스하게 펼쳐져 있는 점이 특징적이다. 흔히 비극의 기원으로만 읽혀왔던 이 새로운 가족형태에 대한 낙관적인 태도는 흥미로웠으나 이러한 낙관적인 태도를 통해 말하고자 하는 바가 선명하지 않았고 또한 소설의 구성도 지나치게 산만했다. 조유빈씨의 『나비의 꿈』은 현재적 의미로 충만한 과거의 인물인 홍길동과 허균을 현대로 불러와 이들을 통해 새로운 삶의 좌표를 제시하고자 한 소설이었다. 무엇보다 홍길동과 홍길동의 '율도국'을 상상의 인물과 상상의 이상향이 아닌 실재했던 인물과 장소로 설정한 착상이 흥미로웠다. 하지만 오늘날, 지금 이곳에서 왜 다른 사람도 아닌 홍길동과 홍길동이 건너가 꾸몄던 이상향에 주목해야 하는지가 불분명했다. 뿐만 아니라 홍길동을 찾아나섰던 허균의 경험내용과 허균의 행적을 통해 홍길동을 좇는 작중화자인 '나'의 경험내용이 너무 유사해 읽는 맛을 떨어뜨렸다. 보다 중층적으로 구성되었으면 싶었다.

서철원씨의 『향, 저편』과 이헌씨의 『희구의 길』은 우리가 좀더 오래 읽었던 작품이다. 우선 『향, 저편』은 조선 태동기, 태종 때의 '명무'에 대한 이야기다. 지난 왕조에 대한 의리 때문에 목숨을 잃은 아비의 복수를 갚고자 하는 명무의 굴곡 많은 삶이 시적 아우라를 지닌 의고체 문장을 통해 묵직하게 다가오는 점이 특징적이었다. 특히 초기 김훈을 연상시키는 세계 전반에 대한 아이러니적 인식과 서로 다른 왕조의 아들이기에 우정을 느끼나 죽고 죽여야만 하는 작중인물들의 이율배반적인 심리를 표현하는 대목은 결코 만만한 것이 아니었다. 그러나 이야기의 개연성이 많이 떨어지고 특히 바이칼로 향하는 후반부는 어떤 필연성을 찾기가 힘들었다. 이헌씨의 『희구의 길』 역시 저 먼 역사 속에서 우리가 복원시켜야 할 윤리를 찾아내고자 한 소설이었다. 역시 김훈을 연상시키는 의고체 문장이 장중했고 또 그 문장 안에 담긴 인간이나 역사에 대한 성찰도 범상치 않았다. 하지만 마치 한 이야기를 두 번 반복한 듯한 소설 구성이 자연스러운 독서를 방해했다. 물론 소설의 소재 자체가 반복되는 사건이어서 어쩔 수 없는 측면이 있을 수 있겠으나 만약 그러하다면 그 안에서 설득력 있는 차이를 만들었어야 했을 터였다. 굳이 마르크스의 '역사는 반복된다. 한 번은 비극으로 한 번은 희극으로'라는 경구나 『역사와 반복』 (가라타니 고진), 『처음에는 비극으로 다음에는 희극으로』(지젝) 등과 같은 결론을 취하고 있지는 않더라도 동일한 사건이 반복되었을 때 그 '반복과 차이'에서 있을 수 있는 다양한 병존 형식이 고려되었으면 좋았으나 그런 시도를 찾아보기 힘들었다. 이런 점에서 보자면 정말 흥미로운 역사적 소재를 포착한 셈이지만 그 소재를 현재적 의미로 충만한 사건으로 만드는 데까지 이어가지는 못한 작품이었다. 아쉬웠다.

오랜 토론 끝에 제1회 '혼불문학상'의 영예를 안은 작품은 『난설헌』이다. 『난설헌』은 조선 중기의 천재적 여류 시인 허난설헌의 일대기를 소설화한 작품으로 그미의 빛나는 시편들이 사실은 그미의 한없이 고단했던 삶의 고통을 디뎌가는 과정 속에서 도래한 것임을 감동적으로 보여준다. 특히 작품의 전반부와 후반부의 선명한 대비, 그러니까 결혼 이전과 이후의 선명한 대비는 단연 이채롭다. 결혼 이전 딸도 아들처럼, 아니 아들보다 더 귀한 존재로 존중해주었던 극히 예외적인 집안에서 성장해 마음껏 자신의 천재성을 발휘하던 그미의 삶은 결혼하는 순간, 그러니까 조선 중기의 엄정한 현실질서로 들어서는 순간 급전직하한다. 그때부터 그미의 천재적인 재능은 불온시되고 금기시된다. 오히려 그미의 그 시대를 넘어서는 재능이 그미의 삶을 고단하게 하는 장애요소로 작용하게 된다. 하지만 그미의 시는 그 고단한 삶으로 인하여 더욱 처절하고 처연해지며 급기야 모든 사람의 마음을 움직이는 위대한 작품, 그러니까 바로 그 작품이 된다. 이것으로 충분히 알 수 있듯『난설헌』은 이렇게 허난설헌의 일대기를 중핵으로 당시의 남근중심적 사회를 통렬하게 비판하는 한편 위대한 문학의 발생과정을 심도 있게 형상화한 소설이다. 또한『난설헌』은 디테일하고 성실하게 이야기의 육체를 만들어냈을 뿐만 아니라 그 시대를 살아간 한 여자의 삶을 매우 꼼꼼하게 바느질한 점이 단연 돋보였는데, 이는 곧 최명희의『혼불』을 위대하게 한 그것이기도 했다. 결론적으로『난설헌』은 작가 최명희의 문학혼과 정신을 기리고 현대적으로 계승하자는 '혼불문학상' 제정의 취지와도 가장 부합하는 바로 그 작품이었던 셈이다. 우리가『난설헌』을 흔쾌한 마음으로 제1회 '혼불문학상' 수상작으로 결정한 것은 바로 이 때문이리라.

우리가 최명희의 『혼불』을 절박하게 그리워하는 이유는 이 소설의 문제성의 중핵에 해당하는 나 이외의 모든 낯선 것과 이질적인 것들을 내 몸붙이보다 더 세심하게 배려하는 여성적인 시선과 그것에서 발원한 사람과 사물에 대한 세밀한 묘사 때문이다. 그러니까 다른 작품에는 없고 『혼불』에만 있는 예술 정신이 우리가 이토록 『혼불』을 기리고 『혼불』의 작가를 그리 워하는 이유인 것이다. 최명희의 『혼불』이 그 고유함으로 시대를 초월하는 바로 그 작품이 되었듯, '혼불문학상' 역시 『혼불』의 정신을 지속적으로 이어가 여타의 문학상과 차별되는 바로 그 '혼불문학상'이 되길 기대해본다.

수상자에게 축하를 보내며, 모든 응모자들의 정진을 기대해 본다.

제1회 혼불문학상 심사위원

심사위원장 박범신

김탁환, 류보선, 이병천, 전경린, 하성란

(대표집필 류보선)

작가의 말

한때 나는 '아름다운 여인'을 주인공으로 소설을 쓰고 싶었다. 시대를 건너뛰면서 두리번거리다가 조선의 시인 난설헌에게 머물렀다. 그것은 발견이었고, 계기였을 것이다. 사람들마다 나름대로 아름다움을 관조하는 잣대는 다르지만 단순히 예쁘다, 귀엽다는 차원이 아닌 총체적인 미(美)를 아우르는 표현이 아름다움이 아닐까. 정갈하게 다듬어진 외모와 빛의 알갱이처럼 영롱한 영혼의 소유자, 세속에 때 묻지 않은 순수, 원망이나 미움, 화를 자신의 내부로 끌어당겨, 시라는 문자를 통해 여과시켰던 난설헌이야말로 아름다움의 표상이었다.

처음 탈고했을 때 200자 원고지 2400매였다. 시인으로서의 난설헌과 한 여성으로서의 난설헌, 두 가닥으로 새끼 꼬듯 엮어야 했다. 일정한 언어의 분량으로는 역부족이라는 생각이었지만 마침표를 찍어야 했다. 시인이 살았던 시대적인 바탕이나 가계(초당 허엽과 하곡 허봉, 교산 허균)를 아주 조금씩 곁들였을 뿐인데도 1권 분량으로 축약하기가 어려웠다. 그러나 어쩔 수 없이 최종적으로 솎아내고 발라내어 1400매로 줄여야 했다. 가슴이 조금 아팠다.

몇 해 전, 강릉 초당(草堂)마을에 갔었다. 소나무로 둘러싸인 소박한 기와집은 허난설헌이 어린 날 꿈을 키웠던 생가였다. 고택의 대문을 넘는 순간 내 눈을 사로잡은 건 백일홍나무였다. 조금 뜻밖이었다. 작약이나 목련나무로 연상되었던 난설헌의 이미지와 동떨어졌기에 그랬을까. 그러나 나무는 부모님이나 그 윗대 조상들에 의해 심어졌을 뿐인 것을. 그렇다면 나무를 선별해서 집안 뜨락에 심었던 어느 조상의 핏속에 백일홍으로 은유될 만한 자유분방한 기질이 배태되어 있었는지도 모른다는 생각…….

팔월 땡볕에 만개한 백일홍은 너무 방만했고 너무 요염했다. '백일홍과 난설헌', 나는 한동안 그 생각에서 놓여나지 못했다. 백일홍의 이미지와 난설헌의 분위기가 엇박자를 튕기며 내 머릿속에서 하나의 줄기로 매김질되기까지 긴 시간이 걸렸다. 어쨌거나 그건 『난설헌』을 쓰게 만든 계기였다. 내 안에서 목소리가 들렸다. 쓰지 않으면 안 돼, 무덤 속에 유폐된 난설헌의 영혼을 승천시켜주지 않으면 안 돼. 누군가에 의해 이미 접속이 되었다고 해도 네가 만들어내는 난설헌과는 다른 차원이며 다른 색깔이며, 그건 승천의 차원이 아닌 그냥 하나의 줄기일 뿐이라고 매운 채찍질이 나를 후려쳤다. 난설헌의 짧은 생애를 불꽃처럼 태운 문학에의 열정, 종이와 붓이 있으면 때와 장소를 가리지 않고, 명주실을 뽑아내듯 한 치의 망설임도 없이 써내려갔던 그의 시는 영혼의 부르짖음이었다.

자료 수집에 들어갔고 장편소설 '시인 난설헌'이라는 제목을 한글 워드에 입력했다. 도서관이나 책방을 훑었지만 내가 얻을 수 있는 난설헌 자료는 극히 빈약한 것이었다. 난설헌의 시를 연구하는 대학교수들의 책과 『중종실록』에서 초당 허엽의 가계에 대한 자료는 얻었다. 그것만으로는 아무것도 할 수 없었다. 그러나 그건 뼈대였다. 닫힌 시대를 살면서도 시작(詩作)으로 영혼을 불살랐던 난설헌을 지탱할 수 있었던 실팍하고 곧은 뼈, 거기에 허구적인 살을 붙이고, 숨결을 불어넣었다.

그건 신명이었을까, 몰입이었을까. 작품을 쓰는 내내 난설헌이 내 귓전에 속삭였다. '이제 나를 묶고 있던 사슬에서 풀렸다네. 그 사슬이 무엇이냐고 묻는다면, 시대적인 닫힘, 유교적인 사슬이 전부는 아니라네. 내 과도한 자아의식, 나를 휘감았던 자기애, 신동이라고 부추겼던 칭송에 대한 불편함이 내게는 하나의 오랏줄로 작용했을지도 모른다네.' 꿈이었는지 생시였는지 분간이 안 간다. 그미와 소통했던 날들이 내게는 소중한 경험이었고, 그리움이었고, 한 줌의 밀어로 오롯이 한 권의 소설로 남았다.

시인으로서의 생과 여자로서의 생, 두 가지 행로 가운데 나는 '여자 난설헌'에 초점을 맞추기로 했다. 그의 시는 많은 학자들에 의해서 널리 알려졌기에 그의 천재성에 더 이상 부연할 의미를 찾지 못했다.

지금 우리들은 감각의 제국에 살고 있는지도 모른다. 기존 질서나 도덕을 구닥다리로 치부하는 세대를 향한 궁색한 메시지로서 난설헌의 청정한 영혼을 거울처럼 비추고 싶은 마음이 전혀 없다고는 못 한다. 도교라는 다분히 형이상학적인 환유의 세계라 해도 맑고 순수함에 있어서는 단연 으뜸임을, 오염

된 영혼들에게 열어 보여주고 싶다. 역사 속에 실재했던 한 인물에 대하여, 작가의 허구적인 설정을 가미했기에 실제로 난설헌의 품위를 손상시킬지도 모른다는 상상은 비껴갔으면 한다. 허씨 문중에 대한 이야기 역시 작가의 허구적 짜임틀임을 밝혀둔다.

'난설헌'은 역사소설이나 평전이 아니다. 나름대로 한시(고어)를 읽었고 공부했다. 내 한문 실력의 한계를 벗어나는 부분은 남편 오 교수가 보완해주었고, 고물 컴퓨터가 기우뚱거릴 때마다 아이들의 손을 거쳐야 했다. 이 소설은 나 혼자만의 작업으로 만들어진 작품이 아니다. 자료 수집에서부터 가족들의 협조로 조립된 작품이었기에 고마움을 전한다.

최명희 작가를 기려 '혼불문학상'을 제정하신 전주 MBC와 책을 엮어주신 다산북스에 감사드리고, 출판사와 연결해준 홍양순 작가에게도 고마움을 전한다. 심사에 참여해주신 박범신 작가를 비롯하여, 여러분에게도 감사한 마음을 전한다.

2011년 10월

최문희

허 난 설 헌 가 계 도

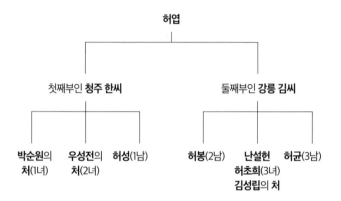

허엽

첫째부인 **청주 한씨**　　　　　둘째부인 **강릉 김씨**

박순원의 　우성전의　허성(1남)　　　허봉(2남)　**난설헌**　허균(3남)
처(1녀)　　**처**(2녀)　　　　　　　　　　　**허초희**(3녀)
　　　　　　　　　　　　　　　　　　　　　김성립의 처

허엽
許曄
1517~1580

화담 서경덕 밑에서 학문을 배워 도가의 영향을 많
이 받았다. 사간원 대사간에 올라 향약의 설치를 건
의하였다. 동·서인의 당쟁 시 동인의 영수가 되었다.
퇴계 이황과 함께 학문을 논할 때마다 논란을 일으
켜, 이황은 그를 두고 '차라리 학식이 없었다면 선인

(仙人)이 되었을 것'이라고 하였다. 경상도관찰사가
되었으나 병을 얻어 파직되어 서울로 돌아오다가 상
주의 객관에서 객사하였다.

허성
許筬
1548~1612

허난설헌의 배다른 큰오빠. 도요토미 히데요시가 일
본을 통일한 1590년, 조선통신사가 되었다. 귀국 후,
동인임에도 불구하고 일본의 내침이 있을 것이라는
서인 황윤길의 주장에 찬성하다가 당시 집권세력인
동인에 의해 탄핵당했다. 임진왜란이 발발하고 난
후에 이조판서까지 올랐다. 학문과 덕망으로 사림의
촉망을 받았으며, 성리학에 조예가 깊었고 글씨에도
뛰어났다.

허봉
許篈
1551~1588

허난설헌의 둘째 오빠. 1574년 명나라에 파견되는
수행사신의 서장관으로 자청하여 명나라에 다녀온
뒤, 기행문 『하곡조천기(荷谷朝天記)』를 썼다. 최종관직
은 통훈대부 사헌부 장령, 성균관 전한에 이르렀다.
병조판서 이이를 탄핵하였다가 왕의 분노를 사서 함
경도 종성에 유배되었다. 유성룡의 도움으로 유배에
서 풀려났으나 정치에 뜻을 버리고 금강산에 들어가
은거하였다. 38세의 나이에 병으로 객사하였다.

허균
許筠
1569~1618

허난설헌의 동생. 조선의 학자·문장가이며, 최초의 국문소설인 『홍길동전』의 작가다. 둘째 형 하곡, 유성룡, 손곡 이달에게 학문과 시를 배웠다. 당시 이단으로 지목되던 불교·도교에 깊이 빠져들었다. 불교를 믿는다는 이유로 파직을 당하기도 했으며, 도교의 양생술과 신선사상, 은둔사상에 깊은 관심을 보였다. 명문장가로 중국에까지 이름을 알렸으며, 혁명을 도모하다가 처형당했다. 누이 난설헌의 시를 모아 『난설헌집』을 엮었으며, 이를 중국과 일본에 출판하는 계기를 만들었다.

김성립
金誠立
1562~1592

자는 여견(汝見) 혹은 여현(汝賢), 호는 서당(西堂). 교리 김첨의 아들이다. 허난설헌과 결혼하였으나 관계는 원만하지 못하였다. 과거에 여러 차례 낙방하다가 1589년 증광문과에 병과로 급제하여 홍문관저작(弘文館著作)을 지냈다. 1592년 임진왜란 때 의병을 일으켜 왜군과 싸우던 중 전사하였다.

이달
李達
1539~1612

영종첨사 수함(秀咸)의 서자로 태어났다. 원주 손곡에 묻혀 살았기에 호를 손곡이라고 하였다. 허균과 허난설헌에게 시를 가르쳤다. 문과에 응시할 생각은 애초에 하지 않았으며, 다른 서얼처럼 잡과에 응시하지도 않았다. 특별한 직업 없이 온 나라 안을 떠돌아다니면서 시를 지었다. 성격이 자유분방하여 세상 사람에게 소외당하였다. 허균이 서자 출신이었던 스승 이달의 삶을 모티프로 삼아 『홍길동전』을 지었다고 전해지고 있다.

난설헌

초판   1쇄 발행 2011년 10월 10일
초판   56쇄 발행 2018년 11월 19일
개정판 1쇄 발행 2021년 3월 15일
개정판 4쇄 발행 2023년 8월 21일

지은이 최문희
펴낸이 김선식

경영총괄 김은영
콘텐츠사업2본부장 박현미
책임편집 한나래 **디자인** 정명희 **책임마케터** 문서희
콘텐츠사업6팀장 임경섭 **콘텐츠사업6팀** 한나래, 임고운, 정명희
편집관리팀 조세현, 백설희 **저작권팀** 한승빈, 이슬, 윤제희
마케팅본부장 권장규 **마케팅4팀** 박태준, 문서희
미디어홍보본부장 정명찬 **영상디자인파트** 송현석, 박장미
브랜드관리팀 안지혜, 오수미, 김은지, 이소영, 문윤정, 이예주
지식교양팀 이수인, 염아라, 석찬미, 김혜원, 백지은
크리에이티브팀 임유나, 박지수, 변승주, 김화정, 장세진
뉴미디어팀 김민정, 이지은, 홍수경, 서가을 **재무관리팀** 하미선, 윤이경, 김재경, 이보람, 박성완
인사총무팀 강미숙, 김혜진, 지석배, 박예찬, 황종원
제작관리팀 이소현, 최완규, 이지우, 김소영, 김진경, 양지환
물류관리팀 김형기, 김선진, 한유현, 전태환, 전태연, 양문현, 최창우

펴낸곳 다산북스 **출판등록** 2005년 12월 23일 제313-2005-00277호
주소 경기도 파주시 회동길 490
전화 02-704-1724
팩스 02-703-2219 **이메일** dasanbooks@dasanbooks.com
홈페이지 www.dasan.group **블로그** blog.naver.com/dasan_books
종이 아이피피 **인쇄 및 제본** 상지사 **코팅 및 후가공** 평창피앤지

ISBN 979-11-306-3581-1 (03810)

· 책값은 뒤표지에 있습니다.
· 파본은 구입하신 서점에서 교환해드립니다.
· 이 책은 저작권법에 의하여 보호를 받는 저작물이므로 무단 전재와 복제를 금합니다.

다산북스(DASANBOOKS)는 독자 여러분의 책에 관한 아이디어와 원고 투고를 기쁜 마음으로 기다리고 있습니다.
책 출간을 원하는 아이디어가 있으신 분은 다산콘텐츠그룹 홈페이지 '원고투고'란으로 간단한 개요와 취지, 연락처 등을
보내주세요. 머뭇거리지 말고 문을 두드리세요.